잠
문
제
자

파문제자 4

한성수 新무협 판타지 소설

초판 1쇄 찍은 날 § 2003년 2월 5일
초판 1쇄 펴낸 날 § 2003년 2월 15일

지은이 § 한성수
펴낸이 § 서경석

편집장 § 문혜영
편집책임 § 장상수
편집 § 박영주 · 김희정
마케팅 § 정필 · 강양원 · 이선구 · 김규진
펴낸곳 § 도서출판 청어람
등록번호 § 제1081-1-89호
등록일자 § 1999. 5. 31
어람번호 § 제2-0179호

주소 § 경기도 부천시 원미구 심곡1동 350-1 남성B/D 3F (우) 420-011
전화 § 032-656-4452   팩스 § 032-656-4453
http://www.chungeoram.com
E-mail § eoram99@chollian.net

© 한성수, 2002

값 7,500원

ISBN 89-5505-563-3 (SET)
ISBN 89-5505-603-6 04810

한성수 新무협 판타지 소설

파문제자

破門弟子

4

평준(明寯)의 대리자!

도서출판 청어람

목
차

제37장 만마천(萬魔天)은 강자를 원한다

다시 닷새가 후딱 지나갔다.

그동안 능몽초는 계속 최종 후보 열두 명을 데리고 내곤륜을 유람했다. 유유자적한 발걸음과 무계획적인 행동으로 미뤄 그러하다 판단하는 게 옳을 듯싶었다.

능몽초 자신의 말을 빌자면, 대자연의 호연지기를 빌어 그동안의 수련과 시험으로 지친 최종 후보들의 심신을 치유하는 행위라고 할 수 있다지만.

어쨌든 모였다 하면 불만을 토로하는 다른 늑대들과 달리 이런 능몽초의 행동을 내심 기뻐하는 사람이 있었다.

열흘 전 손목이 부러진 걸 들킨 덕분에 만신창이가 될 정도로 오랑과 육랑에게 구타를 당해야 했던 일랑이었다.

겉으로 보기엔 멀쩡해 보이지만 현재 일랑의 몸은 결코 정상이라 할 수 없는 상황이었다.

늑골의 절반이 박살나 있었다. 또한 근맥 중 상당수가 파열됐고, 온몸의 뼈마디 중 삼 분지 일가량이 부러진 상태였다.

혹시라도 부정의 의혹을 받을 걸 두려워했을 것이다.

얼굴—그래 봤자 온통 헝겊으로 가려져 있어 변괴의 조짐은 전혀 보이지 않는다—과 단전 등은 무사했지만 이 정도만으로도 사실 일랑에겐 더 이상 만마천에 들어갈 기회란 없다고 보는 게 옳을 터였다.

그만큼 일진 여섯 늑대들 간의 실력 차는 거의 없었다.

그렇기에 다음날 아무런 문제가 없다는 듯 모습을 드러낸 일랑을 바라보는 오랑과 육랑의 시선에는 가벼운 놀라움과 더불어 비웃음이 섞여 있었다.

다른 늑대들과 달리 일랑이 절망적인 상황에서 억지를 부리고 있다는 걸 알고 있는 비웃음이었다.

그렇다곤 하지만 일랑으로서도 자신의 현 상황을 동네방네 떠들고 다닐 순 없는 노릇이었다.

아무리 눈앞의 상황이 절망스럽다 하여 포기할 순 없었다. 시험의 종류에 따라 지푸라기라도 잡을 수 있는 기회를 이대로 날려 버릴 순 없었다.

때문에 지난 십여 일간의 정체기가 일랑에겐 꿀맛처럼 달았다.

역시 하늘은 자신 같은 인재에게 시련은 내려줄지언정 좌절은 주지 않는다고 생각했다.

—그렇지 않다면 어찌 이런 공교로운 일이 생기겠는가!

스스로 자문을 하곤 자기 편한 대로 일랑은 자답했다.

천의가 내려준 기회였다.

그렇게 일랑이 오늘도 어김없이 주어진 '자유 시간'을 활용하여 운기에 몰입하고 있을 때였다.

무아지경(無我之境)에 빠져야 마땅할 운기조식 중임에도 신경의 한쪽을 활짝 열어두고 있던 일랑의 이마로 땀 한 방울이 흘러내렸다.

'누, 누군가가 다가들고 있다!'

본래 운기조식, 그것도 내상을 치료하는 조식에 들어갈 경우엔 '반드시!'라 할 만큼 완벽하게 안전한 곳을 찾아야 했다. 기식을 움직이던 중 조금이라도 충격을 받게 되면 작게는 주화입마요, 크게는 생명마저 위독해질 수 있어서였다.

그럼에도 일랑이 줄곧 오늘처럼 외진 곳을 찾아 운기조식을 했던 데는 어떻게 최종 시험을 보기 전에 내상만이라도 치료를 해야겠다는 절박함에 있었다.

지난 십여 일간 일랑은 숨기고 있던 천문의 비전을 몽땅 발휘해야만 했다.

은신술을 이용해 인적이 드문 곳을 찾아 이동한 후 귀신같은 은둔술로 땅을 파고 들어가 운기조식에 들어가는 방법을 선택한 까닭이다.

그런데 갑자기 지난 십여 일과 달리 자신이 숨어든 장소 쪽으로 다가드는 기척이 감지되고 있었다.

위기였다.

운기조식 중 중요한 단계에 들어가 꼼짝달싹할 수 없는 처지인 일랑으로선 진퇴양난이라 하지 않을 수 없었다.

그리고 위기는 금방 현실로 다가왔다.

"아, 여기 숨어 있었구나!"

마치 술래잡기라도 하고 있었던 것 같은 목소리였다. 곧바로 그 목소리의 주인이 누구인지를 눈치 챈 일랑의 어깨가 격하게 떨렸다.

'그 계집이다!'

부랴부랴 내식을 돌리던 중 마음이 흔들리자 급거 목젖으로 굵은 핏덩이가 솟구쳤다. 그리고 곧 이어 기혈이 뒤틀리기 시작했다.

'아! 하늘이 날 버리는구나!'

탄식은 입 밖으로 흘러나오지 않았다. 어떻게든 목소리 주인의 앞에서 핏물을 토해낼 수 없다는 오기로 이가 악물렸기 때문이다.

그러자 그저 주먹만한 숨구멍만이 뚫려 있는 일랑의 은둔지를 빤히 내려다보고 있던 목소리 주인이 목소리를 부드럽게 바꿨다.

"이미 솟구친 혈기를 억지로 참는 건 좋은 방법이 아니에요. 당장은 괴롭더라도 일단 핏덩이를 내뱉고서 들끓어 오른 내식을 안정시키세요. 내가 밑으로 내려가서 도와줄 수도 있지만 천문의 후계자쯤 되면 좀 더 자립심을 키우는 게 좋지 않겠어요?"

마치 스승이 제자에게 가르침을 내리듯 시의 적절한 조언이었다.

절망하고 있던 와중임에도 일랑은 혼미하던 정신이 번쩍 드는 걸 느꼈다.

절망의 나락에서 발견한 한 가닥의 희망이었다.

'어차피 지금 상황에서는 죽음이 아니면 삶뿐이다. 그러니 어떻게 되든 그동안 내게 드리워졌던 천의를 믿고 행할 수밖에.'

푸악!

참고 있었던 만큼 입 밖으로 터져 나온 핏덩이의 양은 상당했다.

어쩌면 상대방에게 완벽한 살의를 불러일으킬 수도 있을 행동이었으나 일랑은 개의치 않았다. 아니, 개의치 않기로 했다.

천문 문도로서 상대방에게 자신의 은신처를 들켰다는 건 완벽한 죽음을 의미했다.

만약 일랑이 계속 천문 문도이고 싶다면 벌써 혈맥을 끊어 자진해야만 했다. 그것이 문파의 비기가 밖으로 빠져나가지 못하도록 하는 장치였다.

어려서부터 귀에 못이 박히도록 누누이 전해 들었던 고언이었으나 일랑은 자진하지 않았다. 두 번째로 귓전을 때린 목소리가 준 한 가닥 희망 때문이었다.

'호흡을 가라앉혀 들끓는 내식을 다스린다!'

그동안 쌓아왔던 수련 따위 개에게나 던져 준 채 생사를 하늘에 맡긴 일랑은 뒤틀리기 시작한 기혈을 바로잡는 데 최선을 다하기 시작했다.

그렇게 한 식경쯤이 흘렀다.

들끓던 내식을 간신히 진정시켜 하단전 쪽으로 진기를 도인하는 데 성공한 일랑의 입에서 가는 한숨이 흘러나왔다.

"휴우!"

"과연 천문의 수제자는 다르군요. 이런 악조건 속에서 주화입마를 이겨내다니."

바로 코앞에서 들려오는 소리였다. 그와 더불어 한줄기 향긋한 향기가 코끝을 자극해 왔다.

흠칫 놀란 일랑이 얼굴을 주춤 뒤로 물렸다.

"다, 당신은……."

"호오, 설마 눈을 감고 있었다는 섣부른 핑계를 대며 모르고 있었다 라고 말하려는 건 아니겠지요?"

평범해 보이는 얼굴, 그렇지만 절대로 평범하지 않은 이지적인 두 개의 눈동자.

여인은 구소옥이었다.

어느 틈에 그녀는 일랑의 코앞까지 다가 들어와 있었다. 그저 손을 뻗기만 하면 일랑의 생사를 좌우할 수 있는 거리였다.

'아무리 운기조식 중이었다곤 하지만 이렇게 면전까지 다가들도록 몰랐다니!'

이때 구소옥은 이미 일랑의 호흡이 느껴질 정도로 들이밀었던 고개 를 뒤로 뺀 상태였다.

어느 틈에 그저 한 사람밖엔 숨어 있을 수 없을 정도인 일랑의 은신 처가 그만큼이나 넓어져 있었다.

일랑은 눈앞의 소녀에게 공포를 느끼지 않을 수 없었다.

재빨리 현 상황을 판단해 보자면, 눈앞의 소녀는 자신보다 무공이 강할 뿐 아니라 은신술 등도 전혀 떨어지지 않아 보였다. 그렇지 않고 서는 꼭꼭 숨은 자신을 찾아내지 못했을 뿐더러, 이렇게 도깨비처럼 공 간을 넓히지도 못했을 터였다.

흡사 도저히 상대하지 못할 괴물을 쳐다보듯 하는 일랑의 시선에 구 소옥이 눈살을 가만히 찌푸려 보였다.

"그런데 도대체 어떻게 된 거예요?"

"……."

"당신의 그 반쯤 작살난 몸 말예요. 전날 내 손에 당한 건 왼팔 하나 에 불과할 터인데……."

"그건……."

자신도 모르게 벌어진 일이었다. 구소옥에게 말문을 열었던 일랑이 재빨리 입술을 다물었다.

"왜, 갑자기 경계심이라도 생긴 건가요?"

'으음!'

"어차피 당신의 목숨은 내게 발견된 순간부터 당신의 것이 아니게 되었어요. 이제 와서 그런 눈빛을 해 보일 까닭이 없잖아요."

"……."

천문은 광명신교 내에서 맡은 임무의 특성상 남에게 자취나 흔적을 들키지 않고 일을 처리하는 절기가 극도로 발달한 곳이었다.

당연히 암중으로 후대 천문의 후계자 자리에 이름이 거론되던 일랑의 은둔술이나 은잠술은 이미 일류의 수준을 넘어섰다고 할 수 있었다.

전날과 같이 방심하지만 않는다면 웬만한 절정고수의 이목조차 숨길 수 있는 수준이라 할 만했다.

강호의 일반적인 은잠술과 일랑이 익힌 은잠술이 전혀 다른 뿌리를 두고 발전한 까닭이다.

그런데 구소옥은 십여 일의 간격을 두고 일랑이 자부하던 은잠술과 은둔술을 모조리 파훼했을 뿐더러, 천문에 대해 소상히 아는 듯 말하고 있었다.

침묵 끝에 눈앞의 소녀만큼 두려운 존재를 본 일이 없다는 생각을 잠깐 떠올린 일랑이 묵직하게 입술을 뗐다.

"당신은 누구… 요?"

"호오! 이제야 대화를 나눌 생각이 들었군요."

"……."

"하지만 말예요."

움찔!

눈빛을 빛내며 일랑의 코앞으로 다시 얼굴을 들이민 구소옥이 놀라울 정도로 감미로운 미소를 입술로 만들어내며 말했다.

"그건 비. 밀. 이. 에. 요!"

＊   ＊   ＊

덕지덕지 낀 눈곱, 입가에 매달린 늘어지는 하품.

굳이 추리해 볼 것도 없었다.

'오늘도 어딘가 볕 잘 드는 나무에 올라 낮잠을 자고 있었겠지!'

노골적인 시선에 노출된 능몽초가 해죽이 웃었다.

"후후, 역시 난 너무 잘생겨서……."

'바보!'

'멍청이!'

"그래서 모두들 마지막 자유 시간을 소중하게 즐겼습니까?"

'마지막!'

능몽초의 노력이 헛되지 않았음을 증명하는 사례일 것이다. 지난 며칠간 조금씩 느슨해져 있던 스물네 개의 눈동자가 일제히 강렬한 빛을 발했다. 드디어 게으름의 화신이라 할 만한 눈앞의 시험관이 지루했던 십여 일간의 침묵을 깬 것이다.

그중 이곳에 모인 십이 명 중 가장 몸이 달아 있던 마경화가 큰 목소리로 질문했다.

"그 말은 이제 시험을 볼 마음이 들었다는 뜻인가요?"

"응?"

"마지막 자유 시간이었다면서요!"

"아아!"

무서울 정도로 평소와 똑같은 반응이었다. 여전히 게으름이 흘러넘치는 얼굴을 한 채 능몽초가 대답했다.

"역시 여러분들은 시험을 보고 싶어했군."

'그걸 말이라고 하냐!'

'멍청이!'

'얼간이!'

마경화를 위시로 하여 셀 수 없을 정도로 많은 비난의 화살이 능몽초의 태평한 얼굴로 날아와 꽂혔다.

태도는 비슷했으되, 능몽초는 빙예운 같은 절세미모를 지닌 것도 아니었을 뿐더러 증상이 더욱 심했다. 이러한 비난쯤은 감수할 수밖에 없을 터였다.

그러나 능몽초의 태도는 여전했다. 고개를 한차례 갸웃해 보이더니, 나태한 웃음을 지어 보이며 눈앞의 후배 예비생들을 향해 혀를 찼다.

"그렇지만 진실로 애석한 노릇이군. 제군들처럼 어린 나이에는 그저 훌륭한 대자연 속에서 호연지기를 기르며 노니는 것만 한 것이 없는데 굳이 인세의 지옥이라 해도 과언이 아닌 곳에 시험까지 쳐가며 들어가려 하다니!"

'인세의 지옥?'

"하지만 최종 시험관으로서의 사명을 완수하지 못하면 괴물 같은 노사들에게 심한 닦달을 당할 것도 자명한 사실! 어차피 세상은 적자생존이고 약육강식의 세계이니, 나 능몽초는 내 자신의 안위를 위해 과감히 제군들을 희생시킬 수밖에 없구나!"

처음과 끝이 다른 모습이었다. 걱정하듯 혀를 차며 서두를 꺼내더니, 마지막에 이르러선 마치 자기 자신에게 다짐하듯 말을 끝내는 모양새였다.

전날부터 능몽초의 이런 작태를 여러 차례 목도했던 담우소가 심드렁한 목소리로 은근히 눙쳤다.

"그래서 시험을 보겠다는 겁니까, 아니면 보지 않겠다는 겁니까?"

"응?"

자신의 말에 감동한 듯 하늘을 향해 불끈 움켜쥔 주먹을 몇 차례나 흔들어 보이고 있던 능몽초가 멍청하니 담우소를 바라봤다.

"그야 시험을 보겠다는 거지."

"그럼 시간 끌지 말고 빨리 합시다."

"그럴까?"

주객이 전도된 듯 담우소를 향해 얌전히 고개를 끄떡여 보인 능몽초가 과장된 몸짓을 해 보이며 소리쳤다.

"제군들! 그럼 이제 슬슬 시험장으로 이동합시다!"

'시험장?'

'그렇다면 지난 십여 일은 전혀 시험에 포함되지 않았다는 말?'

일진에 속한 늑대들과 담우소 등의 이진이 처음으로 일치된 눈빛이 되었다.

말과 행동에서 전혀 일치점을 찾을 수 없는 능몽초의 선언에 아연실색한 눈빛이었다.

"뭐, 내 말 중에 잘못된 것이라도 있나?"

능몽초가 시치미를 뗐다.

"아니, 그건 아니지만……."

"그럼 가자구!"

마지막 말과 함께 능몽초는 벌써 저만치 신형을 날려가고 있었다.

처음 일진과 만났을 때와 같은 무작정 내달리기였다.

능몽초는 그동안 산행을 나선 방향으로 향했다.

광명신교가 자리 잡고 있는 십만대산을 중심으로 둔 채 내곤륜 안을 천천히 도는 형태였다.

때문에 '기껏해야' 사흘 만에 능몽초는 광명신교 외곽에 마련되어 있는 고적하고 삼엄한, 일종의 경계지 안으로 들어설 수 있었다.

전혀 다른 사람을 생각하지 않는 그의 경공을 따라잡기 위해 뒤따르던 일진과 이진 모두가 죽기 살기로 달려야 했음은 물론이었다.

스슥!

곡구(谷口) 앞에 사뿐히 신형을 멈춰 세운 능몽초가 천연덕스레 뒤를 돌아봤다.

"호오, 역시 젊음이란 좋은 것이군. 이 망할 곳으로 저렇게들 열심히 달려오고 있으니!"

여전히 여유만만한 목소리였으나 어느 정도 감정이 섞인 뇌까림이었다. 그 역시 무턱대고 이곳까지 달려왔던 젊은 날이 있었음을 반증하는 말이었다. 자신의 뒤를 사력을 다해 쫓아온 열두 명과 똑같은 과정을 마다하지 않고서.

그렇게 대략 일 수유 정도가 흘렀다.

결국 자신이 버티고 선 계곡의 입구에 도착한 후배 예비생들의 면면들을 가만히 훑어보던 능몽초의 눈빛이 갑자기 예기를 발산했다.

"너!"

갑자기 내뻗어진 능몽초의 손가락이 향한 곳은 지난 사흘간의 질주로 인해 새파랗게 질린 안색을 하고 있는 마경화의 면전이었다.

지금껏 살아오며 어떤 외간 남자에게도 삿대질을 당한 기억이 없는 마경화의 눈썹이 바로 치켜 올라갔다.

"너?"

"그래, 바로 너! 너 말이다!"

삿대질은 계속됐다. 마경화의 더러운 성격을 누구보다 잘 알고 있는 담우소와 구소옥이 은연중에 서로를 바라봤다.

가시나무꽃이라는 미명에 걸맞게 마경화가 아무래도 사고를 칠 것 같다는 불안한 예감 때문이었다.

그러나 담우소와 구소옥은 곧 얼굴 가득 놀람과 경이의 표정을 만들어내야만 했다.

두 눈 가득 독기를 발산하면서도 마경화가 얌전히 고개를 숙여 보이고 있었다.

"소녀는 천라검객 마염을 조부로 두고 있는 마경화라 합니다. 그런데 어찌 시험관께서는 소녀를 부르시는 것이죠?"

"천라검객? 호오! 그 천하무쌍의 질풍마검식으로 마도일절이라 불리시는……?"

"예, 그렇답니다."

마경화는 내심 안도의 한숨을 내쉬었다. 비록 조부인 마염이 마도의 절정고수라고는 하지만 이곳에 모인 사람들 중 그 정도 뒷배경을 지니지 않은 사람은 없었다.

평소의 버릇대로 말을 내뱉기는 했지만 그녀는 곧 자신이 실수했다는 것을 인정하지 않을 수 없었다. 주변의 싸늘한 비웃음을 직감한 것이다.

그런데 능몽초가 고개를 끄떡이며 아는 척을 해주자 마경화의 새파랗던 안색이 다소 화기를 되찾았다.

그 모습을 물끄러미 바라보던 능몽초가 말했다.

"그렇다면 더욱 이상한 일이 아닌가!"

"그게 무슨?"

"어째서 천라검객 선배의 손녀쯤이나 되는 사람의 호흡이 그렇게 가쁜 것이지? 설마 하니 지난 사흘간 뛰어온 것 때문은 아니겠지?"

"으음!"

마경화의 얼굴이 다시 새파랗게 변했다. 능몽초의 담담한 한마디는 그만큼 날카롭게 다가왔다. 무인으로서의 자존심을 산산이 무너뜨리며.

"뭐, 그래도 세심한 한령에게 뽑혔으니, 내가 모르는 특별한 점이 있는 것이겠지."

'망할 놈!'

혼잣말이라기엔 목소리가 너무 컸다. 고개를 푹 숙인 채 어깨를 부들거리고 있는 마경화에게서 시선을 뗀 능몽초가 다시 후배 예비생들에게 시선을 던졌다.

"제군들! 지난 십여 일간은 내가 사랑스런 후배가 될 제군들에게 준휴가 기간이었다. 시험을 치르는 동안 당한 부상이나 내상을 그 기간 동안 충분히 치유했기를 바란다. 내가 선배로서 제군들에게 줄 수 있는 배려는 그런 것밖에 없다고 생각했기 때문이다. 왜냐하면 누구 한 사람이라도 몸에 부상이 있는 채로 시험을 치른다는 건 정당하지 못한 일로써……."

"아아! 참 말 한번 되게 많다!"

지금까지 보였던 게으름뱅이의 화신 같은 인상을 불식시키려는 의도였고, 자신의 인상을 강하게 각인시키려는 고도의 술책이었다.

두 팔을 활개 치며 연설에 몰두하던 중 청아한 목소리에 방해를 받은 능몽초의 한쪽 눈이 가볍게 찌푸려졌다.

"누가 말이 많다고?"

청아한 목소리가 바로 대답했다.

"당신 말이에요."

"나?"

"보아하니 이곳이 바로 마지막 시험을 치를 곳인 것 같은데, 그동안 그만큼 게으름을 피웠으면 이젠 그만 시험에 들어가야 하는 게 아니겠어요? 그런데 마지막의 마지막까지 와서도 이렇게 우리들을 어린애 다루듯 말을 해대니, 도대체 시험을 치르자는 거예요, 아니면 말자는 거예요?"

"그, 그건……."

"호호, 이런 상황에서는 말을 아끼는 게 서로를 위해 좋을 것 같은데……."

"뭐얏!"

"뭐, 싫으면 말구."

능몽초의 연설을 중간에서 끊은 건 구소옥이었고, 마지막 떠듬거림에 제동을 건 것은 어느새 팔짱을 낀 자세가 된 담우소였다.

구소옥이야 모두의 앞에서 창피를 당한 마경화의 화풀이를 대신해 준 것이지만, 담우소의 얼굴은 심드렁함 그 자체였다.

특별히 마경화의 분풀이를 해주기 위해서가 아니라 능몽초의 행동에 짜증이 일자 한마디를 거들고 나선 것이라는 뜻이다.

담우소를 바라보는 마경화의 시선에는 어느새 부드럽고 은근한 뜻이 가득 담겨 나왔지만.

어쨌거나 지난 십여 일간 준비해 뒀던 감동적인 연설을 채 십 분지 일조차 하지 못한 능몽초의 속이 좋을 리 없었다.

왠지 저항하기 힘든 묘한 기운을 풍겨내는 구소옥에게는 차마 싫은 기색을 내보이지 못한 그의 눈이 담우소를 향해 가늘게 찢어졌다.

"커험, 자네의 말에 뼈가 있구만. 나는 어디까지나 선배로서 후배가 될 제군들을 위하여……."

"뭐, 그동안의 배려는 눈물나게 고맙습니다. 도대체가 십여 일 만에 얼마나 내외상을 치유할 수 있을진 모르겠습니다만, 효과를 본 사람도 분명 있긴 있겠지요."

"그게 무슨……."

능몽초가 뒷말을 흐리자 담우소는 힐끔 일랑을 바라봤다. 아니, 그뿐 아니라 주변에 모여 있던 대다수의 시선이 그를 향하고 있었다. 일진과 이진을 막론하고 지난 십여 일을 헛되이 보낸 사람은 아무도 없다는 걸 암시하는 모습이었다.

'끄응! 만마천에 들여보내기 전에 내 후덕함을 보여 후배들의 환심이나 사놓으려고 했더니, 이번에 들어올 녀석들은 전혀 귀여운 맛이 없구만.'

"에잉!"

내심 혀를 찬 능몽초가 삐친 듯 입술을 삐죽이 내밀어 보이곤 휑하니 발걸음을 돌렸다.

터벅, 터벅, 터벅⋯⋯.

저 혼자 계곡 안으로 걸어가는 능몽초를 향해 일, 이진을 통털어 가장 화사한 미모를 자랑하는 사랑이 소리쳤다.

"또 어디로 가십니까?"

"어디긴 어디겠어, 마지막 시험을 치를 장소로 가는 게지."

"역시!"

탄성은 오래가지 않았다. 앞장서 말을 꺼냈던 담우소와 사랑이 앞장서자 곧 일, 이진 할 것 없이 능몽초의 뒤를 쫓기 시작했다.

*　　　　*　　　　*

명왕강림지(明王降臨地), 혹은 광명정(光明井)이라 했다.

세상으로부터 마교라 불리며 배척받는 광명신교가 십만대산에 터를 잡은 후 얼마 안 되어 광명정은 금지(禁地)가 되었다.

몇십 개나 되는 기관진식과 순혈을 타고난 광명신교의 고수들이 잠시도 눈을 떼지 않고 지키는 곳으로 지정됐다는 뜻이다.

그 이유에 대해 혹자는 광명정에 지난 천여 년간 광명신교에서 모은 수많은 재화가 쌓여 있기 때문이라 했고, 다른 이는 희세의 영물선약들이 지천으로 깔려 있기 때문이라 했다.

그러나 광명신교에서도 선택받은 소수를 제외하곤 접근조차 할 수 없는 광명정은 말이 없었고, 세월은 세인들의 주절거림을 서서히 거둬갔다.

—명왕이여, 오소서!

잠시 후 모습을 드러낸 계곡은 호리병 모양이었다. 앞 부분은 좁으나 뒤로 갈수록 넓어지기 시작했다.

어느새 계곡의 끝에 도달해 안개를 흩날리며 세워져 있는 고색 창연한 일 장 높이의 석비 앞에 발길을 멈춘 능몽초의 얼굴은 다소 굳어져 있었다.

평소 눈앞에서 벼락이 떨어진다 해도 꿈쩍하지 않고 귀를 후빌 것만 같던 모습으로 보자면 그러했다.

능몽초는 갑자기 흐트러진 옷깃을 여미기 시작했다.

'으음.'

계곡을 가로지르던 중 능몽초의 뒤를 바짝 붙어 따라오게 된 삼랑의 눈빛이 매섭게 변했다.

그의 눈빛을 그렇게 만든 건 능몽초의 눈앞에 세워진 석비에 적혀 있는 한 줄의 글귀였다.

삼랑의 뒤를 쫓아서 안개를 헤치며 걸어온 사랑의 얇은 입술이 가볍게 떨렸다.

"이, 이곳은……."

"입 다물고 뒤로 물러나라!"

말과 함께 삼랑이 먼저 뒤로 물러섰다.

지난 십여 일간 사랑을 제외하곤 거의 말을 하지 않던 모습을 불식시킬 정도로 빠른 움직임이었다.

재빨리 상황을 파악하곤 역시 삼랑의 뒤를 쫓아 뒤로 몇 보 물러선 사랑이 요지부동한 능몽초를 향해 날카롭게 외쳤다.

"어찌 이곳으로 우릴 데려오셨소!"

'설마 우릴 모두 죽일 작정?'

삼랑의 싸늘한 시선이 사랑의 외침에 동조하고 있었다. 본산과는 떨어진 천지 이단 출신이기는 하지만 두 사람 모두 명왕강림지가 죽음의 금지임을 알고 있는 모양새였다.

그러나 옷깃을 단정히 하는 것만으로 사람이 변할 수는 없는 것일까?

사랑의 외침에 고개를 돌린 능몽초의 표정은 여전했다.

다만 눈빛만은 잘 연마된 검인처럼 변했는데, 그의 두툼한 입술이 침울하게 열렸다.

"이곳이 어디인지 자네들은 아는 것이군."

"그야 이곳은……."

이번에도 사랑은 채 말을 끝맺지 못했다.

손을 들어 사랑의 말문을 막은 삼랑이 어느새 수장을 들어 얼굴과 가슴치를 가리고 있었다.

"허어! 나랑 싸워보겠다고?"

능몽초는 어처구니없다는 듯 웃었다.

삼랑은 전신에서 전율스러울 정도의 살기를 뭉클거리며 발산하고 있었다.

순식간에 이 정도 살기를 발산할 수 있는 실력이라면 살기를 숨긴 채 암습하는 것도 가능할 터였다.

바보가 아닌 한 그 의도를 눈치 채지 않을 수 없었다.

'그러나 이만한 나이에 살기를 제 마음대로 조종할 수 있는 경지까지 올랐다면 그것 역시 대단한 일이다. 만약 만마천에 들어갈 수 있다면 무시무시한 사신(死神)으로 성장하겠군.'

내심 눈앞 흑의소년의 역량을 잰 능몽초가 그를 향해 말했다.

"이곳의 정체를 아는 것 같으니 긴 말은 하지 않겠다만, 생각이 있는 사람이라면 천 년의 금지가 이렇게 쉽사리 길을 터주리라 생각하진 않을 텐데?"

"말하십시오."

삼랑은 여전히 살기를 거두지 않은 상태였다. 눈앞의 맹랑한 녀석을 복날 개 패듯 두들겨 패고 싶다는 충동을 간신히 짓누르며 능몽초가 말했다.

"간단히 말해서 이곳은 광명정이기도 하지만 만마천이 있는 곳이기도 하다는 소리다."

"아!"

능몽초와 대치를 하고 있던 삼랑과 사랑의 입에서 흘러나온 신음이 아니었다.

남들보다 몇 걸음 빨리 걸음을 옮겼던 그들의 뒤를 쫓아온 나머지 몇몇에게서 흘러나온 탄성이었다.

어깨를 슬쩍 으쓱해 보인 능몽초가 주변의 짙은 안개를 한번 쳐다보곤 말을 계속했다.

"우리가 방금 지나온 계곡의 이름은 생사곡(生死谷)이다. 계곡을 지나는 동안 수없이 많은 삶과 죽음이 결정되기 때문인데, 주변을 덮고 있는 안개가 마도 제일의 절진이라 불리는 환상환무대진(幻想幻霧大陣)의 영향인 걸 감안하면 그리 놀라울 일은 아니라고 할 수 있지."

삼랑이 눈살을 찌푸렸다.

"그렇다면 우리가 곡구로부터 이곳까지 서른여섯 가지나 되는 살인 함정을 뚫고 왔다는 뜻입니까?"

"응?"

"환상환무대진의 가장 무서운 점은 무공의 높낮이를 떠나 수없이 많은 환상을 만들어냄과 동시에 서른여섯 종류의 살인 함정이 요소요소에 설치되어 있다는 점이라고 배웠습니다."

"잘 배웠군."

"그렇다는 건 역시?"

"뭐, 그렇다는 것이겠지."

능몽초는 고개를 끄떡였다. 은근슬쩍 삼랑의 질문에 대답을 해준 것임에 분명했다.

그러자 들어 올렸던 수장을 내린 채 삼랑은 다시 평소처럼 입술을 굳게 다물었고, 이야기를 귀담아 듣고 있던 몇몇의 얼굴에 가벼운 경계심이 떠올랐다.

환상환무대진은 어디까지나 광명신교 내에서만 알려져 있는 절진이었다.

삼랑처럼 어려서부터 살수 수업을 받지 않은 다른 소년, 소녀들로선 들어본 일도 없는 이름이었다.

그러나 환상환무대진에 대해선 잘 알지 못하지만, 부지불식간에 서른여섯 가지 살인 함정을 지나쳐 왔다는 말에는 경각심이 일어나지 않을 수 없었을 것이다.

그런 모습들을 냉정히 지켜보던 능몽초가 삼랑과 사랑을 필두로 한 일진과 담우소를 중심으로 모여 있는 이진을 바라보며 평소 그대로의 얼굴로 말했다.

"그래서 말인데, 제군들이 최종 시험의 첫 관문을 한 명 낙오 없이 통과한 것을 축하한다."

"……?"

"물론 광명정 안에 마련되어 있는 비무대에서 서로의 실력을 몽땅 발휘한 후 패배한 여섯 명은 모종의 곳으로 조용히 떠나주어야겠지만 말야."

"비무라면?"

"본래는 이 빌어먹을 진세 속에서 최종 시험을 치를 생각이었지만 그건 너무 위험하단 말야. 어차피 최종 시험의 근본 취지는 '만마천은 강자를 원한다!' 이니, 아예 비무를 벌여 서로 죽기 살기로 싸워보는 것도 나쁘지 않겠다고 생각한 것이지."

만면에 떠올라 있는 느긋한 표정과는 전혀 어울리지 않게 냉혹한 말을 내뱉은 능몽초가 곧 이어 석비 앞에 튀어나와 있는 바위를 거세게 걷어찼다.

쾅! 쿠르릉!

바위가 옆으로 밀려나는 소리와 함께 지축을 울리는 소리가 일어났다. 그리고 잠시 후, 주변을 온통 뒤덮고 있던 안개가 소리없이 흩어졌다.

명왕강림지, 혹은 광명정이라 불리는 천 년의 금지가 열한 명의 소년, 소녀와 두 명의 청년 앞에 조용히 모습을 드러내고 있었다.

*   *   *

일(一). 일랑 대 구소옥.

이(二). 이랑 대 마경화.

삼(三). 삼랑 대 혈주.

사(四). 사랑 대 녹접.

오(五). 오랑 대 흑갈.

육(六). 육랑 대 담우소.

나무통에 각자의 이름을 적은 쪽지를 집어넣고 뺑뺑이를 돌린 결과였다.

단 한 명도 예외가 없는 일진과 이진 간의 대결이었다.

따라서 누구 하나 할 것 없이 자신의 상대로 지정받은 자를 노려보느라 시간을 할애하고 있을 때였다.

예외적으로 대략 좌우 오 장 정도의 크기로 만들어져 있는 비무대를 멍청하게 바라보고 있던 능몽초를 꼬나보는 시선이 있었다.

'응?'

광명정에 들어서자마자 평소와 달리 주변을 둘러보는 시간조차 없이 뺑뺑이를 돌리고, 결과를 발표한 후였다.

자신이 생각하기에도 재밌는 대진표에 흐뭇한 마음을 감추지 못하고 있던 능몽초의 표정이 기묘해졌다.

—사냥 하나는 일품으로 하는 자!

능몽초가 알고 있는 담우소였다.

그가 이진의 주축이란 건 별도의 일로 생각하고 있었는데, 웬일인지 이진과 떨어져 자신을 노려보고 있는 모습에 마음 한 켠이 켕겼다.

"왜, 죄지은 거라도 있는 겁니까?"

선수를 치며 담우소가 다가왔다. 그저 눈빛만으로 끝낼 문제가 아니었던가 보다.

은근히 담우소의 시선을 피해 발길을 돌리려던 능몽초가 억지로 근엄한 표정을 지어 보였다.

"죄를 져? 내가? 세상에 그런 일이 있을 수 있겠는가!"

"그렇지 않으면 어째서 아까부터 뒤가 구린 사람마냥 안절부절못하는 모양새를 보이는 겁니까?"

"그야 최종 시험이 끝나면 드디어 귀여운 후배들과 상견례를 하게 될 테니 흥분이 되어서 그런 게 아니겠나!"

"그런 겁니까?"

"왜 아니겠나!"

단호한 대답과 함께 얼른 신형을 돌린 능몽초가 성큼성큼 눈앞의 비무대를 향해 걸어갔다. 더 이상 대답할 가치를 못 느낀다는 표정을 얼굴에 그려 넣은 채였다.

그러자 담우소가 얼른 능몽초의 뒤를 쫓으며 말했다.

"그런데 한 가지 질문이 있습니다만."

"난 대답할 의무가 없네."

"의무까지 들이댈 문제는 아닙니다."

능몽초의 발걸음이 잠시 주춤했다.

"뭔가?"

"대진표에 대해섭니다."

"그것에 관해서라면 난 대답할 말이 없네."

"흐음, 역시 놀랍게도 우연에 우연을 더해 나온 대진표의 결과에 문제가 있는 건가?"

마지막 말은 발걸음이 빨라진 능몽초의 등 뒤에서 지껄인 혼잣말이었다. 문제는 능몽초의 귓전을 송곳처럼 꽉꽉 찔러댄다는 데 있었지만.

아무래도 잘못 걸렸다는 생각이 들었을 것이다. 발을 멈추고 담우소를 향해 슬쩍 신형을 돌린 능몽초가 특유의 흐릿한 웃음을 지어 보였다.

"하하, 이 녀석!"

손가락 하나를 들어 담우소를 향해 흔들어 보이는 능몽초의 눈가가 잔웃음을 만들어내고 있었다.

흔한 표현으로 '좋은 게 좋은 게 아니냐?' 라거나 '자식! 알면서!' 하는 말이 생략된 눈웃음이었다.

그러나 지난 십여 일간 능몽초를 익히 주시하고 있던 담우소였다.

심각한 일을 만나면 항시 지금과 같은 허무한 행동으로 넘기기 일쑤인 그에게 담우소가 표정을 딱딱하게 굳혔다.

"우리, 일단 거리는 좀 두는 편이 좋을 것 같군요."

"그걸 원하는가?"

"물론이죠."

"뭐, 그럼 그러지."

능몽초가 순순히 뒤로 물러섰다. 따라서 이미 담우소가 물러선 상태였으므로 서로 간에 두세 보가량이었던 간격이 순식간에 대여섯 보로 멀어졌다.

그 정도라면 설혹 능몽초가 암습을 한다 해도 담우소가 지닌 무위라면 어느 정도 방비할 수 있을 만한 거리였다. 내심 그러한 계산까지 끝낸 담우소가 단도직입적으로 말했다.

"어째서 뺑뺑이에 야료를 부린 것입니까?"

"야료?"

"다른 말로 야합(野合)이라고 할까요?"

"우리 사이에 그렇게까지 어려운 문자를 쓸 거야 없지 않은가!"

능몽초가 질색한 표정이 되었다.

'과연 그렇군.'

내심 고개를 끄떡인 담우소가 말했다.

"만난 지 십여 일밖에 되지 않은 터에 '우리 사이에'란 말은 심히 듣기 거북하지만 넘어가도록 하고, 제 질문에 대답하지 않으시렵니까?"

"흐음, 너무 사람을 핍박하는구만."

"그럼 더 이상 핍박하지 말고, 저쪽에 늘어서서 눈싸움하느라 정신 없는 녀석들한테 제가 발견한 부정 의혹을 죄다 까발릴까요?"

담우소가 눈길을 던진 곳은 과거 어느 때보다 확연히 세가 나뉘어 살기를 풀풀 발산하고 있는 일진과 이진이 모여 있는 곳이었다.

뺑뺑이 결과 나온 대진표에 일진과 이진이 섞여 싸우지 않게 된 까닭에 두 세력 간의 알력은 차마 눈 뜨고 보지 못할 지경이었다. 당장에라도 서로의 손에 칼을 쥐어주고 자리를 피해준다면 처절한 칼부림이 벌어질 정도였다.

그 모든 사건의 원인 제공자인 능몽초가 히죽 웃었다.

"과연 그렇군. 지난 십여 일간의 방임으로 조금이나마 완화되었던 알력이 지금에 이르러선 놀라울 정도로 극심해졌어. 곁에 다가서기 두려울 정도로."

"잘 아시는군요."

"암, 잘 알고말고. 과거 십 년 전 이와 비슷한 상황을 직접 몸으로

겪어봤던 사람인데 어찌 모를 수 있겠나."

"……."

"하지만 말일세. 만약 일진과 이진이 섞인 채 서로 간에 칼을 들이 댄다면 더욱 참혹하지 않겠나? 그동안 함께 뒹굴며 수련해 왔고, 서로 힘을 합쳐 시험을 뚫었을 텐데 말야."

"그렇긴 하지만……."

"뭐, 그런 것보다 시험관인 나로선 서로 간에 너무 잘 아는 사람끼리 붙여놓으면 제대로 된 승부가 나지 않을 것 같아서란 이유가 더 마음 에 들지만."

"지나칠 정도로 낭만주의자군요."

"글쎄, 그런 말은 나보다는 자네들같이 허약한 자들을 이진으로 뽑 은 한령에게 어울리지 않을까?"

슬쩍 말끝을 흐린 능몽초가 특유의 표정과 함께 담우소에게 한쪽 눈 을 슬쩍 깜빡여 보이곤 눈앞의 비무대로 슬쩍 뛰어올랐다.

'이진이 허약하다고?'

능몽초를 쫓아 비무대로 뛰어오르려던 담우소의 발걸음이 주춤했 다.

저만치, 담우소의 상대로 정해진 육랑이 걸어오고 있었다.

제38장 용(勇)과 지(智)!

안개가 걷힌 광명정은 그다지 장관이라 할 만한 광경은 아니었다. 굳이 평하자면 평범하달까.

일찍이 십만대산을 중심으로 내곤륜을 한 바퀴 돌았으니 울창한 삼림은 여전했고 기암괴석의 산 역시 마찬가지였다.

―천 년의 금지!

말이 주는 위압감에 짓눌린 주변의 몇몇과 달리, 얼마 전 자신에게 살기를 발산하던 육랑의 사람 같지 않은 모습을 떠올린 담우소는 쓴 입맛을 다셨다.

처음 광명정에 들어서 주변을 대충 훑어보고 담우소가 내린 결론은 '별로 재미있을 것 같지 않다!' 는 것이었다.

이곳 광명정은 동서남북 어느 쪽을 살펴보더라도 온통 황량함만이 넘치는 모양새로, 아무리 좋게 생각해도 무명산에서의 오 년간을 강하게 연상시켰다.

앞서 확인했다시피 눈앞으로 보이는 황량한 공터의 한가운데엔 비무대만이 덩그러니 만들어져 있을 뿐, 주변의 건물이라곤 몇 개의 초막이 전부였다.

차갑지만 아름다운 빙예운, 그리고 능몽초의 의뭉스런 모습에 은연중 기대하는 마음이 있던 담우소로선 낙심천만하지 않을 수 없었다.

시험에 합격한다 해도 이런 강아지조차 풀밖엔 뜯어 먹을 게 없을 듯한 곳에서 다시 십 년이란 세월을 보내야만 했다.

그것이 자신에게 화심인을 내린 엄정하가 첫 번째로 내린 명령이었기 때문이다.

'그래서 그 다음은?'

상대로 내정된 육랑을 무시하는 건 아니었다.

칠 척의 장신에 가벼운 발걸음과 예리한 시선은 분명 보통내기가 아닐 뿐더러, 특이한 무공을 익혔다는 걸 짐작게 했다.

만약 최고봉에게 특훈을 받기 전의 담우소라면, 실제 대결시 상대 자체가 되지 않을 가능성이 높았다. 아니, 분명 그러했을 것이다.

그러나 현재 담우소의 무공 수준은 그 대단하다는 만마천 출신인 빙예운과 맞선다 해도 일방적으로 당하고만 있진 않을 정도였다.

나날이 풍천경의 오의에 매진하다 보니 절로 그러한 경지까지 이를 수 있었다.

때문에 육랑쯤 이기는 건 여반장이란 자신이 생겼다.

자연스레 십 년 후의 자신은 어떻게 변했을까로 생각이 옮겨가자 담우소의 입에서는 한숨이 절로 흘러나왔다.

엄정하의 결코 미워할 수 없는 절세미모와 더불어 자신이 꼭 쇠사슬에 묶인 야수와 같은 처지라는 생각을 지울 수 없었기 때문이다.

그렇다 해도 담우소가 화심인을 받았을 때를 기점으로 상황은 돌이킬 수 없는 방향으로 흘러가고 있었다.

이제 와서 담우소 개인의 힘으로 되돌릴 수는 없었다.

'에라, 모르겠다. 내일 일은 내일 생각하자!'

내심 자포자기한 심정이 된 담우소가 어정거리는 걸음으로 비무대 쪽으로 걸어갔다.

당장에라도 달려들듯 기세등등하던 육랑을 뒤로 물러서게 만들었던 능몽초의 목소리가 이번엔 '비무 시작!' 소리를 내뱉고 있었다.

*　　　　*　　　　*

"포기하겠습니다!"

"뭐?"

"이 승부! 포기하겠다는 뜻입니다."

그 말을 끝으로 일랑은 등을 돌려 비무대에서 내려갔다.

능몽초의 다소 흥분된 목소리의 여운이 채 가시기도 전에 벌어진 일이었다.

"이 녀석이!"

분노한 능몽초가 일랑을 쫓아 비무대로 신형을 날렸다. 시험관답게 승리자를 지목하는 걸 잊어버린 듯한 모습이었다.

그러나 그 후 벌어진 몇 차례의 설왕설래에도 불구하고 일랑은 자신의 뜻을 굽히지 않았고, 결국 첫 번째 비무의 승리자는 구소옥으로 결정되고 말았다.

일랑의 뜻은 그만큼 완강하고 단호했다.

따라서 손가락 하나 까딱하지 않고 최종 시험을 겸한 비무의 승리자가 된 구소옥의 태도는 태연하기만 했다.

눈앞에서 일랑을 붙잡은 능몽초의 고성과 애걸이 동반된 설득과 회유가 벌어지는 동안에도 그녀는 눈 한 번 깜빡이지 않았다. 마치 자신과는 전혀 관련없는 일인 것처럼.

그리하여 잔뜩 구겨진 얼굴이 된 능몽초가 내키지 않는 표정으로 자신을 승리자로 지목하자 구소옥의 입가로 상큼한 미소가 떠올랐다.

첫 번째 최종 합격자의 탄생이었다.

고삐 풀린 망아지처럼 돌아가는 상황이라함이 옳았다.

정신없이 돌아가는 상황에 떠밀려 주변에 소홀했던 담우소는 비어 있는 몇 개의 초막에서 얼마 전까지 사람이 기거한 흔적을 발견할 수 있었다.

'이번 시험에 합격해서 만마천 문하가 되면 이곳에 기거하며 수련을 받는 것 같다. 노사라는 것들은 비무가 끝나면 나타나서 빙설마녀나 의뭉스런 게으름뱅이처럼 합격자들을 훈련시킬 테고.'

두말할 것 없이 지극히 타당한 일일진대 담우소는 무엇이 못마땅한지 눈살을 찌푸렸다.

'그런데 이곳 이름이 광명정이니 주변에 우물이 있을 텐데 보이질 않는다. 동쪽과 북쪽은 나무가 빽빽하고 남쪽은 계곡의 입구니까, 필시 서쪽 언덕 뒤편에 무언가가 있어도 있을 확률이 높겠군.'

주변의 다른 이들처럼 특별히 '천 년의 금자'에 대해서 궁금해 죽을 것 같은 심사는 아니었다.

어차피 다른 이들처럼 입신양명을 목적으로 만마천에 들어가려는 게 아니니, 그다지 관심을 둘 바 없다고 생각했다.

단지 이유가 있다면…….

대진표에 따라 첫날 맞붙게 된 일랑과 구소옥 간의 대결이 너무 싱겁게 끝났기 때문이었다.

그래서 하루가 비워졌고, 찬찬히 주변을 둘러볼 여유가 생겼을 뿐이다.

구소옥에 이어 기운차게 비무대에 올랐던 일랑이 느닷없이 기권을 선언할 줄 누가 알았으랴!

주변에서는 부상을 이기지 못한 게 아니겠냐는 의견들이 분분했지만 담우소는 말을 아꼈다.

지켜볼수록 정체가 모호한 구소옥이었다.

몇 차례의 탐문과 시험을 던졌으나 도저히 그 밑바닥을 알 수 없는 여인이었다.

때문에 이번 일도 그리 자신의 예상을 뛰어넘는 일은 아니라고 담우소는 생각했다.

자신이 측량할 수 없는 능력을 지닌 구소옥이 최종 시험쯤 통과하지 못할 거란 생각은 애초에 하지도 않았을 뿐더러, 이번 시험으로 그녀가 자신의 앞을 가로막아 설 가능성 역시 사라진 까닭이다.

그래서인지 생각 끝에 힐끔 서쪽 언덕 너머를 바라보는 담우소의 얼굴은 내심과 달리 다소 멍청해 보였다.

강호에 나와 고난을 겪는 동안 자연스레 체득한 표정이었다. 주변의 비웃음을 사며, 경계심을 흩뜨리기엔 꽤 효과를 발휘하는 비기라고나 할까?

어떻게 보더라도 꽤 오래전부터의 친분을 자랑하는 사람이 아니라면 어수룩하다 느낄 게 분명한 담우소의 등판을 노리고 달려드는 인영이 있었다.

꿈틀!

운중행 중 취중팔도(醉中八道)는 정확히 삼 보 반의 영역 안에서 공격과 수비를 겸할 수 있는 보법이다.

인기척을 느낌과 동시에 취중팔도를 펼친 담우소의 신형이 좌측으로 슬쩍 삼 보 반 정도 이동했다.

빠르긴 하지만 술에 취한 듯 비틀거리는 세 족장 반.

내내 담우소를 지켜보고 있다가 틈을 봐서 달려들었던 마경화의 얼굴이 일시 시무룩해졌다.

"재미없는 사람!"

'경망스런 계집!'

비록 마음만이라곤 하지만, 마경화와 거의 동시에 담우소는 투덜거렸다.

그리곤 자신을 향해 입술을 삐죽이고 있는 마경화에게 퉁명스레 말했다.

"정신 산란스러우니까 딴 데 가서 놀아라."

"딴 데 가서 놀라니! 너, 날 뭐라고 생각하는 거야!"

"뭐라고 생각하긴! 입 거칠고 버릇없는 데다, 무척 할 일 없는 계집애라고 생각하지."

담우소의 대답은 단호했다. 평소보다 훨씬 냉정한 담우소의 태도에 마경화가 발을 굴렀다.

"뭐라고!"

"아아, 첫 번째로 만마천에 합격하신 구 소저는 도대체 어디에 갔는지……."

"여기서 소옥 언니가 왜 튀어나오는 거야!"

마경화의 목소리가 더욱 찢어졌다.

담우소의 딴청보다는 구소옥이란 이름이 거명된 것에 발끈 화가 치밀어 오른 모양새였다.

그러자니 이때쯤에 이르러선 마경화를 다루는 데 어느 정도 이력이 난 담우소로선 내심 웃음이 나올 뿐이었다.

방금 전까지 마음속에 끼었던 먹구름이 일시 날아가는 기분이었다.

'하하, 이 녀석!'

다소 경솔하고 급하기는 하지만 어두운 구석이 없는 마경화였다.

그녀의 성격을 믿고 담우소가 말했다.

"그야 그녀가 있어야 네 연신 종알거리는 입이 조용해질 게 아니냐. 그러면 나 역시 오랜만에 얻은 여유를 한가로이 만끽할 수 있을 게고."

"……."

"왜, 내 말이 틀렸다고 생각하는 거냐?"

곧 이어 시끄러운 종달새처럼 밀려올 마경화의 종알거림을 기다리며 느긋하던 담우소의 얼굴이 슬쩍 변했다.

'응? 말이 없어? 요 계집애가 평소와 달리 어찌 이리 조용한 것이지?'

그랬다. 평소 같으면 벌써 마경화는 담우소에게 달려들어 주먹질을 한다든지, 강호를 돌며 배운 조악한 욕설을 내뱉었을 게 분명했다. 그간 그녀와 담우소 간의 대화의 끝이 항상 그러했기 때문이다.

그런데 처음의 활기 찬 표정과 달리 지금 마경화의 얼굴에는 짙은 먹구름이 끼어 있었다.

담우소의 마음에 끼어 있던 먹구름이 일시 그녀에게 달려든 듯싶었다.

잠시의 침묵은 곧 끝을 드러냈다.

평소답지 않은 전개에 어색한 표정이 된 담우소를 바라보며 마경화가 힘 빠진 목소리로 말했다.

"그렇게까지 말할 필요는 없잖아. 내일이면 나랑 영영 헤어지게 될지도 모르는데……."

말끝을 흐리는 마경화의 얼굴이 더욱 어두워졌다. 자존심이 센 만큼 이러한 얘기를 꺼내기까지 심한 갈등을 겪었을 게 분명했다.

그제야 평소 같지 않은 마경화의 태도를 이해하게 된 담우소가 뒤통수를 긁적였다.

"내일 대결… 자신이 없는 게냐?"

"그건 아니지만……."

이번에도 마경화는 말끝을 흐렸다. 그리고 조용히 얼굴을 붉히며 아랫입술을 살짝 깨물었다.

왈가닥 그 자체라 해도 과언이 아닌 마경화였다. 앞의 말과 합쳐진 눈앞의 모습에 여심을 모르는 담우소라 해도 마음이 움직이지 않을 수 없었다.

'설마 이 왈가닥이 그동안 내게 마음을 둔 것인가? 하지만 지금의 얼굴은 본래의 내 얼굴이 아니고, 목소리 역시 그렇다. 뭐, 십 년이나 어린 꼬맹이(영계)가 영 싫은 건 아니지만, 인연을 맺는다는 건 좀 무리

이지 싶지?

　이것저것 생각하지 않더라도 분명 곤란한 일이었다.

　눈빛을 몇 차례 바꾸다 다시 뒤통수를 긁적인 담우소가 슬쩍 화제를 바꿨다.

　"그런데 방금 전의 비무에서 일랑이란 녀석을 초전에 전의 상실하게 만든 구 소저의 위용은 대단하더군."

　"……."

　"본래 나이답지 않게 머리가 좋고 배포가 크다는 건 알았지만 꽤나 의외의 일이었어. 너는 그 점에 대해 어떻게 생각하냐?"

　어디까지나 의도적으로 꺼낸 칭찬 일색의 말이었다.

　은연중에 구소옥을 의식하고 있던 마경화가 얼굴에서 홍조를 재빨리 지워냈다.

　"흥, 역시 그랬었군. 그동안 여자한테는 계속 관심없는 척하더니, 역시 소옥 언니를 마음에 두고 있었던 거였어!"

　"뭐?"

　담우소는 손가락을 들어 자신을 가리켰다. 어처구니없다는 표정을 잊지 않은 채였다. 그리곤 일고의 가치도 없다는 듯 단호하게 말했다.

　"쓸데없는 소리!"

　"그렇잖으면 어째서 말끝마다 소옥 언니를 찾는 거지? 생각해 보면 무리를 만들 때부터 두 사람은 붙어 있었잖아!"

　"그야 능력있는 사람에겐 사람이 꼬이게 마련이잖아. 게다가 나는 잘생기기까지 했으니……."

　"호호, 웃겨!"

　콧방귀를 뀐 마경화가 진짜로 허리를 잡고 깔깔거리며 웃었다.

어찌나 크게 웃던지 그녀의 눈가로는 얼핏 눈물마저 보였다. 담우소의 넉살이 만들어놓은 변화였다.

그러자 본래 의도했던 바였으나 담우소로선 은근히 열이 받는 느낌이었다.

내심 '어린 계집애의 마음을 풀어줬으니, 그것으로 좋다!' 라 자신을 타일렀으나 평소 성격이 어디 가지 않았다.

슬쩍 못된 마음이 고개를 든 담우소가 통박을 주듯 말했다.

"쯧. 아까까지만 해도 곧 죽을 사람처럼 유난을 떨더니, 그새 헤헤거리는 모양새라니!"

"내, 내가 뭘……."

"안 그랬었나?"

딱!

반문과 함께 마경화의 머리에 알밤을 먹이고 피식 웃어 보인 담우소가 무심히 말했다.

"그동안 일진 녀석들을 살펴보니 어떻더냐?"

"일진?"

"강호 초출도 아닐 테니, 앞으로 자신의 경쟁자가 될지도 모를 녀석들을 멀거니 바라만 보고 있지는 않았을 게 아니냐?"

앞에서 했던 말들은 방금의 말을 꺼내기 위한 장치에 불과했다.

결코 가볍지 않은 담우소의 군밤에 인상을 있는 대로 구기고 있던 마경화의 얼굴이 일시 딱딱하게 굳었다.

"그 말상의 덩치는……."

"말상의 덩치?"

"내일 내가 상대하게 될 녀석 말야."

"흠, 생각해 보니 확실히 얼굴이 길쭉하긴 했어. 곰보라는 점을 뺀다면 말상이라 불러도 괜찮을 것 같긴 하군. 그런데?"

질문은 자신이 해놓고 고심하는 얼굴이 된 담우소를 입을 벌리고 바라보고 있던 마경화가 한숨을 내쉬었다.

"휴우, 도대체 너는 무슨 생각을 하고 사는지 모르겠어."

"하하하!"

"남은 심각한데 그렇게 웃지 마!"

"그럼 안 웃지 뭐."

담우소가 웃음을 멈추자 마경화가 심각한 표정으로 말했다.

"그는… 얼굴과는 달리 태도가 느긋하고 발걸음이 무거워. 굳이 걸어간 자리를 살피지 않더라도 내외를 두루 겸비한 고수라는 걸 알 수 있어."

"그래서? 상대할 방법은 마련됐냐?"

"아니."

다시 힘이 빠진 목소리였다.

그러자 기다렸다는 듯 그 목소리의 뒤를 좇아 폭갈에 가까운 목소리가 터져 나왔다.

"이 바보 녀석아!"

움찔!

"그런데 이런 곳에서 금쪽같이 귀중하고 소중한 시간을 보내고 있는 거냐! 너, 그렇게도 근성없는 녀석이었어!"

"……."

변함없는 얼굴이고 태도였다. 담우소는 전혀 변한 것이 없었다. 그런데 어째서 평소같이 호통을 들은 마경화의 두 볼에는 눈물이 흘러내리는가!

군이 '힘내라!' 라 거나 '넌 할 수 있어!' 정도의 말을 기대했던 건 아니었다. 그저 요즈음에 이르러선 주체하지 못하게 된 자신의 마음을 전할 수 있으면 족하다고 생각했다.

'그런데 이 바보 같은 사내는……'

바보는 담우소가 아니라 마경화 자신일지도 몰랐다. 그럼에도 끝까지 담우소를 바보 같다고 마음 한쪽을 외면한 마경화가 얼른 눈가를 훔치곤 양 손바닥을 들어 자기 뺨을 때렸다.

짜악! 짝!

그리곤 대차게 돌아섰다. 처음, 담우소를 처음 봤을 때와 똑같이 독한 표정을 떠올린 채였다.

"어? 너, 가냐?"

"나 지금부터 내일 시합에 대비할 거야."

"……."

"그래서 네 녀석이 만마천에 들어오나 못 오나 똑똑히 지켜볼 거야!"

"그래?"

"그럴 거야!"

"알았다. 잘 가라!"

끝까지 무정한 담우소의 배웅이 귓가를 울렸다.

그러나 마경화는 다시 고개를 돌리지 않았다.

그녀는 앞만 보고 걸어갔다.

담우소의 말없는 전송을 받으며.

"그걸로 좋아요?"

어디에서 나타난 것일까. 마경화의 뒷모습이 전혀 보이지 않게 된 순간 들려온 조용한 목소리에 담우소가 고개를 돌렸다.

"무슨 소리지?"

목소리의 주인공은 구소옥이었다. 만마천의 첫 번째 합격자가 된 것 치고는 별로 달라진 것이 없는 모습이었다.

'뭐, 그게 당연할지도…….'

마경화의 앞에서는 그리 찾아대던 여인인데, 구소옥을 바라보는 담우소의 표정은 담담하다 못해 냉담하기까지 했다.

마경화와 얘기를 나누던 중 보였던 활력이나 장난기가 전혀 느껴지지 않는 모습이었다.

고개를 갸웃거리며 담우소의 표정을 살핀 구소옥이 말했다.

"그 질문. 오늘 그녀가 당신을 찾아온 뜻을 모른다는 건 아니겠지요?"

"……."

"경화 동생은 마도 명문의 여식이고, 무공이 고강할 뿐더러 얼굴도 예뻐요. 특별히 싫지는 않은 것 같던데, 제가 잘못 생각했던 건가요?"

언제나와 같이 사람의 내심을 팍팍 찌르는 듯한 질문이다. 더욱 사람을 당황하게 만드는 건 어떤 여인보다 아름다운 눈빛이 모든 걸 이미 알고 있다고 속삭이는 것이지만.

'정말 진저리 쳐지는 눈빛이로군!'

부르르…….

어깨를 가볍게 떨어 보인 담우소가 말했다.

"뭐, 이런 걸로도 좋지 않겠소."

"이런 걸로도 좋다?"

"흐흐, 나는 본래가 연상 취향이라 설익은 꼬맹이한테는 별 흥미가 없거든."

"호오, 그렇다면 혹시 한령 선자님을 마음에 둔 건가요?"

"응?"

"하긴 한령 선자님은 같은 여인이 보기에도 너무 아름다워 홀딱 반할 정도이긴 했어요. 무공도 무척 고강하고……."

"……."

"하지만 너무 목표를 높은 데 두는 게 아닌가요? 본래 고지의 꽃은 그리 쉽게 꺾을 수 있는 게 아닐 텐데."

구소옥은 어느새 자기 멋대로 모든 걸 말하고, 결정지으며 좋아하고 있었다. 당사자인 담우소의 의견은 묻지도 않고.

'저것이 미쳤나?'

순간 심각한 의심의 눈빛이 된 담우소가 정중한 목소리로 말했다.

"방금 전의 비무 시에 혹시 상대방이 발출한 내가의 경력에 내상이라도 당한 게 아니오?"

"아뇨."

"그럼 어째서 그리 쓸데없는 말을 하는 게요?"

"그야 당신이 연상을 좋아한다고 하니까……."

"이 세상에 내 연상이 빙설마녀뿐이오?"

"여전히 빙설마녀인가요?"

"한 번 빙설마녀면 끝까지 빙설마녀가 아니겠소."

담우소를 빤히 쳐다보며 구소옥이 웃었다.

"호호. 당신, 정말로 특이한 성격이군요."

"뭐, 종종 그런 말을 듣긴 하오."

어깨를 으쓱해 보인 담우소가 발걸음을 돌렸다. 특별한 일이 없는 한 구소옥과는 별로 오래 얘기하고 싶지 않아서였다.

그러나 본래 목적없이는 모습을 드러내는 일이 없는 구소옥이었다. 두말 않고 자신에게서 멀어지려는 담우소의 뒤통수에 대고 그녀가 무심히 말했다.

"당신의 화화기공은 꽤나 그럴 듯하더군요."

'윽!'

비록 마음속이지만 담우소는 진심으로 신음을 내뱉었다. 그만큼 구소옥의 일언은 큰 힘을 내포하고 있었다.

하마터면 혀를 깨물 뻔했으나 억지로 내심의 동요를 억누른 담우소가 눈살을 가볍게 찌푸려 보였다.

"그게 무슨 소리요?"

"그 면상과 목소리가 제법 그럴듯했다는 거예요."

구소옥은 확신을 가진 듯했다.

하긴 담우소가 화화기공으로 얼굴이 변형됐다는 것까지 알고 있으니 그럴 만도 했다.

화화기공이란 게 그리 쉽사리 누군가에게 들킬 만한 변체이환공은 아닌 게 분명하니.

'저 구미호 같은 계집이 모조리 알고 있다? 그럼 이걸 어쩌지?'

난감한 기분에 담우소는 잠시 목소리를 내지 못했다. 대담한 그이지만 이와 같은 일을 당하자 일시 어떻게 일을 풀어야 할지 모르게 된 것이다.

그러나 역시 담우소는 배포있는 사내였다.

"왜, 계속 시치미라도 떼고 싶으신가요?"

구소옥이 천연덕스레 다가들자 담우소는 은연중에 뒤로 몇 보 신형을 물렸다.

강호의 밑바닥을 묵묵히 뒹굴었던 싸움꾼의 본능이었다. 그리고 침착한 표정으로 말했다.

"마지막 시험이 시작됨과 동시에 우리의 연합은 끝난 걸로 기억합니다만."

얼굴과 다름없이 긴장이 느껴지는 목소리였다.

만약 천하의 역용 대가가 옆에서 지켜본다 해도 흠을 잡을 수 없을 정도로 자연스런 모습이었다.

그러나 구소옥의 눈에 이채를 떠오르게 만든 건, 담우소의 얼굴이 아니라 대적을 앞에 두고 내뱉는 말과 전혀 다름이 없는 목소리였다.

'여차하면 달려들 기세로군!'

스윽!

자신 역시 슬쩍 한 발짝 뒤로 물러서는 것으로 담우소가 쏘아 보낸 질문에 대답한 구소옥이 말했다.

"이제부터는 저와 적이 될 수도 있다는 뜻인가요?"

"강호를 주유하다 보니 세상이란 게 믿을 수 있는 사람보다는 믿을 수 없는 사람이 더 많더군. 그동안은 내 일과 별 관련이 없는 것 같아 모른 척했지만, 구 소저가 하고 다닌 일을 내가 모른다고는 생각하지 말라는 뜻이오."

"내가 그동안 하고 다닌 일을 안다? 그 말? 더 이상 시치미 따윈 떼지 않겠다는 뜻이군요."

"상대가 구 소저라면 어설픈 시치미 따윈 떼지 않는 게 좋겠다고 생각한 것뿐이오."

어느새 담우소의 말투는 변해 있었다. 여전히 반존대로 구소옥을 호칭하고 있었으나 미묘하게나마 변한 게 있었다.

어떤 식으로 말을 하든 은근히 사람을 열받게 만드는 데 상당한 힘을 발휘하는 묘한 억양이었다.

그 미묘한 차이를 금세 발견한 구소옥의 단정한 입가로 흐릿한 미소가 떠올랐다.

"후후, 본래의 말투는 꽤나 억세네요. 강남의 사투리를 쓰길래 어쩌면 본판은 부드러운 미공자가 아닐까 가슴 두근거렸었는데, 제 기대는 고이 접어둬야 할 것 같군요."

"흥, 구 소저의 그 말은 꼭 강남에는 영웅호걸이 없다는 강북 촌놈들의 말과 진배없는 말이구려."

"자신이 영웅호걸이란 건가요?"

"최소한 진짜 사내대장부라고 생각하고 있소."

가슴을 두드리진 않았지만 담우소에게선 호기가 물씬 일어났다. 광명신교에 들어선 이래 보인 일이 없는 본래의 안하무인적인 모습이었다.

그 모습을 바라보며 미소 짓고 있던 구소옥이 말했다.

"그런데 그런 사내대장부에 영웅호걸이 자신보다 나이 어린 묘령의 소녀가 내뱉은 한마디에 놀라 그리 짙은 살기를 뿜어내고 있는 건가요?"

"당신의 대답 여하에 따라서 생사결전을 벌여야 할지 모르니 어쩔 수 없지 않겠소?"

"입을 막겠다는 뜻인가요?"

"지금으로썬 가장 현실적인 방안이라는 걸 부인하진 않겠소."

대답과 함께 담우소는 더욱 당당하게 살기를 일으켰다. 그리고 그에 따라 전신 골격이 제멋대로 우드득 소리를 냈다. 풍천경상의 투기가 일어난 것이다.

그러나 무력 시위도 상대를 봐가며 할 일이었다.

눈빛 하나 흐트리지 않고 담우소가 발산한 투기를 받아낸 구소옥이 냉정하게 말했다.

"그렇지만 당신은 날 이길 수 없잖아요."

"그거야……."

"싸워봐야 안다고요? 하지만 세상에는 굳이 경험하지 않더라도 알 수 있는 일이 있어요. 당신이 제법 내외의 무공이 충실한 경지에 올라 있는 육랑에게 자신감을 갖는 것과 마찬가지로요."

"……."

"하지만 이렇게 정직하게 자신의 모습을 내보이는데 굳이 제가 당신을 괴롭힐 필요는 없을 것 같군요. 당신이 얼굴을 숨긴 절세 미남자가 아니라는 걸 알았으니 빨리 본얼굴을 보고 싶지도 않고요."

"서로 좋은 게 좋은 거라는 뜻인가?"

"뭐, 좋을 대로 생각하세요. 오늘 본 당신의 무공이라면 육랑을 이기고 만마천 시험에 통과하는 건 문제없을 듯하니 앞으로도 저와 함께할 시간은 충분하겠지요."

한차례 고개를 까딱해 보인 구소옥이 신형을 돌렸다. 여전히 일격필살의 살기를 뿜어내고 있는 상대가 보는 앞에서 등을 내보인 것이다.

꿈틀!

순간적으로 신형을 움찔해 보였던 담우소의 안색이 와락 구겨졌다.

'이런 병신 같은 놈! 잔뜩 쫄아서 서 있다가 등을 돌린 상대에게 달려들려 하다니! 그것도 저런 쬐끔한 계집애한테……'

퍽! 퍽!

담우소는 연신 자신의 머리를 주먹으로 쥐어박았다. 그렇게라도 하지 않으면 한심스런 기분을 참을 수 없을 것 같았다.

그때였다. 몇 걸음 가지 않아 문득 고개를 돌린 구소옥이 지나가는 목소리로 말했다.

"그런데 말예요, 이번 최종 시험에서 떨어진 사람들이 어디로 가는지 당신은 아세요?"

"그야……"

"앞서 시험에서 아깝게 떨어진 사람들과 함께 신교의 최전방 전투부대인 철혈대(鐵血隊)에 들어가요. 그야말로 정파와 반란을 일으킨 마도방파와의 싸움으로 피가 마를 날이 없는 곳이죠."

"……"

"내일 경화 동생이 떨어지면 갈 곳은 그런 곳이에요. 지금이라도 달려가서 조금쯤 위로해 주는 게 어떻겠어요?"

잠시 멈칫한 표정이 되었던 담우소가 퉁명스레 말했다.

"어차피 내일 그녀가 비무에서 진다면 십 년 내 다시 만날 수 없는 사이요. 애꿎게 정만 쌓아서 어쩌겠소."

"그렇군요."

나직이 한숨을 내쉰 구소옥이 더 말하지 않고 앞서 걸어갔다. 기밀이라 할 만큼 중요한 사항을 말해 준 것치고는 꽤나 빠른 포기였다.

'저 쬐끔한 계집애는 도통 모르는 것이 없군. 이런 정보는 또 어디에서 주워들은 거지?'

담우소는 내심 고개를 절레절레 흔들었다. 광명소주란 대단한 신분을 지닌 엄정하를 만난 이후, 이처럼 자신을 제멋대로 흔들어대는 사람은 본 일이 없었다.

"어째서 저자를 그냥 보내셨습니까?"

느닷없이 공간을 열며 모습을 드러낸 이는 일랑이었다. 공간을 열었다 함은 그렇게 보였다는 뜻이다.

그 한 수의 은신술만으로도 주변의 우려와는 달리 그의 내상이 거진 완치됐다는 걸 알 수 있었다.

심기체(心氣體)가 완벽하지 않다면 펼칠 수 없는 게 천문 비전의 은신술인 까닭이다.

느닷없이 모습을 드러낸 일랑에게 슬쩍 시선을 던진 구소옥이 표정 없이 말했다.

"특별히 더 파악할 일이 없으니까요."

"그렇다는 건……?"

"모든 일이 내 계획대로 돌아간다는 뜻이에요."

"…….'

"그러니 당신은 더 이상 내 주변을 맴돌지 말고 철혈대로 들어갈 준비나 하세요. 능몽초란 사람은 그리 어수룩한 사람이 아닐 뿐더러, 당신을 필요로 하는 곳은 이곳 만마천이 아니라 철혈대니까요."

"존명!"

고개를 숙여 보인 일랑이 공간을 열고 소리없이 사라졌다. 아니, 나타날 때와 마찬가지로 그렇게 보일 뿐이었다.

"하아! 그럼 나는 이제부터 낙담하고 있을 경화 동생이나 위로하러

가볼까?"

　사려 깊은 평소의 표정을 회복한 구소옥이 혼잣말대로 마경화가 궁상을 떨고 있을 만한 곳을 찾아 걸어가기 시작했다.

　담우소와 마찬가지로 그녀 역시 성격이 단순한 마경화에 대해선 이미 파악이 되어 있는 상태였다.

*　　　　*　　　　*

　최종 시험 이틀째.

　천 년의 금지에서 하룻밤을 보내고 비무대로 몰려든 사람은 시험관인 능몽초를 포함해서 정확히 열두 명이었다.

　밤새 광명정의 주변을 철통같이 지키고 있는 순혈의 무사들에게 일랑이 개처럼 끌려갔다며 서두를 꺼낸 능몽초가 경고하듯 말했다.

　"애써 얘기하지 않아도 제군들 정도라면 충분히 알리라 생각했었는데, 내 생각이 잘못됐었던 것 같다. 어제, 이곳에서는 마도의 무사혼을 저버린 용납 못할 행위가 벌어졌다. 전력을 다해 싸워보지도 않고 승부를 포기하는 빌어먹을 녀석이 나타난 것이다!"

　능몽초는 잠시 분을 삭이려는 듯 거친 숨을 몰아쉬었다.

　"후우! 그래서 다시 말하겠는데, 비무대 위에 올라선 자들은 오직 승부에만 신경을 써라! 그것이 바로 만마천이 원하는 무사혼이고, 내가 그동안 제군들을 쉽사리 이곳으로 데려오지 않은 까닭이다. 내 말을 알아듣겠습니까?"

　끝으로 갈수록 감정이 격해지는 말이었고, 표정이었다. 얼마만큼 능몽초가 어제의 일로 상심했는지를 웅변하는 모습이라 할 만했다.

따라서 잠시 동안 비무대로 모인 열한 명의 소년, 소녀들 사이에선 침묵이 흘렀고, 그 속에서 바람처럼 신형을 날린 건 마경화였다.

휘익!

재빠르면서도 깨끗한 신법이었다. 단숨에 비무대 위에 오른 마경화가 눈빛을 빛내며 능몽초에게 말했다.

"다른 사람은 몰라도 저는 이곳에서 쉽사리 물러날 생각이 없어요. 시험관께서는 우려하지 않아도 좋을 거예요."

"확실하겠지?"

"물론이에요."

다짐하듯 묻는 능몽초의 질문에 마경화가 기운차게 대답했다. 어제의 침울한 모습 따윈 한 점도 보이지 않는 평소 그대로의 마경화였다.

'역시 저 자식은 열양의 무공을 익혔겠지?'

뒤이어 묵직하게 신형을 비무대 위에 올려놓은 이랑의 장대한 모습을 주시하고 있던 담우소의 귓전을 간질이는 부드러운 음성이 있었다.

"능구렁이 같은 사람!"

흠칫!

담우소는 은연중에 같은 이진과도 거리를 두고 있었다. 최종 시험의 항목이 비무로 결정된 순간부터 혈주 등은 자신들끼리 모여 다녔고, 구소옥은 왠지 꺼려졌기 때문이다.

홀로 멀찍이 떨어져 비무대를 주시하고 있던 중 느닷없이 익숙한 목소리가 들려오자 슬쩍 어깨를 떨어 보인 담우소가 미간에 주름살을 만들었다.

"구 소저, 당신은 여전히 동에 번쩍 서에 번쩍 하는군."

"그야 담 공자에 비할 바는 아니겠지요."

"담 공자?"

"그쪽에서는 꼬박꼬박 '소저'라 불러주니, 이제부터 나 역시 조금쯤은 신경 써서 호칭해 주기로 마음먹었을 뿐이에요."

"딴마음은 없다는 소리로군."

"호호, 제가 딴마음을 품었으면 좋았겠나요?"

"흐흠, 그건 지금부터 생각해 봐야 할 문제 같은데?"

"뭐, 담 공자에게는 꽃 같은 경화 동생이 있으니, 제가 낄 자리는 없겠지요."

여인다운 새침한 목소리와 함께 구소옥이 담우소의 옆 자리에 슬며시 다가와 앉았다.

담우소가 선점한 자리는 비무대로부터는 조금 떨어져 있지만 언덕에 형성된 자리였다. 앉아서도 주변이 훤히 내려다보이니 굳이 다른 사람들처럼 서서 비무대를 노려볼 까닭이 없었다.

평소와 달리 사뭇 대담한 구소옥의 태도에 잠시 할 말을 잊었던 담우소가 한숨을 내쉬었다.

"하아! 구 소저는 내게 저 버릇없는 왈가닥 얘기밖엔 할 말이 없는가 보군."

"그야 담 공자가 겉으로 보이는 태도와 속마음이 다르니까 그렇지요."

"그게 무슨……?"

"제게는 냉정하게 말해 놓고 어젯밤에 경화 동생을 몰래 찾아간 걸 부인하겠다는 건가요?"

"……."

"아무튼 덕분에 저만 괜히 경화 동생을 위로한답시고 난리를 피운 셈이니 이만저만 창피한 꼴을 당한 게 아니라구요."

투덜거림이 섞인 목소리와는 달리 구소옥의 표정은 오히려 화사하리만치 밝았다. 웬만해서는 표정을 드러내지 않는 입가에는 미소마저 가득했다.

'그런데 이 여우 같은 계집애가 어찌 어젯밤 일을 아는 거지?

은근히 의심이 든 담우소가 목소리를 퉁명스럽게 바꿨다.

"본래 대단한 사람이라는 건 잘 알고 있었지만, 그토록 고절한 은잠술까지 연마했을 줄은 몰랐구려. 내가 움직인 건 거의 새벽이 다되어서였는데……."

"호오! 그랬군요."

"응?"

"호호, 역시 낮의 일이 마음에 걸려 잠이 오지 않았던 것이겠지요?"

'윽!

담우소는 그제야 자신이 구소옥이 넘겨짚은 말에 넘어갔다는 걸 깨달았다. 구소옥을 너무 높게 평가했기에 범한 실수였다.

순간 자신이 옆의 소녀에게 놀림감이 되었다는 생각이 든 담우소가 나직이 투덜거렸다.

"제길! 여우 같기는."

"속아넘어간 사람이 바보 아닌가요?"

"알았소. 내가 바보에 멍텅구리요!"

"뭐, 그렇게까지 자책할 필요까지야."

말과 달리 구소옥은 여전히 입가에서 미소를 거두지 않고 있었다. 요즘 들어 담우소를 놀리는 데 맛이 들린 모양이었다.

한편 비무대 위에서는 첫날과 마찬가지로 시험관인 능몽초에 의해 길고 긴 비무 규칙이 읊어지고 있었다.

"…그렇기에 서로 간에 현격한 무공의 격차가 인정될 경우엔 시험관의 재량으로 비무를 중지시킬 수 있는 것이다. 이 점 두 사람은 정확히 양지했는가!"

"예!"

"물론입니다."

대답은 거의 동시에 흘러나왔다. 마경화나 이랑이나 귀찮은 기색 없이 능몽초의 비무 규칙에 정신을 집중했다는 뜻이다.

그러자 첫날과는 다른 분위기에 만족감이 들었을 것이다.

살기가 번뜩이는 두 사람을 한 차례씩 훑어본 능몽초가 진중한 표정으로 말했다.

"제군들의 태도가 진중하니 내 특별히 비무 규칙과는 별도로 한마디만 더 하겠네."

'뭘 또?'

'하! 정말 말도 많은 사람이로군!'

'빨리 비무나 진행시켜라!'

언뜻 비무대 밑에서 눈빛을 반짝이고 있던 소년, 소녀들의 얼굴에 짜증스러운 기색이 일었다.

능몽초의 지루한 연설에 슬슬 인내력이 바닥을 드러내기 시작한 게 분명하다.

그러나 그런 사소한 압력 따위에 굴복할 능몽초가 아니었다. 싸늘한 주변의 시선에도 불구하고 능몽초는 꿋꿋하게 목청을 돋웠다.

"고수들의 비무든 시정 잡배들 간의 싸움이든 간에 가장 중요한 건 용(勇)과 지(智)이다. 어떤 상황에서라도 자신을 북돋는 것이 용이라면, 지는 승패를 객관적으로 수용할 수 있는 능력이다. 그 말은 어차피 승부에는 항상 승패가 따르는 법! 용으로써 자신의 능력을 최대한 낼 것이며, 지로써 스스로의 능력을 인정할 수 있어야 한다는 뜻이다. 제군들은 내 말이 무엇을 뜻하는지 알겠는가?"

간략하게 요점을 정리하자면, 용맹하게 싸우되 실력이 달린다 싶으면 가차없이 뒤로 물러서라는 뜻으로, 말인즉슨 모두 지극히 옳은 소리였다.

이곳에 모인 대부분의 소년, 소녀들이 익히 무공을 가르쳐 준 사부나 부친을 통해 이와 같은 고언을 전해 들었다는 점을 염두에 두지 않는다면…….

비무대 밑의 소년, 소녀들이 내심 하품을 금치 못하는 동안 침묵하던 마경화와 이랑이 능몽초의 눈짓에 밀려 할 수 없이 대답했다.

"예, 알겠어요."

"명심하겠습니다."

"하하, 그래야지! 암! 그래야 하고말고!"

아마 지난 십 년간의 만마천 수련으로 인해 주변에 대한 배려심이나 염치가 깡그리 사라진 게 분명했다.

주변의 따가운 시선 따윈 완전히 무시한 채 고개를 끄떡인 능몽초가 그제야 비무의 시작을 알리기 위해 하늘 높이 들어 올렸던 주먹을 활짝 폈다.

—마경화와 이랑!

지리한 능몽초의 방해를 뚫고 만마천 최후 시험의 두 번째 비무자로 결정된 두 사람 간의 비무가 시작되는 순간이었다. 다가올 폭풍우를 예감하며.

제39장 그림자[影]가 남긴 향기

번개가 떨어지고, 유성이 쏟아지듯 이어진 한차례의 검격(劍擊)이 지나간 후였다.

검기에 찢긴 소맷자락이 공중으로 비산하자 이랑의 드러난 양 팔뚝에는 번질거리는 철갑 토시가 휘감겨 있었다.

능몽초의 입에서 '비무 시작!' 의 외침이 떨어지기가 무섭게 마경화의 쌍수검에서 펼쳐진 십팔검을 모조리 튕겨낸 물건이었다.

상황은 불문가지(不問可知)!

이랑은 격돌의 순간, 내경(內勁)을 발출해 공격해 들어왔던 마경화를 오히려 십여 보나 뒤로 물러나게 만든 것이다.

이 같은 위력의 공력을 겪은 바 없는 마경화의 얼굴이 다소 놀란 기색을 띠었다. 그리고 그녀를 놀라게 만든 이랑이 묵직하게 입을 열었다.

"내 주먹은 무겁고, 내공은 양강(陽剛)의 것이오. 아직 내공의 화후가 부족해 경중을 조절하지 못하니, 소저는 조심하시기 바라오."

정파의 대협이나 내뱉을 법한 말로, 마도 후기지수의 입에서 흘러나올 만한 말은 아니었다.

'그런데도 이처럼 말했다는 건?'

강호를 떠돌며 적지 않은 격투를 벌인 바 있는 마경화였다. 급습이라 해도 좋은 첫 합에서 상대방에게 얕보임당했다는 걸 깨달은 그녀의 아미가 상큼하게 치켜 올라갔다.

"건방진 말! 기껏 한 차례 득수한 것을 가지고. 그런 말을 지껄일 시간이 있다면 자신의 목이나 떨어지지 않게 주의하는 게 좋을 터!"

채앵!

수중의 쌍수검을 교차시킨 마경화의 신형이 순간적으로 왼발을 축으로 삼아 대여섯 개의 검기를 만들어냈다.

종횡하여 보기에 어지럽기는 하나 실질적인 위력은 떨어지는 일격이었다.

그러자 이랑이 또다시 철갑 토시를 휘둘러 검기를 떨궈냈고, 그가 진각을 일으키며 큼지막한 일보를 마경화 쪽으로 내디뎠을 때였다.

스으!

순간적으로 허리를 뒤로 활처럼 굴신시켰던 마경화의 온몸을 뒤덮으며 찬연한 검기가 일어났다.

애초에 승부수를 걸었던 질풍마검식 전편의 최강 초식인 질풍뇌격식(疾風雷擊式)의 재현이었다.

다만 먼젓번과 동일한 검격이나 엄연히 다른 점이 있었다. 쌍검을 공수로 나눴던 저번과 달리 이번에는 수비를 도외시했다는 점이었다.

때문에 십팔검은 단숨에 삼십육검으로 늘어났고, 일시 간격을 좁히며 다가서던 이랑으로선 느닷없이 광풍 폭우를 맞은 격이 되고 말았다. 익히 경험했던 변화 역시 두 배로 변한 검격의 폭풍이었다.

"……."

상황은 아무리 양 팔뚝의 철갑 토시를 믿고 쌍수를 휘두른다 해도 일시 쏟아지는 삼십육검을 모조리 막아내기란 어려운 일임에 분명했다.

스윽!

찰나간에 상황을 파악한 이랑의 신형이 비전의 보법를 이용해서 뒤로 물러섰다.

일단 무학의 상리대로 급히 몰려든 소나기는 피하고, 후일을 도모하려는 판단이었다.

하지만 그때였다. 마경화의 쌍수검이 기다렸다는 듯 또다시 변화를 일으켰다. 삼십육검이 순식간에 칠십이검으로 늘어난 것이다.

질풍마검식의 화후가 구성을 넘지 않고선 펼칠 수 없다고 알려진 후편의 질풍폭검식(疾風暴劍式)이었다.

파파파파팟!

정오의 작열하는 태양과 어우러져 마경화의 쌍수검에서 펼쳐진 질풍폭검식은 흡사 눈앞에서 태양이 일시에 폭발한 듯한 광경을 연출했다.

적어도 당하는 입장에 놓인 이랑의 눈에는 그렇게 보였을 게 분명하다. 질풍폭검식의 작열하는 검광은 상대방의 시력을 순간적으로 소멸시키는 까닭이다.

그러나 애초부터 격이 달랐던 것일까.

일시 승기를 잡은 듯 기세등등하게 검기를 일으키던 마경화는 어느 순간 깨지지 않을 것 같은 벽을 만났다.

변화에 변화를 더해 전력으로 쏟아내었던 검기가 잠시 잠깐 만에 방향을 잃기 시작했다. 중간에서 기괴한 힘을 만나 비틀리고, 휘어지고, 꺾여 나가기 시작한 것이다.

'이럴 수가!'

이성보다는 무인의 본능에 의지한 판단이었다. 사태의 중함을 알고 마경화가 공격 일변도의 검세를 되돌렸을 땐 이미 모든 것이 늦은 상황이었다.

하단전의 진기를 도인하여 맹렬히 일으켰던 검세를 휘저어놓은 한 줄기 거창한 기운이 불가사의한 위력을 발휘하며 벌써 마경화의 면전까지 파고들고 있었다.

"아!"

마경화가 할 수 있었던 건 그저 짤막한 신음을 터뜨리는 것뿐이었다.

압도적으로 밀려든 열양의 장세에 부딪친 쌍수검이 하늘로 날아올랐다. 그저 하늘로 날아오른 게 아니라 붉게 달아오른 채 엿가락같이 휘어진 채였다.

―붕권 일식(崩拳一式)!

두 번째 검세를 피하기 위해 물러섰던 것만큼에 꼭 한 걸음을 합한 거리를 직선으로 이동한 이랑의 주먹이 만들어낸 형(形)이었다.

권법을 배우는 사람이라면 누구나 알고 있는 단순한 지르기 일식!

그것만으로 이랑은 마도 절정의 검법 중 하나로 칭송받는 질풍마검식의 후편 최강초식을 깨부쉈다. 정파를 능가할 정도로 정정당당하면서도 마도다운 철저함으로.

얼굴에 오만한 빛을 내비칠 만도 한데 이랑은 표정없이 날카로운 소성과 함께 나뒹군 두 개의 고철덩이 사이로 휘청이는 마경화에게로 걸어갔다.

쿨럭!

숨결이 코끝까지 파고들었다. 자신이 뿜어낸 열양의 권력에 의해 온몸의 경맥이 뒤집혔을 게 분명한데 마경화는 보법을 멈추지 않고 있었다.

'내 두 번째 권세를 기다리고 있는 것이겠지.'

무인으로서 마경화의 심경을 충분히 이해한 이랑이 묵직하게 입술을 뗐다.

"지금 당장 주저앉으시오!"

"……."

"그리고 가부좌를 틀고서 내식을 가라앉히시오. 소저가 원한다면 후일 다시 대결해 드리겠소."

"……."

마경화는 두 눈을 치켜떴을 뿐 말이 없었다.

그러나 군이 대답을 기다릴 필요를 느끼지 못했을 것이다. 자신의 의사를 확실하게 밝힌 이랑이 묵직하게 신형을 돌려세웠다.

"결과는?"

비무대의 한쪽 끝에 서서 무료한 표정을 짓고 서 있던 능몽초가 종종걸음으로 다가오며 대답했다.

"네가 이겼다."

"그렇군요."

이랑이 고개를 끄떡였다. 그리고 두 번째 탈락자로 결정된 마경화가 그제야 털썩 비무대 위에 주저앉았다. 승부가 결정되고서야 운기조식에 들어갈 마음이 든 것이다.

*　　　　*　　　　*

사흘이 지나갔다.

그동안 비무는 조용히 진행되어 다섯 명의 최종 합격자를 탄생시켰다.

일 일(一日). 이진의 구소옥.

이 일(二日). 일진의 이랑.

삼 일(三日). 일진의 삼랑.

사 일(四日). 일진의 사랑.

오 일(五日). 일진의 오랑.

그 면면을 보면 알 수 있겠지만, 첫날을 제외하곤 이랑을 시작으로 일진이 몽땅 이진을 누른 형국이었다.

그것도 세 번째 비무인 혈주와 삼랑 간의 대결만이 백중세를 이뤘을 뿐, 나머지 비무는 싱거울 정도로 일방적이었다.

처음부터 일진과 이진의 무공 실력에는 꽤나 큰 격차가 존재했던 것이다. 앞서 능몽초가 담우소에게 했던 말을 군이 떠올리지 않더라도.

'혈주와 흑갈은 동문의 사형제인데다 녹접과는 달리 둘 다 강맹한 무공을 익혔다. 사용한 초식에 차이가 별로 없는데도 오늘의 대결은 십여 초를 넘지 못했다.'

한낮의 비무대를 온통 후끈 달아오르게 만들었던 흑갈과 오랑 간의 비무 간 오갔던 초식들을 머리 속으로 그려보고 있던 담우소가 고개를 가볍게 가로저었다.

최종 비무에 앞서 다른 사람은 몰라도 혈주만은 최종 시험에 통과할 거라고 담우소는 예상하고 있었다.

함께했던 이진 중 무공 실력만으로 보자면 자신과 구소옥을 제외하곤 혈사방주의 대제자인 혈주가 가장 출중했기 때문이다.

'그런데 그러한 혈주마저도 상대인 삼랑이란 녀석의 백 초식을 받아넘기지 못했다.'

기껏해야 반 초 차이로 갈린 승부였다. 마지막 순간에 삼랑이 펼쳐낸 초식에 조금의 망설임만 담겨 있었더라도 승부의 향방은 달라졌을 터였다.

하지만 삼랑은 끝까지 침착했고, 손속에는 조금도 주저함이 없었다. 순식간에 승부가 갈리는 급박한 상황에서도 삼랑은 자신의 우세를 믿어 의심치 않았다.

'어떻게 그럴 수 있었을까?'

담우소는 다시 흑갈과 오랑 간의 비무를 떠올렸다. 흑갈에게서 혈주가 이틀 전 펼쳤던 초식의 흔적을 조금이라도 더 발견하려는 의도였다.

그러나 담우소는 곧 포기해야만 했다.

흑갈이 펼쳤던 초식과 혈주가 펼친 초식은 동작만이 같을 뿐 그 쓰임새나 위력이 전혀 달랐다. 아무리 비슷한 구석이 있다 해도 담우소에겐 전혀 다른 초식으로 와 닿았다.

'역시 비전의 초식이란 건 직접 손속을 섞어보지 않고선 지닌 바 위력을 알 도리가 없는 것이겠지.'

혈사방은 중원 마도에서도 이름이 난 문파였고, 혈주 등이 펼친 초식은 하나같이 일류의 절기였다.

그저 눈대중으로 살핀 것만으로 진수를 알아낼 도리는 없다고 여긴 담우소가 어깨를 으쓱해 보였다.

요 며칠간 담우소는 일, 이진 간의 비무에 모든 정신을 집중하고 있었다.

다른 사람들과 달리 승부의 향방이 궁금한 것이 아니라 두 번째 날 마경화와 이랑 간의 비무에서 느꼈던 초식의 흐름에 신경이 쓰인 까닭이다.

풍천경의 구절 속에서 숨어 있던 진경을 찾아낸 후 곧 권각의 경중을 깨달은 순간부터 담우소의 무공을 바라보는 시선은 완전히 달라져 버렸다.

과거에는 오직 상대방의 허점을 노려 제압하는 것에만 정신이 쏠렸는데, 지금은 상대방의 허점보다는 지닌 바 기운이나 본질 등에 더욱 신경이 쓰였다.

최고봉의 말을 빌자면, 시정에서 어깨를 으쓱거리며 다니는 삼류왈패의 수준에서 진일보하여 초식과 투로의 틈을 꿰뚫어 보는 경지에 이른 것이다.

때문에 요 며칠간 담우소는 일류이거나 혹은 일류에 근접한 일, 이진 간의 비무에 열중하는 동안 얻은 게 무척 많았다.

오가는 치열한 초식의 공방 속에서 그는 지극히 합당한 공수의 묘를 스스로 깨달아가기 시작한 것이다.

무공 수준이 일정 수준에 오른 상황에서 이와 같은 경험은 선단영약을 먹고 탈태환골(奪胎換骨)하는 것보다 더욱 도움이 되는 일이었다.

담우소 자신은 채 의식하지 못하고 있었지만……

'어쨌든 일진 녀석들은 생각했던 것보다 더욱 대단한 녀석들이 분명하다. 그런 정묘한 초식들을 아무렇지도 않게 격파한 것만 봐도. 하지만 그 녀석들이 전개한 초식들은 하나같이 기괴하지 않으면 너무 단순하고, 복잡하다. 이와 같은 초식들은 며칠 사이에 그 묘리를 얻을 수 없을 뿐더러, 겉모양을 흉내 낼 수 있다 해도 제대로 된 위력을 발휘하기 힘들다. 역시 나는 처음 생각대로 내일까지 혈주 등의 초식이나 좀 더 연구하는 게 좋을 것 같다.'

내심 결정을 내린 담우소는 여느 때처럼 오늘 벌어진 비무 중에 오갔던 몇 개의 초식을 천천히 펼쳐 보였다.

우웅! 파파팍!

이제는 그저 작은 손짓이나 발짓에도 경력을 중첩시킬 수 있는 담우소였다. 몇 차례의 발차기와 주먹질 끝에 주변의 대기가 거세가 요동쳤다.

처음, 시작은 어설펐지만 잠시의 시간이 흐르자 손끝과 발끝에서 펼쳐지는 동작들이 제법 모양새를 갖추기 시작했다.

혈주와 흑갈이 비무 시 펼쳐 보였던 강중유유한 암검의 초식들이 일시 담우소에 의해 훌륭한 권각의 형으로 변모되어 가고 있었다.

* * *

여느 때와 같이 정오의 비무를 관전하지 않은 구소옥은 광명정의 구석구석에 형성된 인공 가산 중 한곳에 누워 있었다.

보통 여염집의 장중보옥(掌中寶玉)이 아니라 해도 여인이라면 이렇게 무방비한 자세를 취하진 않을 터였다. 이와 같은 모습은 지나가던 사내에게 이상한 상상력을 발동하게 만들 소지가 다분한 까닭이다.

그럼에도 구소옥은 그런 위험 정도는 전혀 관심을 두지 않는 듯했다.

그녀는 지극히 편한 자세로 하늘을 바라보고 있었는데, 초겨울임에도 불구하고 아직 녹음이 완전히 가시지 않은 주변은 지금 온통 붉게 물들어 있었다.

하늘 길을 내달려 이제는 지친 몸을 쉬려 저물어가는 태양이 남겨놓은 붉은 노을.

누운 자세 그대로 늘어지게 기지개를 켜는 구소옥의 배후로 새하얀 그림자 하나가 다가들었다.

보이느니 모든 것이 백색 일색인 안색 중 유일하게 진홍빛을 띠고 있는 입술이 나풀거렸다.

"제가 아는 어떤 분과 무척 비슷한 모습이군요."

목소리는 달콤했다. 그리고 세상에서 가장 달콤한 꿀을 가득 머금은 꽃처럼 사람의 마음을 뒤흔드는 매력이 느껴졌다.

만약 주변에 장성한 사내가 존재한다면, 흐트러진 모습으로 땅바닥에 몸을 뉘인 구소옥보다는 목소리의 주인에게 더욱 마음이 혹할 게 분명했다.

그러한 점을 잘 아는 듯 구소옥이 몸을 벌떡 일으켰다. 허리의 반동조차 없이 이뤄진 동작이었다.

주변을 온통 불타오르게 만들고 있는 노을의 한 자락에 얼굴을 데일 것을 걱정한 때문인가.

자신의 시선을 받자 섬섬옥수를 들어 얼굴을 살짝 가린 절색의 여인을 바라보며 구소옥이 입가에 미소를 담았다.

"어떤 분이란 내 바람둥이 오라버니를 말하는 건가요?"

"바람둥이?"

"사내답지 않게 얼굴만 반반하더니, 무림에 출도해 강남에 가자마자 사고를 쳤다더군요."

"좋은… 여인을 만났나 보군요."

미인은 한숨마저도 아름다웠다. 말끝을 흐리는 눈앞의 선녀도를 바라보며 구소옥이 슬그머니 입가의 미소를 지웠다.

"비록 지금에 이르러선 유명무실해지긴 했지만, 과거 한때 태중 정혼자였던 사람이 사고를 쳤다는데 반응이 너무 싱거운 거 아니에요?"

"제가 만마천에 들어서기 전 이미 깨진 정혼인걸요."

"그렇지만 예운 언니가 만마천에 들어간 것 자체가 정혼이 깨진 상처를 달래기 위함이었잖아요."

순간 노을은 자신의 얼굴을 최후로 내비치려 안간힘을 쓰고 있었다. 불타오르는 불길 속에 모습을 드러낸 빙예운의 옥용으로 그림자가 드리워졌다.

"어찌 대산의 존엄을 가져오신 분께서 제게 언니라 하십니까. 저는 감히 감당할 수 없습니다."

"여전히 절 못 믿는 건가요?"

"어찌 신교의 제자 된 자로서 성화령을 영접하고도 망령되이 의심을 마음속에 품겠습니까. 다만……."

"다만?"

구소옥은 성큼 앞으로 다가섰다. 여인치고는 장신에 속하는 그녀가 다가서자 백색의 설화처럼 영롱한 미모의 빙예운이 뒤로 한 걸음 물러섰다.

"다만 제 마음속에 한 가지 의혹이 있는데, 성화령주께서는 대답해 주실 수 있겠습니까?"

"신교 내에서 성화령의 권위는 절대적이에요. 설사 일인지하(一人之下) 만인지상(萬人之上)인 좌우광명사자라 해도 감히 대항할 수 없는데, 예운 언니는 질문을 던지는군요."

"주제넘었다면 죄송합니다."

빙예운이 얼른 고개를 숙여 보였다. 단아한 자태가 흐트러지지 않은 채였다.

같은 여인이라 해도 눈이 부신 듯 잠시 물끄러미 바라만 보고 있던 구소옥이 고개를 가볍게 흔들었다.

"지나친 과례(過禮)군요. 우리 집안과의 관계로 보나, 만마천주인 심마왕(心魔王) 노사의 유일한 후계자라는 위치로 보나 예운 언니라면 능히 질문을 할 자격이 있어요."

"……."

"무얼 묻고 싶은 것이죠?"

구소옥의 얼굴이나 목소리는 처음과 똑같았다. 처음 봤을 때와 같이 조금도 위압감이 느껴지지 않는 모습이었다.

'그런데도 나는 이 나이 어린 아가씨한테 졌구나.'

빙예운이 굽혔던 허리를 바로 하며 말했다.

"제가 알기로 명존께서는 오직 항아 부인(姮娥婦人)만을 가까이 하셨고, 항아 부인께서는 한 분의 아드님만을 남기신 것으로 알고 있습니다. 그리고 명존께서 폐관하신 건 천하제일의 신공을 연마하기 위해서이기도 하지만, 항아 부인께서 난산 끝에 돌아가신 것이 한 원인이 됐다고도 들었습니다."

"그런데 어떻게 저 같은 계집이 불쑥 튀어나왔냐고요?"

빙예운은 침묵했다. 그러나 그녀의 흑요석처럼 아름다운 눈빛은 합당한 대답을 요구하고 있었다. 앞서 말했던 것처럼 성화령의 위력에 굴복한 기미가 전혀 보이지 않는 모습이었다.

'역시 얼굴만 예쁜 건 아니군.'

내심 고개를 끄떡인 구소옥이 어깨를 가볍게 으쓱해 보이며 말했다.

"만마천에 있는 동안 수련에만 힘써서 그런지 예운 언니는 나이가 이미 적잖은데도 아직 순진하군요. 그래요, 위대한 성화의 호위자이신 명존에게는 항아 부인이란 가인(佳人)이 있었어요. 그리고 말하셨다시피 그분은 제 모친이 아니시죠."

"……."

"그럼 저처럼 집안 내력과 달리 못생긴 계집애는 어디에서 나왔을까요?"

"설마……."

빙예운은 말끝을 흐렸다. 불현듯 떠오른 생각을 그대로 입밖에 내기엔 눈앞의 구소옥에게 예의가 아니란 생각 때문이었다.

그러나 처녀로서의 부끄러움이나 수치란 걸 모르는 여인처럼 구소옥은 천연덕스레 말했다.

"생각하신 그대로예요. 오라버니와 전 부친은 같지만 모친은 다른 이복 남매지간이에요. 그래서 요 근래에 이르러서야 서로의 존재를 알 수 있었지요. 제가 숨어 살던 심산유곡으로 오라버니가 찾아오시지 않 았다면 여전히 저는 순박한 산골 소녀로서의 지락(至樂)을 누리고 있겠 지만요."

'순박한 산골 소녀?'

빙예운의 입가로 얼핏 미소가 떠올랐다. 아름답기는 하나 어이없다 는 심정이 드러난 미소였다.

지난 한 달여 간 빙예운이 지켜본 바, 눈앞의 소녀는 실로 수십 마리 의 능구렁이를 가슴에 품고 있다고 할 수 있었다.

결코 무공만을 가르치는 게 아니라 전반적인 마도 절정고수로서의 소양, 그러니까 심계과 귀계 등을 능수능란할 정도로 가르치는 곳이 만 마천이었다.

그런데 그 만마천에서도 수십 년 내의 기재라 불리는 빙예운으로서 도 구소옥의 내심을 파악하기는 쉽지가 않았다. 어떻게 돌려 생각하든 '순박하다'는 표현은 어울리지 않는다고 할 수 있는 것이다.

순박한 산골 소녀답게 빙예운의 미소에 담긴 의미를 정확히 파악한 구소옥이 첨언했다.

"뭐, 그런 식으로 바라볼 건 없잖아요. 오라버니란 사람이 워낙 교 활, 음험한 까닭에 금세 세파에 물든 것뿐인 것을."

"그, 그렇군요."

"그럼 대충 저처럼 못난 계집과 가엾게도 성별을 잘못 타고 태어나 는 바람에 나라를 망하게 하지[傾國之色] 못한 저희 오라버니의 관계를 아셨으니, 이번에는 제가 예운 언니에게 한마디 묻고 싶군요."

"……"

"예운 언니는 어째서 제 오라버니가 강남의 가인과 혼례를 약속했다는 말을 듣고도 그리 표정이 덤덤한 것이죠? 한령신공을 익혔다고 해서 마음까지 차갑게 얼어붙은 건 아닐 텐데요?"

그야말로 현재의 빙예운에겐 가장 난처한 질문이었다. 과거 단 한 차례밖에 본 일이 없지만, 광명소주 엄정하는 천하의 미장부였다. 실로 절세가인이라 해도 그를 만나면 감히 자신의 미모를 자랑하지 못할 정도였다.

그러나 사람이란 여러 부류가 있고, 그중에는 남과 다른 본성을 타고 태어난 사람도 있는데 빙예운이 바로 그러했다.

어려서부터 책을 읽고, 무공을 익히는 데에만 관심이 있던 빙예운은 십여 세가 되면서부터 주변의 누구나 인정하는 절세미녀로 자라났다.

그녀가 무심코 입가에 미소라도 띨라치면 사내라 일컬음을 받는 족속들 중 대부분은 넋을 잃고 쳐다보느라 바빴고, 앞 다투어 수족이 되기를 원하지 않는 이들이 없었다.

실로 향기로운 꽃을 향해 맹렬히 날아드는 벌과 같고, 나비와 같이 자연스런 일이었다.

때문에 그녀의 조부인 심마왕은 '이제야 후계자를 얻었는 줄 알았는데 너무 미색이 출중해서 글렀다!'며 한탄했고, 사춘기가 오기 전에 빙예운은 사내들로부터 격리되었다.

혹시라도 간이 배 밖으로 튀어나온 색광(色狂)이나 사랑에 목숨을 거는 열혈남아가 등장할 것을 걱정한 심마왕의 예방 조치였다.

'덕분에 내 무공은 나날이 늘어갔지만 일반적인 소녀들과는 다른 성정을 지니게 됐다. 어떤 초식을 써서 상대를 제압하고, 어떤 식으로 수련해야 더욱 효과적인지에 관해서는 나름대로 일가를 이뤘지만, 남녀

관계란 내게 너무 어려웠다.'

내심 뇌까린 빙예운은 십일 년 전의 봄날을 떠올렸다.

이중, 삼중으로 처소를 지키던 호위 무사들이 흩어지고, 삼 년 만에 바깥 나들이를 하는 날이었다.

봄바람처럼 부드러운 미소와 평생 처음으로 자신이 평범하다고 느껴지던 순간⋯⋯.

엄정하를 만난 빙예운은 순간 눈앞의 사내에게 묘한 친근감을 느꼈다.

조부의 탄식처럼 지나칠 정도의 미모를 타고 태어난 까닭에 변변한 친구 하나 사귈 수 없었던 그녀에게 엄정하와의 만남은 가히 충격이라 할 만했다.

방긋.

만화가 개화하듯 현란한 빙예운의 미소와 맞닥뜨린 엄정하가 역시 미소를 던져 주었다.

"후후, 사내대장부로 태어나 이런 말을 하기는 뭐하지만, 소생보다 아름답게 생긴 사람은 처음으로 보는군요."

"제가 어찌 공자의 아름다움을 따를 수 있겠어요. 공자께서는 겸손이 너무 지나치십니다."

"겸손이라⋯⋯."

"겸손이지요. 소녀는 여인의 몸으로 오늘 태중 정혼자를 만나기 위해 온갖 치장을 다했습니다. 자, 보세요. 걸친 건 봉황(鳳凰)이 수놓아진 궁장에, 머리에는 칠보은채(七寶銀釵)를 끼었고, 목과 귀에는 주보로 치장하지 않았나요?"

"……."

"이런 차림을 했다면, 설사 천하의 박색(薄色)에 밭에서 일하는 여염집의 아낙네라 해도 아름다워 보일 거예요. 공자처럼 단벌의 백의를 걸친 대장부와 같이 칠 수는 없는 노릇이지요."

"그렇지만 사내에게 외모에 대한 칭찬은 그리 반가운 일이 아니니, 소저는 그 말을 거둬주셨으면 합니다."

"아! 제가 실수를 한 건가요?"

"뭐, 길을 가다 보면 종종 사내들에게 묘한 눈빛을 받곤 하는 몸이니 소저의 잘못만은 아닌 것 같소. 이리 태어나게 한 부모를 원망할 뿐이지요."

빙예운을 바라보며 엄정하는 소탈하게 웃었다. 그 미소마저도 눈이 부실 정도로 아름다웠지만.

'그래, 외모는 비록 여인 같았지만 엄 공자는 어디를 보나 빼어난 사람이었다. 성격은 호탕하면서도 세밀했고, 무공 또한 뛰어났다. 어느 모를 보든 그 같은 사내에게 시집을 간다는 건 여인에게는 다시없는 행복일 게 분명했다. 난 끝내 그 사람을 친구 이상으론 생각할 수 없었지만…….'

그랬다. 그저 한 차례의 만남이라곤 하지만 엄정하와 빙예운 정도 되는 재자가인(才子佳人)에게 있어 만남의 횟수 따위는 그리 중요한 문제가 되지 않았다.

첫눈에 호감을 느꼈지만 빙예운이 엄정하에게 느낀 감정은 이성간의 것이 아니었다. 오히려 동성간의 친숙함과 편안함을 엄정하에게 느끼는 그녀였다.

따라서 만마천 역사상 최악의 날로 알려진 '특별 체력 강화 훈련' 의 원인이 된 엄정하의 일방적인 파혼에도 빙예운은 별다른 감흥을 느끼지 못했다.

그저 엄정하가 성격 좋은 여인을 만나 후일에도 마음이 통하는 친구를 다시 만날 수 있기만을 바랄 뿐, 구소옥의 말처럼 괴로움을 겪은 일은 없었다.

오히려 그녀는 갑작스런 파혼을 이용하기로 했다. 그동안 절대로 허락받지 못했던 만마천 입교를 몇 차례의 한숨만으로 허락받을 수 있었던 것이다.

'그렇게 십 년이 지났다. 그동안 나는 이곳 광명정에서 기연을 얻어 마도에서도 절전됐다 알려진 한령신공을 익힐 수 있었다. 절대로 자신의 절기를 전수하려 하지 않는 할아버님의 도움을 받지 않고도 절정고수의 반열에 오른 것이다. 그런데 느닷없이 까맣게 잊고 있던 사람에 대해 물으니 나는 어떻게 대답해야 하나?'

빙예운은 잠시 망설였다. 자신의 생각을 사실대로 말하면, 이복 오빠인 엄정하를 꽤나 높게 여기는 구소옥에게 실례를 범한다는 생각이든 탓이다.

때문에 한참이 지나고서야 빙예운은 대답했다.

"십 년이 지나면 강산도 변한다고 합니다. 오직 무공에만 일로정진한 탓에 저는 이제 남녀의 정이란 것이 덧없다는 걸 깨달았답니다."

"정이란 덧없다?"

"성화령주께서는 아직 괘념하실 일이 아닌 줄로 압니다."

"그런가요?"

"그게 성화령주를 위해 좋을 것 같습니다."

'머리에 아직 피도 마르지 않은 애송이 계집 주제에 남녀상열지사(男女相悅之詞)를 알려 하지 말라는 뜻이군.'

구소옥은 바로 빙예운의 내심을 읽을 수 있었다. 자신의 말대로 평범한 산골 소녀였다면 약이 올랐겠으나 구소옥은 그저 입가에 흐릿한 미소를 지어 보일 뿐이었다.

그러자 '역시 눈앞의 소녀에게는 특별한 구석이 있다'고 생각한 빙예운이 표정을 바꾸며 말했다.

"명령하신 일은 모두 완수했습니다. 만마천의 뭇 노사들은 성화령주의 제안에 대부분 긍정적인 반응을 보이셨습니다."

"대부분이라면?"

"네 분의 노사들께서는 찬성을 하셨습니다만……."

"심마왕 선배는 여전히 제 오라버니에 대한 화가 안 풀리신 거군요."

빙예운의 백설 같던 안색이 미미한 홍조를 띠었다. 한참이나 나이 어린 구소옥에게 내심을 들킨 것 때문은 아니었다. 조부의 막무가내한 옹고집을 전할 생각에 난감한 기분이 된 것이다.

"그분… 할아버님은 강호를 평생 동안 홀로 독행하셨던 분입니다. 한 차례의 패배가 있었다곤 하지만 아직도 그 패배를 인정하지 않고 계시지요. 그래서인지 아무래도 마음속의 앙금이 쉽사리 가라앉진 않는 모양이에요."

"그렇다면 그것참 큰일이군요. 그분께서 반대를 하신다는 건 만마천의 다섯 분 노사들 모두가 반대한다는 것과 다름없는 일이잖아요?"

"그건……."

빙예운이 얼굴을 더욱 붉히곤 더 이상 대답하지 않았다.

흡사 사내처럼 자신의 머리를 몇 차례 두들긴 구소옥이 말했다.

"알겠습니다. 천상 제가 직접 심마왕 노사와 독대해야만 하겠군요."

"도움을 드리지 못해 죄송합니다."

"예운 언니와 달리 만마천의 다섯 노사들은 성화령의 권위에서 자유로우니까 어쩔 수 없는 노릇이겠지요. 음, 그럼 마지막으로 예운 언니한테 한 가지만 더 부탁을 할까요?"

"성화령주께서는 말씀하세요."

"뭐, 그리 어려운 일은 아니에요."

짓궂은 표정을 떠올린 채 구소옥이 웃었다.

* * *

밤은 이미 깊어 있었다.

큰 성읍처럼 삼경을 알리는 순라군들의 작대기 두들기는 소리는 들리지 않았다. 그 대신 고적한 바람이 휘몰아가는 소리만이 구슬프게 들려왔다.

평소와 하등 다를 것이 없는 밤이었다.

하루의 연공을 끝마치고 가부좌를 튼 채 조용히 행공하고 있던 담우소의 눈살이 가볍게 꿈틀거렸다.

'향기?'

평소 같았으면 분명 '이게 웬 냄새지?' 라 했을 것이다. 뱃속을 아우성치게 만드는 음식과 향기로운 주향을 제외하곤 모든 것이 냄새로 통하는 그인 것이다.

그런데 담우소는 내심 향기란 단어를 먼저 떠올렸다. 의식적으로 그리하려 한 것이 아니었다. 그냥 그리된 것이었다.

가늠할 길 없는 마음.

앞서 말했다시피 주린 배를 채우기 위함이 아니었다. 그리고 향기로운 술로 목을 축이려 함은 더 더욱 아니었다.

문득 단단히 감겨 있던 눈을 뜬 담우소의 눈길이 향한 곳은 초막의 문틈 새로 비춰드는 흐릿한 달빛이었다.

'달빛하면 생각나는 것이 있다.'

엄정하를 두 번째로 만났을 때였다. 처음의 만남이 시큰둥했던 만큼 강렬하게 마음을 요동 치게 만들었던 만남이었다. 그때 달빛은 이만큼이나 밝았었다.

오늘이 그때와 같은 보름이란 생각도 잠시뿐, 담우소는 자신의 눈을 뜨게 만든 변화에 주목했다.

지뢰경이 봉쇄당한 후 이젠 다룰 수 없게 된 오행지기이건만 버릇처럼 코끝이 벌름거리고 있었다.

"여인의 지분 내음인가?"

한마디를 내뱉고 담우소는 즉시 고개를 흔들어 보였다.

시정에서 나뒹굴던 어린 시절에 몇 번 맡아봤던 주루 여인들의 내음을 그는 아직도 기억하고 있었다.

그 당시엔 그런 내음을 풍기는 여인들에게 잘만 보이면 수월하게 먹을 것을 얻을 수 있기 때문이었다.

따라서 여인들이 보배처럼 여기는 향 주머니란 것이 이렇게 사람의 기분을 좋아지게 만들 만한 내음이 아니라는 것쯤 자신의 본능이 모를 리 없었다.

―그렇다면 이대로 잠자코 있어선 안 될 일!

곧 담우소의 본능이 아우성쳤다. 머리가 아니라 가슴속 깊은 곳에서 일어난 소리없는 아우성이었다.

평소 같았으면 귀찮아서라도 다시 눈을 질끈 내리 감았을 터인데 담우소는 어느새 몸을 일으키고 있었다. 자신의 가슴을 뒤흔든 향기의 정체를 밝히기 위함이었다.

그때였다. 마치 기다렸다는 듯 초막의 문이 활짝 열어젖혀졌다. 그리고 초막 가득히 파고든 달빛이 바람에 크게 흔들렸다.

다시 담우소의 코끝을 파고든 향기와 함께 초막 앞에 나타난 정체불명의 그림자가 일으킨 변화였다.

제40장 신정(神井)

사람은 불가사의한 일을 만났을 때 간혹 얼이 빠진다. 평소 당해보지 못한 일이기에 일시 어찌해야 할 바를 모르는 상태가 되어 멍청해지는 것이다.

느닷없이 닥친 변화에 담우소는 순간 당황했다.

교구를 감싼 채 너울거리는 하얀 옷자락, 그리고 어깨 어림을 흘러내리는 흑단 같은 머릿결과 최상급의 백옥을 깎은 듯 단정한 이목구비.

보름답게 다른 때보다 환한 달빛을 받으며 모습을 드러낸 그림자의 정체는 한 명의 여인이었다. 그것도 담우소 평생에 다시 보기 어려울 정도의 미녀였다.

꿀꺽!

자신도 모르게 입 안에 고인 침을 삼킨 담우소를 향해 미녀가 황홀한 미소를 던졌다.

"절 몰라보시는군요?"

"당신은······."

"소녀는 당신이 아는 사람이기도 하면서 모르는 사람이기도 해요. 하지만 애석하게도 지금 당신에게 정체를 밝힐 수는 없군요."

'그건 어째서?'

담우소는 목젖까지 튀어나온 말을 꿀꺽 삼켰다.

두근거리는 가슴의 의견은 묻지도 않은 채 그는 그리 결정했다. 이성적인 판단이라기보다는 그냥 그래야 할 것 같았기 때문이다.

눈앞의 여인은 분명 담우소 평생에 처음 보는 미녀였다.

엄정하야 사내이니 제외한다 해도, 최고의 미녀라 할 수 있는 빙예운과 비교하더라도 결코 뒤질 것이 없는 미모를 그녀는 가지고 있었다.

아니, 어쩌면 굳이 마력적인 만월의 달빛을 핑계 삼지 않더라도 사람을 홀리는 것으로만 따지면 더욱 심할 듯싶었다.

그러나 느닷없이 모습을 드러낸 여인에게 홀려 넋을 뺀다는 건 당최 담우소에겐 마음에 드는 일이 아니었다.

평소 여인 보기를 길가에 굴러다니는 돌멩이처럼 하지는 않았으되 바보처럼 끌려 다니고 싶진 않았다.

"······."

안면 근육을 한 차례 씰룩했을 뿐 한참이 지나도록 담우소는 침묵을 지켰다. 마음대로 자신의 앞에 모습을 드러낸 여인이니 알아서 뒤엣말을 해줄 거라 믿는 마음이었다.

그러자 세상이 그리 호락호락하지 않다는 걸 말해 주려 함인가.

담우소를 향해 그윽한 시선을 던진 미녀가 느닷없이 신형을 돌려세웠다.

"아직 당신은 소녀와 인연 맺을 준비가 안 된 것 같군요. 당신의 태도가 바뀔 때가 되면 다시 만나기로 하죠."

"아! 아아아……."

미녀는 두 말이 필요없다는 듯 신형을 날렸다.

처음 모습을 드러냈을 때처럼 필설로 형용할 수 없을 정도의 향기를 남긴 채였다.

갈등은 그리 길지 않았다.

사나이의 자존심 따윈 개에게나 던져 준 채 담우소는 신형을 날리고 있었다.

잠시만 머뭇거려도 멀찍이 보이는 미녀의 하늘거리는 옷자락을 놓칠 것 같았다.

'이 방향은?'

자고로 자색이 뛰어난 여인을 구미호에 비견한 일은 고래로부터 비일비재하다.

그만큼 미색이 뛰어난 여인에게 홀려 나라를 망치고 스스로 자멸한 영웅호걸들이 많은 까닭이다.

오로지 한밤에 찾아든 정체불명의 미녀를 이대로 놓칠 수 없다는 일념으로 신형을 날리던 담우소는 눈살을 가볍게 찌푸렸다.

구미호에 홀린 듯한 상황에서도 그는 지금 자신이 향하고 있는 방향을 본능적으로 깨달을 수 있었다.

'그래, 이 방향은 서쪽이다. 굳이 별빛을 바라보지 않더라도, 아까부터 점차 지대가 높아져 가는 것만 해도 분명하다. 그런데 그녀는 어째

서 그 괴상한 우물 쪽으로 달려가는 거지?'

지난 닷새간 담우소는 연공에만 신경을 기울인 건 아니었다. 날마다 산책이라는 이유를 들이대며 광명정 주변을 살피고 돌아다녔는데, 서쪽 언덕을 넘어 발견한 것은 하나의 큼지막한 우물이었다.

광명정 주변에는 인공적으로 만들어진 가산과 그 주변을 도는 개울이 지천으로 널려 있었다.

주변을 감싸고 있는 산기슭을 돌아가면 발견되는 반쯤 얼어붙은 몇 개의 폭포를 그 수원(水原)으로 삼는 것들이었다.

고산에서 쏟아져 내린 폭포수답게 개울의 물은 맑고, 깨끗하기가 잘 연마된 수정(水晶)과 같았다.

성질머리 까다로운 마경화나 구소옥조차도 손바닥으로 떠 목을 축일 정도로.

그러니 음용수를 찾기 위해 굳이 우물 따윌 팔 까닭이 없었다.

'그런데도 입구의 너비가 일 장이 넘는 우물을 만들었다는 건 수상하다. 아무래도 이 우물에는 뭔가 다른 비밀이 숨어 있는 것이렷다!'

그 당시 능몽초가 갑자기 나타나 제지하지 않았다면 담우소는 분명 우물 안으로 뛰어들었을 것이다.

천 년의 금지라 불리는 광명정에 만들어진 우물이니만치, 한번 모험을 걸어봐도 좋다는 생각이 들었기 때문이다.

그런데 하필이면 미녀의 뒤를 쫓아 달려가게 된 곳이 우물이 있는 방향이니, 담우소의 촉각이 곤두서지 않을 수 없었다.

만약 현재 그의 상태가 미혼향에 버금갈 정도로 유혹적인 여인의 향기에 도취된 상태가 아니었다면 당장 걸음을 멈췄을 터였다.

그만큼 담우소가 평소의 말짱한 정신이라면 아무래도 무언가 속는 듯한 느낌을 받지 않을 수 없는 상황이었다.

주춤!

전력을 다하던 담우소의 발 걸음이 일시 느려졌다.

어떻게든 홀린 듯한 상황을 극복하려는 정신력이 만들어낸 결과였다. 미녀를 만난 후 첫 번째 보인 저항이었다.

그러자 앞서 달려가던 미녀의 발 걸음이 역시 멈칫했고, 달빛을 받아 더욱 신비로운 옷자락이 가볍게 펄럭였다. 미녀가 처음으로 고개를 돌려 보인 것이다.

―망설이지 말아요!

담우소의 뇌리에는 그렇게 들렸다.

눈대중만으로도 십여 장이나 떨어진 거리였다.

이곳까지 목소리가 들릴 리 만무한데 분명 그리 들렸다.

필시 현재 자신의 표정이 더없이 멍청할 거라고 담우소는 생각했다. 그리고 어깨를 부르르 떨었다.

넋 잃은 그를 향해 고개를 돌린 미녀가 입매를 조그맣게 움직이곤 다시 앞서 달려가기 시작했다.

이제는 담우소 따윈 따라오든 말든 상관치 않겠다는 기세였다.

＊　　　＊　　　＊

"하, 한령 사매가 어쩐 일이지?"

능몽초는 평소의 그가 아니었다. 아니, 될 수 없었다.

평소 같았다면 아무리 놀랐다 해도 잠자리로 정했던 나무 위에서 떨어지는 추태를 보이진 않았을 것이다.

그리고 평상시처럼 너저분한 옷차림을 재빨리 정리하는 일은 더 더욱 없었을 것이다.

말 그대로 깜짝 놀라 나무에서 떨어진 순간이었다.

몽고 씨름의 기술 중 하나인 낙법을 이용해 땅바닥을 구른 능몽초는 재빨리 신형을 일으키며 헝클어져 있던 옷매무새를 정리했다.

앞의 초보적인 실수를 저지르는 모습과 비교하자면, 역시 고수라는 찬탄을 들을 정도로 정교하고 빠른 동작이었다.

능몽초의 이런 평소 같지 않은 모습이 오직 자신에게 잘 보이기 위해서임을 모르지 않을 터인데도 빙예운의 목소리는 차가웠다.

"그러는 능 사형이야말로 어째서 이렇게 최종 선발에 시간을 끄신 거죠? 다른 사형제들이 아직 최후 수련을 끝마치지 못해 노사님들이 이번 시험에 신경을 쓰지 못하는 걸 기화로 능 사형은 오만방자해지신 건가요?"

"오만방자?"

"그렇지 않다면 어째서 시험 과정을 마음대로 바꾸신 건가요? 만약 노사님들께서 이 사실을 아신다면……."

"하하! 뭐, 백 일 폐관 정도면 되지 않겠어?"

"……."

"아아, 한령 사매! 그렇게 바라보지 말아요. 사매가 날 그렇게 바라보면 당최 심장이 떨려서……."

능몽초가 손을 휘저어 보였다. 대뜸 안색이 벌겋게 달아오른 게 그저 너스레만은 아닌 듯했다.

노골적인 능몽초의 모습에 옥용을 슬쩍 찌푸려 보인 빙예운의 안색이 금세 노한 기색을 드러냈다.

"능 사형은 또 그런 식으로 일을 넘기려 하시는 건가요!"

"어이쿠!"

근처에서 지켜보는 사람이 있었다면 필시 한 쌍의 젊은 남녀가 사랑싸움을 한다고 생각했을 것이다.

노기를 띠었음에도 빙예운의 절세적인 미모는 여전했고, 능몽초는 야단맞는 어린애 같은 표정으로 손을 절레절레 흔들어 보이고 있었다.

그것이 능몽초가 난처한 일을 당할 때마다 보이는 버릇임을 알기에 빙예운이 발을 한 차례 굴러 보였다.

쿵!

능몽초의 장난스럽던 얼굴이 그제야 울상이 되었다.

"한령 사매는 진짜 화가 난 것이야?"

"그럼 제가 능 사형의 개구진 얼굴이나 보려고 이 시간에 찾아왔는 줄 아셨나요?"

"아니, 난 한령 사매가 드디어 내 뜨거운 마음을……."

쿵!

"아, 알았어, 알았어. 내 그만 할 테니, 사매는 화를 그만 풀어요."

빙예운의 입가로 한숨이 흘러나왔다.

"하아! 그럼 제가 진짜 화내기 전에 능 사형은 어서 이번 사태에 관한 사유를 설명하세요."

"그게 말야……."

"경고하겠는데, 또다시 절 희롱하려 하신다면 노사님들을 대신해서 능 사형에게 한 수 가르침을 받을 거예요."

'이크!'

능몽초는 얼른 목젖까지 튀어나왔던 농담을 삼켰다.

차가워 보이는 외양과는 달리 따뜻한 마음을 지닌 빙예운이나 한 번 내뱉은 말에는 반드시 책임을 진다는 사실을 떠올린 것이다.

그러자 우물쭈물하는 능몽초의 모습에 자신의 예상이 옳았음을 눈치 챈 빙예운이 눈빛을 더욱 냉연히 했다.

지극히 아름다우나 결코 손댈 수 없는 빙화(氷花)에게서 튀어나온 가시와도 같은 눈빛이었다.

내심 좋은 기회를 놓쳤다며 투덜거리며 능몽초가 말했다.

"한령 사매는 십 년 전이나 지금이나 마찬가지군."

"그건 능 사형 역시 마찬가지잖아요."

"그건 그렇군."

고개를 끄떡이며 능몽초가 일진과 이진을 만난 후 벌인 일들. 즉, 최종 비무가 있기 전에 했던 일장의 연설에 담긴 내용을 말하기 시작했다.

자신을 우물이 있는 서쪽의 길목으로부터 유인해 온 빙예운을 녹여 버릴 듯 열정적인 목소리로.

*　　　　*　　　　*

담우소의 입술을 뚫고 거친 호흡이 흘러나왔다.

정석적인 풍천경의 내공을 수련한 후 처음으로 느껴보는 가슴의 격통도 함께였다.

일시지간에 그는 주화입마가 회복된 후 처음으로 극한에 이르도록 달려야 했던 것이다.

잠시의 멈칫거림 후 몇 배나 빨리 신형을 날려 담우소를 고난에 빠뜨린 미녀의 발걸음이 멈춘 건 그때였다.

마치 무게가 느껴지지 않는 허깨비처럼 미녀는 별다른 예비 동작도 없이 땅바닥에 내려섰다.

그동안 한 치가량 공중에 신형을 띄운 채 달렸다는 걸 입증하는 모습이었다.

그 한 수의 고절한 신법만으로도 자신으로선 도저히 상대할 수 없는 절정고수임을 알 수 있었지만 담우소는 포기하지 않았다. 아니, 포기할 수 없는 마음이었다는 게 더욱 정확하다.

일찍이 수용할 수 있는 한계를 넘은 탓에 미친 듯 쿵쾅거리고 있는 심장의 박동을 무시한 채 담우소가 미녀를 향해 힘찬 일보를 내디뎠다.

만약 눈앞에서 천 개의 칼날이 떨어지고, 만 개의 기름 가마가 쏟아진다 해도 결코 멈추지 않을 기세를 동반한 채였다.

그의 눈에는 오직 달빛을 받아 신비한 푸른빛으로 물든 미녀의 섬연한 모습만이 들어올 뿐, 세상의 어떤 것도 공허할 뿐이었다.

우직!

내딛는 일보에 지나치게 힘이 들어간 듯 땅바닥이 움푹 패였다.

뒤쫓기 시작한 이래 처음으로 미녀와의 거리가 좁혀지자 자신도 모르게 힘이 들어간 모양이었다.

그 소리에 놀란 듯 신형을 돌린 미녀의 진홍빛 입술이 부드러운 호선을 그렸다.

"기혈이 거꾸로 치솟을 텐데, 당신은 먼저 숨을 고르세요."

"윽!"

"그렇지 않으면 소녀의 곁에 다가서기도 전에 당신의 심장은 폭발하고 말 거예요."

꿈결같이 달콤한 목소리였다.

'처음부터 저리 꿀물이 흐르듯 달콤한 목소리였던가?'

가슴의 둔통도 잊고 담우소는 황홀한 기분에 사로잡혔다.

보는 것만으로도 정신이 아득할 정도였다.

그래서 사부에게 처음으로 주먹 쥐는 법을 배웠을 때부터 한시도 잊지 않았던 무인의 자세마저 온통 잊어버린 상황이었다.

하물며 귓전을 간질이는 달콤한 목소리를 들으니 온몸이 오싹 떨려왔다.

아직 동정을 유지하고 있는 몸이지만, 설혹 이 자리에서 여인을 품에 안는다 해도 이만한 기쁨과 쾌감을 느끼진 못할 듯싶었다.

"……."

멍청해 보이는 얼굴로 후들 어깨를 떨어 보이는 담우소를 향해 미녀가 소리없이 다가왔다.

"안 돼요! 한계를 넘은 육체는 균형을 쉽게 잃어버려요. 그리되면 작게는 몸에 병이 들고, 크게는 기혈이 뒤틀려 폐인 지경이 될 위험이 있어요. 당신은 외공은 탁월하나 내공의 조예가 조악하니 어서 호흡에 집중하세요."

흡사 사부에게나 들을 법한 엄한 목소리였다.

미녀의 말에 수긍했다기보다, 왠지 거역할 수 없는 기분이 든 담우소가 크게 호흡을 들이마셨다.

"후흡!"

"그래요, 그렇게 선 채로 숨을 고르세요. 들이마실 때는 길게 세 차례, 내뱉을 때는 짧게 다섯 차례. 마음을 모아 호흡을 조절하되 절대로 급해선 안 돼요."

"……."

"숨을 고르시는 동안 소녀는 절대로 도망가지 않을 터이니, 당신께서는 결코 염려하실 필요가 없어요. 일 다경 동안 제가 가르치는 대로 진기를 도인하세요."

호랑이처럼 엄하던 첫 말과 달리 뒤엣 말은 어미처럼 다정하고, 누이처럼 따사로왔다.

마음이 움직인 담우소가 어린애처럼 낯을 붉히자, 미녀가 빙어처럼 투명한 손을 내밀어 그의 투박한 손을 잡았다.

"으음."

"아직 일 다경이 끝나지 않았어요."

꿀꺽!

"그렇게 빤히 쳐다보시면 소녀가 너무 부끄럽잖아요."

담우소는 얼른 고개를 돌렸다.

귀밑까지 벌겋게 물든 그의 이마로 진땀이 배어 나왔다.

한 번 보면 결코 눈을 뗄 수 없는 미녀를 억지로 보지 않으려 하니 머리에서 심화가 끓어올랐다. 천리종횡 최고봉에게 받았던 수련보다 담우소는 지금이 더욱 힘들었다.

그러는 동안 일 다경이 지나갔다.

담우소의 호흡 수를 세고 있던 미녀가 자신의 두 배는 족히 됨 직한 담우소의 투박한 손을 슬며시 잡아끌었다.

'응?'

고작 일 다경뿐이지만 미녀가 전수해 준 호흡법은 확실히 효과가 있었다.

특별히 풍천경의 상편에 수록된 내공 구결을 떠올리지 않았음에도 담우소는 터질 듯하던 가슴의 둔통이 가라앉는 걸 느꼈다.

미녀가 손을 잡아당긴 건, 그리하여 인간의 몸을 이루는 소우주 속으로 담우소가 무아지경의 여행에 빠져들려는 찰나였다.

잠시 잠깐 만에 체력이 회복된 담우소는 다시금 가슴이 두근거리는 걸 느꼈다.

멍청한 상태에서 황홀경에 빠졌던 처음과는 약간 다른 느낌.

담우소는 맨정신으로 돌아오자마자 다시금 눈앞 미녀의 아름다움에 매료된 자신을 느꼈다.

여태껏 먹어봤던 어떤 음식이나 술보다 더욱 달콤하고, 후끈 몸을 달아오르게 만드는…….

그러자 자신의 얼굴을 넋 놓고 바라보는 담우소를 얼마 전까지 서 있던 언덕의 정상으로 부드럽게 인도하며 미녀가 말했다.

"힘을 잃고 녹초가 됐던 아까만 해도 수줍은 소년처럼 굴더니, 지금은 완전히 강호의 무뢰한이 되었군요."

"……."

"이대로라면 소녀의 얼굴이 뚫어질 것 같으니, 그만 고개를 돌려주십사 하는 말이에요."

"……."

침묵 속에 담우소는 처음처럼 착하게 고개를 돌리진 않았다. 생각해 보면 내일 있을 중요한 비무조차 아랑곳 않고 달려온 참이었다. 오로지 눈앞 미녀의 충동에 넘어간 탓이니, 이처럼 이득을 볼 기회를 놓칠 수는 없었다.

부릅!

오히려 부리부리한 눈에 힘까지 주어가며 자신을 뚫어지게 쳐다보는 담우소의 모습에 미녀의 입술이 다시 호선을 그렸다.

"호호호! 오라버니에게 들었던 대로 당신은 정말 재밌는 사람이군요."

'오라버니?'

"당신을 이곳으로 보낸 사람을 말하는 거예요."

담우소는 일순 가슴이 서늘해지는 걸 느꼈다. 뜻이 일자 곧 손에 힘이 들어갔으나, 벌써 반신이 저려오고 있었다. 부드럽기만 하던 미녀의 손끝이 어느새 완맥을 제압한 것이다.

"윽!"

"어머, 아픈가요?"

저려오던 반신이 금세 자유로워졌다. 여전히 서늘한 손끝은 담우소의 손을 잡아끌고 있는데, 반신을 저리게 하던 힘만이 흔적도 없이 사라지고 없었다.

'적발귀신에 버금갈 정도의 고수다!'

두 번째 충격이었다. 미녀는 아무리 많이 잡아봐야 이십 세를 넘지 못했을 얼굴이었다. 이제 갓 피어난 꽃봉오리와 같은 모습은 분명 그러했다.

'그런데 지닌 바 무위가 천리종횡 최고봉에 버금갈 정도라니!'

일시 암담한 기분이 든 담우소의 얼굴빛이 우울해졌다.

"미모만큼이나 대단한 공력이오. 생각만으로 내공을 마음대로 다룰 수 있다니…….

미녀가 슬며시 담우소의 손을 놓으며 말했다.

"어려서부터 만년하수오(萬年何首烏)라든가 천년설삼(千年雪參), 공청석유(空淸石乳), 만년금구내단(萬年金龜內丹) 같은 걸 잔뜩 먹다 보면 누구라도 이렇게 된답니다."

"대단하군! 대단해!"

담우소의 입에서 찬탄이 터져 나왔다. 비록 미녀가 손을 놨지만 전혀 도망가거나 반격을 가할 의지가 엿보이지 않는 모습이었다.

처음부터 그럴 줄 알았다는 듯 역시 방비하지 않고 있던 미녀가 피식 웃었다.

"당신은 순진한 건가요, 바보 같은 건가요?"

"응?"

"세상에 그런 것들이 실제로 존재할 리 만무하잖아요."

"그렇지만…….

미녀가 단호하게 말했다.

"소녀의 무공은 순전히 어려서부터의 고심참담한 수련에 의해 이뤄진 거랍니다. 진짜 무공이란 그렇게 해야만 얻을 수 있는 것이지, 결코 반 푼이나마 영약이나 영물을 먹고 공짜로 얻을 수 있는 게 아니지요."

'또 사부 같은 말을 하는군.'

내심 툴툴거리면서도 담우소는 얼른 고개를 주억거렸다. 미녀의 말이 지극히 옳을 뿐더러, 설혹 옳지 않다 해도 고개를 좌우로 흔들어 보일 수 없는 기분이었다.

"지당한 말씀이오. 확실히 무공이란 오직 전심전력을 다한 수련만이 그 진가를 발휘할 수 있게 만들지요."

"당신도 역시 그렇게 생각하나요?"

"내 생각이라기보다는 사문에 들어선 후 처음으로 받았던 사부님의 가르침이 바로 '끊임없는 수련은 후일 반드시 보답을 해준다!' 였으니까요."

"그렇군요."

"그런데 소저가 날 처음 봤을 때 했던 말은 무엇이고, 또 오라버니란 누구를 말하는 겁니까?"

담우소 특유의 맞장구쳐 주며 질문하기였다. 무언가 궁금한 것이 있다면 묻기 전에 먼저 상대방의 정신을 흩뜨려 놓을 필요가 있다는 강문호의 가르침에 충실한.

그러나 미녀는 그리 호락호락하지 않았다. 문득 담우소를 흑백이 또렷한 눈빛으로 바라본 그녀가 말했다.

"당신은 이제 정신이 완전히 돌아온 모양이군요."

'그게 무슨?'

눈살을 가볍게 찌푸리던 담우소는 곧 확연히 깨닫는 게 있었다. 눈앞의 미녀를 만난 후 어쩔 줄 몰라 한 자신의 행동을 이해하게 된 것이다.

"그렇다면 소저는……."

"예, 소녀는 무상옥인(無常玉人)의 공력 중 하나인 섭혼공을 이용해 당신을 이곳까지 유인해 왔어요."

"……."

"오라버니가 워낙 자신하기에 궁금하기도 했지만, 이번 일이 무척 중요한 일이기에 소녀로서는 당신을 시험할 수밖에 없었던 것이죠."

미녀는 말과 함께 슬쩍 신형을 옆으로 움직였다. 그리고 눈 깜빡할 사이에 담우소의 눈앞에서 모습을 감췄다.

"어!"

잠시 어리둥절한 표정이 됐던 담우소는 곧 거대하고, 그만큼 황량한 우물을 발견할 수 있었다.

그는 어느새 언덕의 정상에 도착해 있었는데, 시야를 온통 메우고 있던 미녀가 사라지자 우물이 고풍스런 본모습을 드러낸 것이다.

"눈앞에 보이는 우물을 신교에서는 신정이라 불러요. 이곳이 광명정이라 불리는 이유이기도 하고, 신교에서 천 년의 금지로 지정할 수밖에 없었던 원인이기도 하지요."

설명은 담우소의 등 뒤에서 들려왔다. 미녀는 자신 정도의 고수라면 언제든 상대방의 목숨을 빼앗을 수 있고, 제압하기도 용이한 곳을 선택한 것이다.

'큭! 난생처음으로 여인한테 반하자마자 이런 꼴을 당하는 건가?'

처음 미녀를 만났을 때와는 달리 오늘 일진이 무척 좋지 않다는 생각을 하면서 담우소가 나직이 투덜거렸다.

"이 우물에 뭔가 특이한 점이 있다는 것쯤은 나도 이미 알고 있는 사실이오. 이곳의 이름이 광명정이란 걸 알았을 때부터 나름대로 조사했으니까."

"그런가요?"

반문하는 미녀의 목소리에는 '그렇다면 말하기가 수월하겠군' 하는 말이 생략되어 있었다. 그 정도만으로도 담우소가 충분히 알아들었으리라 생각한 것이다.

과연 미녀의 말 중 생략된 부분을 눈치 챈 담우소가 목소리를 은근히 했다.

"그런데 소저는 본인과 얼굴을 마주하고 대화를 나눌 수 없겠소?"

"당신은 오늘 충분할 정도로 소녀의 얼굴을 봤잖아요."

'제길! 그 정도론 부족하다구!'

내심의 투덜거림과는 달리 담우소는 얼굴을 진중하게 만드는 데 성공했다.

"처음에 내가 미혼공인지 뭔지에 홀렸는지는 몰라도 솔직한 심정으로 말하건대, 소저의 얼굴을 바라보는 건 꽤나 즐거운 일이오. 아마도 소주나 항주의 최고 미인들이 무더기로 달려든다 해도 소저의 미치도록 아름다운 모습과 견주기엔 부족할 것이오."

"호호, 고맙군요. 하지만 그렇게 아부해 봤자……."

"그러나!"

"……."

"이런 상황에서 내가 소저의 얼굴을 한 차례 더 보고 싶어서 안달을 낼 사람은 아니오. 눈앞에 보이는 우물에 대한 사항도 궁금할 뿐더러, 어째서 소저 정도 되는 고수가 나 같은 범부를 유혹하면서까지 이런 곳으로 유인해 와야 했는지도 알아봐야 하기 때문이오."

담우소는 최대한 목소리에 힘을 줬다. 그리고 양 주먹을 뒤편의 미녀가 똑똑히 볼 수 있도록 들어 올린 채 불끈 힘을 쥐어 보았다.

자신은 무척 진중한 사람이다. 그러니 강호의 무뢰배들처럼 여인의 미모 따위에 혹해서 앞뒤 가리지 않고 일을 행하진 않는다는 걸 어떻게든 보여주려는 의도였다.

그러나 배후의 미녀는 나직한 웃음소리를 흘릴 뿐 담우소의 기대에 부응하지 않았다.

오히려 잠시 후 웃음을 멈춘 그녀는 그동안의 다정함을 지운 채 말했다.

"하아! 당신의 그러한 낙천적인 성격 역시 오라버니는 높이 샀어요. 앞으로 닥칠 고난을 이겨내려면 그 정도의 성격은 필요하다고."

"그러니까 그 오라버니란 분이……."

"고개 돌리지 마세요!"

"……."

"물론 소녀는 반대했어요. 아니, 믿을 수 없다고 했지요. 신교의 중대사를 한낱 삼류문파의 인물에게 맡길 순 없다고 생각했거든요. 그래서 오늘 밤 찾아와 시험했는데, 놀랍게도 당신은 소녀의 무상옥인 공력의 칠성(七成)을 이겨냈군요."

오싹!

"그게 무슨?"

"일단 소녀가 당신을 믿기로 했다는 뜻이에요. 물론 당신을 믿는다기보다는 오라버니의 확신과 소녀가 십오년 동안 익힌 무상옥인의 위력을 믿는다는 게 더욱 정확하겠지만요."

미녀의 목소리에는 불만이 가득했다. 자신의 예상이 빗나간 것에 대한 불만이었다.

그러나 담우소가 후일 기억할 수 있었던 건, 평생 두 번째로 반해 버린 여인의 절세미모와 '어쨌든 이제는 당신만을 믿어요!'란 마지막 말뿐이었다.

등덜미가 뻣뻣해지는 느낌.

심호흡과 함께 전력을 다해 신형을 돌려세우던 담우소는 어깨를 격하게 떨었다.

필시 신정에 이르자마자 손을 떼고 뒤로 물러선 걸 확인했는데, 어느새 백옥 같은 손이 완맥을 제압하고 있었다.

찌르르!

상상을 불허할 정도의 고통, 이미 반신이 마비되고 있었다. 그럼에도 불구하고 담우소는 격하게 신형을 돌렸다. 흐릿하게나마 천공의 달빛을 무색케 할 정도의 얼굴이 보였다.

"제길! 역시나 예쁘군."

담우소가 내뱉은 마지막 말이다. 얼핏 입가에 미소를 담은 미녀의 비어 있던 우수가 환상처럼 움직였다.

퍼엉!

미녀의 우수가 격타한 곳은 근육이 뭉쳐진 가슴팍이었다. 실 끊어진 연처럼 담우소의 몸이 떠올랐고, 곧 감쪽같이 사라져 버렸다. 만월의 달빛조차 접근을 거부하는 신정의 흉측한 동공(洞空)은 순식간에 육 척의 대한을 집어삼키고 있었다.

*   *   *

빙예운은 미간을 가볍게 찌푸렸다.

이 세상에는 서로 어울리지 않는 사람이 있다. 신분이나 지위의 차이 때문이 아니라, 그냥 같이 있는 것만으로도 힘이 드는 사람들을 말함이다.

빙예운은 자신과 능몽초가 그렇다고 생각했다.

만마천에 들어와 십 년이란 기간 동안 사형제의 연을 맺었지만 한 번도 빙예운은 능몽초에게 특별한 감정을 느껴본 일이 없었다. 남녀 간의 감정을 말하는 게 아니라 사람과 사람 간에 쌓이는 기본적인 인정마저 느낄 수 없었던 것이다.

만마천의 뭇 노사들과 다른 사형제와의 사이가 그리 나쁘지 않은 빙예운으로선 그 점이 이상했다.

능몽초가 특별히 사람됨이 모났다거나 미움을 받을 만한 점이 있는 것도 아닌데, 정이 가지 않는다는 건 신경이 쓰이지 않을 수 없는 일이었다.

그러나 오늘, 빙예운은 그동안 능몽초에게 느껴왔던 위화감의 정체를 눈치 챘고, 그 때문에 기분이 심란했다.

'역시 나는 이상해. 어째서 내게 이성의 감정을 느끼는 사람을 만나면 이렇게 위축되는 걸까? 능 사형은 그리 나쁜 사람이 아닌데…….'

그동안 능몽초에 대한 빙예운의 평가는 결코 나쁘지 않았다. 아니, 오히려 상당히 후한 편이었다.

노사들에 의해 만마천 역사 이래 최고의 기재라 공인받은 빙예운 자신에 비견하더라도 능몽초의 능력은 결코 떨어지는 게 아니었다.

자신처럼 특별히 편애를 받은 것도 아닌데, 그의 무공 진전은 노사들을 경악케 할 정도였다.

때문에 아직도 절정의 경지를 뚫지 못해 만마천 출관을 명받지 못한 다른 사형들과 달리 능몽초는 빙예운과 함께 이번 시험의 시험관이 됐다.

전적으로 자신의 능력만으로 그는 절정의 경지에 도달했고, 뭇 노사들의 인정을 받은 것이다.

'그래서 나 역시 능 사형을 나쁘게 보지 않았다. 훌륭한 인재라 생각했고, 앞으로 그 발전의 끝을 즐거이 지켜볼 생각마저 가지고 있었다. 능 사형이 날 여자로 느끼기 전까지는.'

빙예운은 어느 날부턴가, 틈만 나면 자신에게 꽃을 꺾어다 주던 능몽초를 생각했다.

항시 그뿐, 우스갯소리나 지껄이는 그였지만 빙예운은 줄곧 그가 부담스러웠다.

그에게선 천하의 미남자인 엄정하에게서조차 느낄 수 없었던 기이한 열기가 항시 느껴졌다.

'아아!'

방금 전까지 억지로 참아야 했던 능몽초의 절실한 눈빛을 떠올린 빙예운은 어깨를 가볍게 떨었다.

그리고 나쁜 기억을 떨쳐 버리기라도 하려는 듯 철이 든 이후 처음으로 호감을 느낀 담우소를 떠올렸다.

―자신보다 열 살이나 나이가 어린 사람!

손속을 나눈 이후 종종 담우소를 떠올리며 빙예운이 마음을 놓을 수 있는 이유였다.

'그는 어쩌면 다른 사내와는 다를지도 모른다!'

은밀한 처녀의 상상은 항상 마음을 안정시키는 데 큰 공헌을 하곤 했다.

남녀 간의 관계에 문외한이라 하나 제멋대로의 상상만큼은 자유로울 수 있었다.

덕분에 한참이 지나 진저리 쳐지는 능몽초의 눈빛을 떨쳐 내는 데 성공한 빙예운을 부르는 목소리가 있었다.

"수고하셨어요, 언니."

고개를 돌린 빙예운의 얼굴이 다소 어두워졌다. 예상했던 것처럼 달빛을 받으며 구소옥이 신정 쪽에서 걸어오고 있었다.

"역시 만마천 시험의 목적은 신정이었군요."

"광명정을 천 년의 금지로 지정한 건 삼대명존이시고, 그런 광명정 안에 마천루의 절대오왕(絕代五王) 노사들이 머물 곳을 마련한 건 당대의 명존이세요. 명존께서 정한 바에 의하면, 절대오왕 노사들을 제외하면 오직 그분들에게 교육받을 마도의 영재들만이 광명정에 들 수 있지요."

"그건 정파에서 다섯 분 노사님들이 신교에 기거한다는 걸 모르도록 하려는……."

"예, 배려셨지요. 다만 명존께서는 자신이 폐관을 하는 동안 신교가 사분오열(四分五裂)될 수도 있을 거란 생각을 하지 않으셨죠. 광명정 안에서 여생을 편안히 보내고 있던 절대오왕 노사들이 경동할 정도로."

"설마 그런!"

"뭐, 그런 사실은 지금 와서 그리 중요한 문제는 아니에요. 그러한 반역의 움직임이 가능할 수 있었던 건 명존께서 폐관하신 후 새롭게 화심인을 받는 자들이 없었고, 금안공을 발휘할 수 있는 사람이 없었기 때문이니까요."

구소옥의 말은 바보가 아닌 한 알 수 있는 일이었고, 빙예운은 물론 바보가 아니었다.

놀란 얼굴이 된 빙예운이 말했다.

"성화령주께서는 벌써 화심인과 금안공을 완성하신 건가요?"

"호호, 설마요. 제가 여태껏 익힌 무공은 기껏해야 무상옥인 한 가지 뿐이에요. 화심인과 금안공을 완성한 건 제 오라버니시죠."

"엄 공자님께서……."

"예운 언니가 이곳에서 한령신공을 익히고 계시는 동안 저희 오라버니는 무척 무서운 사람이 됐어요. 이제는 예전처럼 공맹(孔孟)을 읊으며 소요하는 군자가 아니랍니다."

그 말을 끝으로 구소옥은 신형을 돌렸다.

볼 일을 모두 봤으니, 이제 더 이상 빙예운과 얘기할 게 없다는 태도였다.

일시 안색을 몇 차례 변색하던 빙예운이 급히 구소옥을 불러 세웠다.

"성화령주께 한 가지만 청해도 되겠는지요?"

문득 신형을 멈추고 고개를 돌린 구소옥이 말했다.

"어째서 모든 사실을 예운 언니한테 고백했는지 궁금하신 건가요?"

"예, 그렇습니다."

구소옥이 사내처럼 뒤통수를 긁적였다.

"그야, 이젠 모든 일이 끝났기 때문이지요."

"예?"

"모든 건 예운 언니가 도와주신 덕분이에요. 자세한 사항은 후일 제 오라버니를 만나면 물어보세요. 두 분은 이후에 만나더라도 친구를 하기로 하셨잖아요."

구소옥의 진짜 마지막 대답이었다.

어둠 속으로 사라져 가는 장신의 소녀를 바라보며 빙예운은 한참이나 혼란스런 시선을 거두지 못하고 있었다.

제41장 천하제일마(天下第一魔)!

귓청이 울려왔다. 급속도로 하강하는 동안 날카로운 바람에 고막이 공명을 일으켰다. 숫자를 셀 수 없을 정도의 벌 떼가 윙윙거리며 날아다니고 있었다.

머리로 피가 몰린 탓에 현기증을 느끼면서도 담우소는 순간적으로 신형을 공중에서 회전하는 데 성공했다.

영원처럼 느껴졌으나 기껏해야 촌 분 정도 만에 벌인 일이었다.

'제기랄! 뭐든지 해야지, 이대로 떨어지면 몸이 산산조각나겠군.'

이런 상황에서 머리가 평소처럼 돌아갈 리 없다. 담우소의 뇌리로 떠오른 생각은 그저 타고난 생존 본능의 울부짖음일 뿐이었다.

휘릭! 파파팟!

연속적으로 신형을 회전해서 떨어지는 속도를 늦춘 담우소가 미약한 달빛의 자락을 붙잡고서 다리에 탄력을 줬다.

파곽!

발끝으로 전해져 오는 최초의 둔통을 담우소는 억지로 참았다. 그리고 다시 몇 차례 회전을 일으키며 반대 편 돌 벽을 걷어찼다.

기껏해야 촌 분에 불과한 순간이었다.

담우소가 떠올린 생각은 우물의 바닥이 어떨지 전혀 짐작조차 할 수 없다는 것이었다.

따라서 백이십 근(72kg 정도)은 족히 나갈 무게에 추락하는 속도를 감안하면……

'이대로 떨어질 경우 내 몸은 산산조각으로 박살나는 건가?'

풍덩!

물과 조우한 순간, 담우소는 벼락을 맞은 듯 온몸을 부르르 떨었다. 일단은 살아남았다는 증거였다.

만약 지뢰경을 다룰 수 있었다면 물기둥을 솟구치게 만들어서 충격을 어느 정도 줄일 수 있었겠지만, 지금의 그는 무력하기만 했다.

기껏해야 물에 빠진 것뿐인데 떨어진 높이가 만만치 않았다. 마치 철벽에라도 부딪친 듯 담우소는 온몸의 세포 하나하나가 울리는 걸 느꼈다.

만약 회전과 더불어 우물의 내벽을 몇 차례나 걷어차 낙하 속도를 줄이지 않았다면 곧바로 칠공에서 피를 토하며 즉사했을 게 분명했다.

'큭! 그러니 현 상황에서는 목숨을 건진 것만으로도 천우신조(天佑神助)라고 해야 하는 건가?'

뼛속까지 파고드는 한기에 이빨을 악물며 담우소는 호흡을 가다듬었다. 문득 미녀의 일장에 가슴을 얻어맞은 일을 기억해 낼 수 있었다.

후욱!

들이마실 때는 길게 세 차례, 내뱉을 때는 짧게 다섯 차례.

담우소는 자신도 모르게 우물 속으로 내동댕이친 미녀가 전수한 호흡법에 따라 진기를 도인했다. 그리고 그 덕분이었다.

담우소의 안색이 금세 평안해졌다.

온몸이 산산조각나는 듯하던 고통이 어느새 크게 완화되고 있었다. 놀랍게도 미녀의 일장을 받고도 그는 전혀 내상을 당하지 않은 상태였다.

'충돌의 순간, 풍천경을 일으켜 체내의 요혈을 방비했다곤 하지만 어찌 요혈에 일장을 얻어맞고도 체내에 정체된 기운 하나 보이지 않는 것이지?'

의혹을 느낄 수밖에 없는 상황이었다. 어찌나 까마득하게 떨어졌던지 달빛조차 비치지 않는 어둠에 신경을 쓰지 못할 정도였다.

하지만 지독한 한기에 냉철해진 담우소의 감각은 곧 새로운 위험을 감지해 냈다. 으슬한 기운을 뛰어넘어 비릿한 내음이 그의 예민한 후각을 파고 들었다.

'이건?'

무림고수의 감각이 아니었다. 오 년간 갈고닦은 노련한 사냥꾼의 본능이었다.

흠칫!

어깨를 편 순간, 물에 가라앉지 않기 위해 잠시도 쉬지 않고 있던 담우소의 다리 중 하나가 힘차게 수면 위로 튀어 올랐다.

픽!

보이지 않지만 발끝의 감각은 분명했다. 무언가를 걷어차는 데 성공한 것이다. 그리고 파고든 섬뜩한 이빨의 일격!

재빨리 우물의 내벽 쪽으로 신형을 물린 담우소의 팔꿈치가 맹렬히 회전했다.

급한 김에 펼쳐진 수라구전의 한 동작이었다.

파곽!

'큭! 표피가 철갑을 두른 듯하다!'

눈으로 확인하진 못했지만 담우소는 수라구전을 펼친 팔꿈치가 이미 피투성이가 됐다는 걸 알 수 있었다.

물의 방해를 받은 데다 팔꿈치가 가격한 건 무언가 날카로운 부분이었다. 충돌하기 직전 수라구전의 회전력이 제대로 위력을 발휘하지 못한 게 분명했다.

'그렇다면 낭패다!'

자신의 일격이 실패로 끝났다는 걸 깨달은 순간 담우소는 얼른 등지고 있던 내벽에서 벗어났다.

두 차례의 가격으로 머리끝까지 성이 났을 사냥감의 두 번째 공격을 회피하기 위함이었다.

쾅!

과연 담우소의 판단은 정확했다. 유연한 자맥질로 방향을 돌린 순간 물결이 출렁거렸다. 사냥감 주제에 흉포한 이빨을 가진 녀석이 담우소가 등지고 있던 곳으로 달려든 것이다.

그러나 놈은 이곳의 주인이었다. 어둠만이 감도는 우물 안 곳곳을 세세히 알 터였다.

'적어도 나보다는 그러하겠지.'

자신에게 곧 절대적인 위기가 닥치리란 생각과 동시에 담우소는 상황에 걸맞지 않게 눈을 감았다. 그리고 깡그리 소멸해 버린 지뢰경의 구결을 마음속으로 외우기 시작했다.

'오행지기 전부가 필요한 게 아니다! 지금 내게 필요한 건 오행수기 중 극히 일부분이면 된다! 극히 일부분!'

생사의 갈림길이었다. 스스로도 놀랄 정도로 냉정해진 담우소는 출렁이는 물의 흐름에 정신을 집중했다.

어떻게든 죽음 중에서 삶을 구하려는 의지의 소산이었다. 그는 절대 이런 곳에서 개죽음을 당할 순 없었다.

그때였다. 지금껏 담우소의 사냥감이 되어왔던 어떤 짐승과도 다른, 그러나 더욱 지독한 살기를 뿜어내며 녀석이 달려들었다. 미처 담우소가 물의 흐름을 느끼기 전이었다.

우직!

세 번째 물리는 맛이란 장난이 아니다. 그것도 단 하룻밤 만에 넝마가 될 정도로. 게다가 물린 데 또 물리기까지.

앞서와 마찬가지로 성난 이빨―수수께끼의 괴생물체를 담우소는 일단 그렇게 부르기로 했다―이 달려들자 담우소는 일단 먹이를 주듯 주먹을 내뻗었다.

그리곤 마땅히 성난 이빨의 흉포한 어금니에 팔뚝의 근육과 뼈가 한데 섞여 분쇄되는 걸 방지하기 위한 격렬한 회전을 일으켰다.

파파팟!

탄자결을 써서 시간을 벌고, 격렬한 후속의 동작으로 강한 충격을 주는 무식한 방법!

쾅!

어깨로부터 등으로 이어지는 고산벽(靠山壁)은 요즈음 담우소가 깨달은 풍천경의 외경 중 가장 파괴력이 높은 동삭이었다.

오행수기를 빌어 물의 흐름을 탄, 담우소의 몸통 박치기가 작은 폭발 정도의 위력을 일으키자 성난 이빨이 펄쩍 뒤로 튕겨 나갔다.

신나게 공격만 해대던 성난 이빨로선 방금의 고산벽은 마른하늘에 날벼락을 맞은 셈이라 할 수 있었다.

크르르!

등등하던 기세가 한풀 꺾였는지 놈이 처음으로 낮게 으르렁거렸다. 어둠 속의 조우 이후 처음으로 내는 신음성이었다.

두 번의 실패 끝에 얻은 작은 성공.

그러나 담우소는 거기에서 만족하지 않았다. 이번 공격에서 최소한 피투성이가 된 양 주먹의 복수는 해야만 했다.

'순간적으로 물의 흐름이 변했다. 녀석이 주변을 돌며 상황을 살피기 시작한 것이다.'

맨 처음 담우소가 하던 짓이었다. 시력이란 게 전혀 소용없어진 상황에서 공격을 받자, 그는 노련한 사냥꾼답지 않게 상대에 대한 두려움을 참지 못했던 것이다.

그러나 시간이 지나 이제 능숙한 사냥꾼으로 돌아간 담우소는 그것이 참으로 미련한 행동이었다는 걸 인정하지 않을 수 없었다.

이곳은 사방이 가로막히고 고인 물의 수면 위였다.

바람이나 다른 주변의 영향이 미치지 않는 곳.

이런 곳에서 물결의 움직임은 곧 상대방이 움직이는 방향과 동일했다.

하물며 몇 차례의 드잡이질 끝에 위험 요소란, 오직 미지의 괴생물체인 성난 이빨밖엔 없다는 걸 확인한 상황이었다.

굳이 지뢰경을 사용하지 않더라도 살갗으로 물결의 움직임이 그대로 전해져 오고 있었다.

　―날 잡아 잡수!

음흉하게 숨을 죽이고서 세 차례나 이빨을 들이밀었던 성난 이빨의 동요를 담우소는 그리 받아들였다. 삽시간에 포식자의 위치는 바뀌어 있었다.

씨익!

몇 차례든 똑같았다. 야수와 맞닥뜨렸을 때마다 담우소는 미칠 듯 솟구치는 공포와 싸워야 했다. 그런데 이번에 그는 웃었다. 그리고 순간, 호흡을 멈췄다.

'왼쪽!'

미세한 파동, 물결의 흐름에 그대로 몸을 내맡기고 있던 담우소의 권각이 왼쪽으로 소리없이 움직였다.

파콱!

그의 신형이 출렁이는 물을 타고 공중으로 튀어 올랐다.

노련한 낚시꾼이 미끼를 문 잉어의 맹렬한 몸부림에 저항하지 않고 오히려 낚싯줄을 푸는 이치!

파문 하나 일지 않던 수면 위로 담우소에게서 발원한 번개 같은 권각의 회오리가 맹렬히 휘몰아쳤다. 고통 섞인 성난 이빨의 괴성을 동반한 채.

담우소는 늘어지게 기지개를 켰다.

문득 온몸이 욱신거리며 아파오자 눈살이 저절로 찌푸려졌다. 아무래도 상쾌한 아침은 아닌 듯싶었다. 그때, 그르릉거리는 소리가 귓전을 때렸다.

'응?'

눈을 뜬 담우소는 자신의 얼굴로 쏟아지는 찬란한 빛의 폭포를 느낄 수 있었다. 따라서 동공을 수축해 보이던 그의 입이 딱 벌어졌다.

도통 어젯밤의 일이 기억나지 않았다. 하지만 우물 안으로 떨어졌다는 건 생각해 낼 수 있었다. 뼛속까지 파고들던 한기와 죽음과도 같던 어둠 역시.

그 가운데 지금은 등판에 깔리는 신세가 된 괴생물체와 새벽까지 육박전을 벌이다가 잠이 들었으니 지금은 낮이어야만 했다.

잠에서 깬 순간, 눈살을 찌푸리게 만든 찬란한 빛의 물결이 확실히 그렇다는 걸 확인시켜 준다고 믿고 있었다.

그런데 눈을 떴으니 멀찍이 조그만 하늘이라도 보여야 정상인데, 당면한 상황은 그렇지가 못했다.

지금 담우소의 눈앞을 밝혀주고 있는 건 자연적인 햇빛이 아니라 보광(寶光)에 가까웠다. 그것도 꽤나 다채롭고 광범위한 영역에 걸쳐 퍼져 있는.

'아니, 잠깐만! 보광에 가깝다기보다는 보광이 분명한 것 같은데……?'

무의식적으로 담우소의 팔뚝이 밑에 깔린 괴생물체를 가격했다.

"얌마! 그만 자빠져 자고, 일어나 봐!"

무의식적으로 휘둘렀다곤 하지만 적어도 몇백 근의 힘이 실린 일격이었다.

담우소와 마찬가지로 녹초가 되어 퍼져 있던 녀석의 입에서 화들짝 놀란 신음이 흘러나왔다.

크릉!

괴생물체의 정체는 온몸에 묵빛의 철갑을 두른 한 마리의 커다란 물뱀으로, 요재지이(聊齋志異)란 기서에 당당히 묵린사(墨鱗蛇)라 기록된 기물이었다.

주둥이는 길쭉했고 꼬리는 일 장에 달했는데, 드잡이질이 절정에 이르자 자신의 콧잔등을 물어뜯는 담우소의 흉포함에 크게 질린 상태였다. 태어나 한 번도 신정에서 벗어난 일이 없는 탓에 담우소처럼 위험한 야수와 조우할 기회가 녀석에겐 없었던 것이다.

따라서 다시 몸 위의 야수가 광증을 일으키는 줄 알고 놀란 묵린사가 크게 몸을 흔들자, 잠시 균형을 잃고 비틀거린 담우소가 욕설을 터뜨렸다.

"이 새끼야! 똑바로 떠 있지 못해!"

물론 욕설만으로 끝날 리 없었다. 곧바로 최초의 팔꿈치에 이어 몇 차례의 발길질이 더해졌다. 조금도 사정을 두지 않은 손속이었다.

그러나 놀라 잠이 깬 처음만 커다랗고 길쭉한 몸을 흔들었을 뿐, 묵린사는 더 이상 저항하려 하지 않았다.

녀석은 그저 커다란 덩치만을 가늘게 떨 뿐이었다.

자신이 어째서 우물 밑바닥에서 몇 가지 물고기나 잡아먹고 있을 것이지 그날 왜 수면 위까지 올라갔는지 후회의 눈물이 그렁거리는 모습이었다.

말뿐이 아니라 진짜 묵빛의 꼬리를 동그랗게 자신의 몸 주위로 말아 보이는 묵린사의 순종에 담우소가 한참이나 계속되던 구타를 멈췄다.

그리곤 태연한 표정으로 손가락을 들이 보광이 가득한 하늘을 손가락질했다.

"이 녀석아! 내가 자는 동안 도대체 뭔 짓을 한 거야!"

모든 게 묵린사의 잘못이라고 단정 짓는 말투였다.

그러나 담우소가 이 정도에서 구타를 멈춘 것만으로도 고마웠던 것이리라!

묵린사가 길쭉한 목을 들어 올리며 나직이 가르릉거렸다.

제 딴에는 재롱을 피우는 것일 텐데, 아직도 주먹을 물렸던 원한을 잊지 않고 있던 담우소로선 귀여울 리 없었다.

순간 번쩍 쳐들었던 주먹을 돌려 묵린사의 붉은 눈을 후벼 파려던 흉심을 품었던 담우소가 갑자기 미간을 좁혔다.

'가만! 그리고 보면 이 시커먼 뱀새끼하고 나뒹굴던 새벽녘에 우물의 내벽이 변하는 느낌이 들었던 것 같다. 처음에는 맨들맨들하니 평평하던 것이 나중에는 우둘두둘하게. 그렇다는 건 혹시……'

생사를 걸고 싸우던 시기였다. 새벽이 가까워오자 조금이나마 밝아진 우물 내에서 묵린사의 흉측한 모습을 확인한 담우소는 더욱 전력을 다했다.

조금이라도 방심하면 당장에라도 묵린사의 큼지막한 어금니에 당할 게 뻔한 상황이었고, 야만적이고 매혹적인 일 대 일의 싸움이 절정에 달한 때였다. 우물의 벽면이 어떻게 변하든 전혀 관심을 기울일 수 없는 건 당연했다.

따라서 평정을 되찾은 현재, 담우소는 조금 더 주변 상황에 관심을 기울이게 됐고, 곧 보광의 정체가 수정의 원석임을 알 수 있었다.

보광의 정체는 정오가 되자 우물의 머리 위로 이동한 태양으로부터 쏟아져 내린 햇빛에 우물 내벽에 박힌 수정들이 일으킨 반사광이었던 것이다.

'그렇지만 새벽까지만 해도 이만한 보광은 보이지 않았다. 아니, 새벽이 되기까지 우물의 내벽은 이렇게 수정이 튀어나오지 않았던 것 같다. 만약 처음부터 이와 같은 상황이었다면 뱀새끼랑 싸우는 동안 몇 차례나 벽에 부딪쳤으니 등에 큰 상처를 입었어야 할 터인데……. 역시 그것밖엔 다른 이유를 찾을 수 없는 것인가?'

담우소는 눈길을 족히 수백, 수천 개가 넘을 듯 큼직큼직한 덩어리로 이루어져 있는 수정으로부터 뗐다. 그리곤 새삼스레 우물 주변을 둘러봤다.

어둠 속에서 대충 예상하고 있었던 모습과 달리 우물의 내부는 꽤나 널찍했다.

하늘이 보이는 대신 수정군으로부터 쏟아지는 보광만이 가득한 걸 보면 우물의 내부 형태는 호리병 모양인 듯했다. 즉, 어떻게든 벽을 타고 기어올라 우물을 벗어나려던 담우소의 의도는 처음부터 커다란 난관에 봉착한 셈이었다.

우물 벽이 직각으로만 되어 있어도 최고봉에게 받은 훈련을 토대로 어떻게 기어오를 엄두를 낼 텐데, 이런 형태라면 도저히 불가능했다.

거미로 환생하지 않고선 악력만으로 천장에 매달린 채 수십, 수백 장을 기어오른다는 건 있을 수 없는 일이었다.

담우소는 이런 상황이 된 까닭이 밤새 줄어든 수위 때문임을 알 수 있었다.

우물을 채우고 있던 수위가 줄어든 탓에 필시 물속에만 형성되어 있던 수정군들이 지금은 자신의 머리 위로 올라가게 된 것이다.

'후우, 그렇다면 다시 수위가 올라갈 때까지 기다려야 하나?'

담우소는 곧 고개를 흔들었다.

수정군에 이끼 따위가 별로 끼어 있지 않은 걸로 보아 수위는 다시 올라갈 게 분명했다. 그러나 밤새 수위가 내려갔다 하여 다시 수위가 처음으로 돌아가는 게 단시일 내에 이뤄진다는 보장은 없었다.

짧게는 며칠 새 올라갈 수도 있겠지만, 길게 잡으면 몇 달이 걸릴 수도 있는 일이었다. 담우소는 그때까지 체력을 유지할 자신이 없었다.

한참을 궁리하던 담우소의 시선이 반짝였다.

사람의 심리란 것이 한쪽이 안 되면 다른 쪽을 생각하기 마련이라 차갑게 가라앉아 있는 수면을 바라본 순간 한 가지 생각이 뇌리를 스쳤다.

"그렇군!"

즉시 담우소는 묵린사의 등판을 때렸다.

픽!

흠칫 놀란 묵린사가 목을 쭈뼛거리자 담우소가 냉큼 놈의 긴 주둥이를 손으로 잡아당기며 말했다.

"이 녀석아! 너는 이 우물 속에서 사는 녀석이렷다!"

그리곤 음성을 흉험하게 하며 또 이렇게 말했다.

"이만한 덩치에 먹는 양도 장난이 아닐 텐데, 설마 하니 나같이 재수 없이 우물 속으로 떨어지는 녀석들만 잡아먹으며 이만큼이나 몸집을 불린 건 아닐 테지!"

묵린사가 비록 보통의 물뱀들과는 격이 다를 정도의 몸집을 가지고 있다곤 하지만 한낱 미물에 불과했다. 담우소의 추궁에 대답할 수 있을 리 만무했다.

크릉!

묵린사의 입이 벌어지며 양쪽으로 튀어나온 날카로운 어금니가 드러났다. 살기는 느껴지지 않으나 생긴 모습과 더불어 끔찍한 형상이라 하지 않을 수 없었다.

그럼에도 두 눈에 힘을 주어 잠시 후 묵린사의 혈안(血眼)을 슬그머니 돌려놓은 담우소가 두 번 생각하지 않고 진각을 일으키듯 발끝에 힘을 줬다.

우직!

고통스런 괴성을 터뜨리며 고개를 흔들던 묵린사가 번쩍 쳐들린 담우소의 주먹을 보곤 냅다 물속으로 잠수해 들어갔다. 본능적으로 담우소의 모습에서 위기감을 느끼자 자신의 집으로 달아나려 한 것이다.

따라서 묵린사에 올라타 있던 담우소는 커다란 요동을 느끼게 되었는데, 이와 같은 상황은 처음부터 그가 바라던 바였다.

후읍!

길게 숨을 들이마신 담우소가 묵린사의 목을 감싸 안았고 순식간에 그의 몸이 물속으로 딸려 들어갔다.

푸우!

참았던 호흡을 토해내자 담우소의 입과 코에서 물이 주르륵 흘러내렸다. 묵린사가 제멋대로 우물 밑바닥을 훑고 다닌 덕분이었다.

만약 중간에 오행수기를 이용해 물의 흐름을 읽고 묵린사를 이곳으로 유도하지 않았다면 지금쯤 담우소는 물고기 밥이 됐을 게 분명했다.

부르르!

풍천경을 일으켜 외기를 일으키니 멀찍이 물러서 있던 묵린사가 화들짝 놀라 더욱 뒤로 물러섰다.

겁먹은 모습과는 달리 겨우 하룻밤이지만, 피와 살이 튈 정도로 싸웠던 담우소에게 꽤나 신경이 쓰이는 모습이었다.

그러나 담우소가 묵린사에게서 바라던 건 어디까지나 길잡이로서의 역할 정도였다.

우물 밑바닥으로부터 이어진 하나의 기다란 암굴을 통과하자 모습을 드러낸 종유 동굴에 이른 지금, 녀석의 흉측한 모습을 더 보고 있을 이유가 없었다.

"훠이! 훠이!"

잠깐, 몸보신 삼아 잡아먹을 것을 고려하지 않은 건 아니나 담우소는 묵린사에게 애써 손을 휘저어 보였다. 이제 필요없어졌으니 돌아가라는 뜻이었다.

그러자 그의 말을 알아들은 것일까.

단 하룻밤이지만 담우소와 만난 후 꽤나 세상의 험난한 세파에 시달려야 했던 묵린사가 목에서 갸르륵 소리를 냈다. 작별 인사였다.

'이제 헤어지면 다시는 저 녀석과 만나지 못할지도 모르겠군.'

담우소가 고개를 끄떡여 보이자, 묵린사는 잠시 머뭇거리다 슬그머니 물속으로 잠수해 들어갔다. 어제부터 쫄쫄이 굶었으니 슬슬 식사거릴 찾으러 갈 생각이 든 것이다.

꼬르륵!

물 위에 뜬 채로 담우소는 미간을 찌푸렸다. 묵린사를 떠나보내고 나니 배가 고파왔다.

"제기랄! 그러고 보니 지금까지 아무것도 먹지 못했잖아. 그냥 그

녀석을 잡아먹을 걸 그랬나?'

때늦은 후회였다. 그러나 말만 그리했을 뿐 묵린사가 떠난 자릴 바라보는 담우소의 표정은 조금 쓸쓸했다.

비록 몇 차례 물리고, 커다란 꼬리에 얻어맞기는 했지만, 신정에 떨어진 이후 여태껏 묵린사는 그의 동무가 되어주었다고 할 수 있었다.

갑자기 커다란 물뱀 한 마리가 떠나고 나니 내심 마음 한구석이 비는 기분을 느끼지 않을 수 없었다.

'제길! 뱀새끼 한 마리를 가지고 웬 청승이람.'

고개를 몇 차례 흔들어 보인 담우소가 주변을 둘러봤다.

처음의 판단대로 이곳은 천연적으로 형성된 종유 동굴이 분명했다. 온통 천연적인 수정 천지인 밑바닥과 달리 동굴의 천장은 기기묘묘한 종유석이 잔뜩 달려 있었다.

'우물의 수위가 낮아진 건 이 동굴이 땅속으로 더 깊숙이 뻗어 있기 때문일 것이다. 물이란 본시 밑으로 흐르게 마련이니까. 하지만 그렇다면 어째서 낮아졌던 수위가 다시 높아질 수 있었던 것일까?'

앞의 조건을 쉽사리 찾아낸 담우소이지만, 뒤의 조건마저 찾아낸다는 건 그리 쉬운 노릇이 아니었다.

수위가 마음대로 조절된다는 건 치수(治水)의 문제이고, 치수란 고래로부터 황제와 현인들의 영역이었다.

강호의 일반 무인과 달리 제법 글공부를 한 담우소였지만, 그런 복잡한 자연의 이치까지 꿰뚫어 알 수는 없었다.

한참을 고민하다, 평소처럼 '이런 복잡한 문제는 문호 녀석에게 맡기는 게 상책이다!' 며 포기한 담우소가 문득 고개를 쳐들어 천장의 종유석들을 바라봤다.

그리곤 현재의 상황이 매우 이상하다는 걸 깨달았다. 천연의 동굴임에도 불구하고 주변을 또렷이 살필 수 있다는 점에 생각이 미친 것이다.

'주변에 횃불이나 야명주라도 달려 있는 건가?'

담우소는 두 눈에 힘을 주고 주변을 살펴봤다. 그러나 그의 예상과 달리 어느 곳에도 횃불이나 야명주 따윈 보이지 않았다. 주변을 밝히고 있는 빛의 근원은 천장 쪽이 아닌 듯했다.

'그렇다면 뭐지?'

한참을 궁리하던 담우소는 곧 깨닫는 게 있었다.

거의 의식하지 못하고 있던 사실이지만, 이곳까지 이어져 있던 빛의 행로에 신경이 쓰였다.

물속에서는 바깥이 가깝기에 시야가 확보되는 것이라 믿었는데, 사실은 줄곧 물의 밑바닥은 빛을 발하고 있었던 것이다. 본래 캄캄해야 할 동굴을 밝힐 정도로.

스르르.

슬쩍 물밑으로 내려간 담우소는 곧 자신의 예상이 옳다는 걸 확인할 수 있었다.

과연 물의 밑바닥에서 찬연한 보광이 번쩍이고 있었다.

우물 쪽에서 발견했던 값싼 수정들과는 비교도 할 수 없는 광경이었다. 과거 엄정하가 꺼내 보였던 야명주에 결코 뒤지지 않을 듯한 보석들이 바닥에 지천으로 깔려 있었다. 한마디로 이곳은 보물이 잠든 강이었다.

만약 과거의 담우소였다면 자신이 처한 상황을 잊을 정도로 환호작

약했을 것이다. 그리고 바닥에 깔려 있는 보석들을 줍느라 정신없었을 것이다. 몇 개의 보석만 줍더라도 풍뢰문의 빚을 해결하기란 여반장한 일임에 분명했다.

그러나 담우소는 그저 손을 뻗어 반짝이는 구슬 하나를 손에 넣었을 뿐이었다.

광명신교에 들어서며 화심인을 받은 그에겐 천하를 얻을 만큼의 재화란 게 무용했다.

푸우!

담우소는 수면 위로 머리를 내밀었다. 그리고 수중의 구슬을 들어 올리자 주변이 한층 밝아지는 걸 알 수 있었다. 절대 꺼지는 일이 없는 횃불 하나를 손에 넣은 셈이었다.

'이로써 다시 어둠 속을 헤맬 일은 없겠군.'

내심 고개를 끄떡인 담우소가 천천히 헤엄치기 시작했다. 처음 짐작했던 대로 물이 흘러내리는 방향 쪽이었다.

첨벙, 첨벙……

제왕의 기본인 치수의 도리란 것을 명백히 깨닫지는 못했으되, 담우소가 정했던 방향은 옳은 듯했다.

한참을 헤엄치자 담우소는 점차 물이 줄어드는 걸 느꼈다.

적어도 담우소의 키를 두 배는 넘어가던 수위가 조금씩 줄어들더니 곧 걸을 수 있을 정도로 낮아졌다. 우물로부터 유입되는 물의 양이란 역시 한계가 있기 마련이었다.

다시 한참을 걸어가니 마른땅이 나왔고, 주변이 조금씩 어두워지는 걸 느꼈다.

품속에 넣어뒀던 구슬을 꺼내 주변을 밝힌 담우소의 눈에 이채가 떠올랐다. 그리고 그의 코가 벌름거리기 시작했다.

'공기의 종류가 바뀌었다.'

수위가 낮아져 결국 마른땅 위에 올라섰을 때 이미 짐작한 바대로 지대는 슬슬 높아지고 있었다.

그러나 그런 것만으로 바다가 일으키는 밀물과 썰물의 조화가 일어날 순 없는 노릇이었다.

담우소는 코끝을 스치는 공기에서 상쾌한 내음을 맡을 수 있었다. 막힌 듯 여겨졌던 동굴의 앞쪽으로부터 신선한 공기가 유입되고 있음에 분명했다.

변동은 그때 일어났다.

쇄아아!

귓전을 울리는 아련한 파공성을 듣자마자 담우소는 두 번 생각할 것도 없이 앞으로 신형을 날렸다.

재빠르고 노련한 자세로 땅바닥에 찰싹 배를 붙인 담우소의 등판으로 아슬아슬하게 바람이 스쳐 갔다.

물론 그저 그런 바람 따위에 담우소가 놀랐을 리 없다.

담우소는 축축하던 등판이 삽시간에 바짝 마르는 걸 느꼈다. 게다가 찍찍 소리를 내며 천 조각이 찢기는 소리가 그 뒤를 따랐다.

느닷없이 불어온 바람은 지독한 열기뿐만 아니라 칼날 같은 예기 역시 품고 있다는 뜻이었다.

'그렇군. 그랬었어.'

일시 풀지 못하고 있던 치수의 커다란 비밀을 깨달은 담우소의 얼굴이 난감해졌다.

열기를 함유한 바람이 불어온 쪽은 전방이었다.

앞서 동굴에 들어선 이래 내내 맡았던 묵은 공기가 아니라 상쾌한 공기를 맡았으니, 그곳이야말로 밖으로 나갈 수 있는 길임에 틀림없었다.

어떻게든 그곳을 향해 전진해야 하건만 기다리는 건 살인적인 열풍이라니!

'그 뱀새끼가 영물이라 내 말을 알아듣고 도망쳤는가 했더니 사실 이런 연유가 있었군. 상황이 이러하니 일단 바람이 멈출 때까지 기다려야 하나?

고민하던 담우소는 이번에도 역시 고개를 흔들었다.

처음 우물 안에서 이쪽 동굴로 건너올 때와 같이 앞날을 전혀 알 수 없다는 이유 때문이 아니었다. 그냥 멍청하게 복지부동한 상태로 기다린다는 게 싫었다.

잠시의 망설임 끝에 담우소가 어금니를 악물고서 포복하기 시작했다. 아무것도 하지 않고 기다리느니, 기어서라도 전진하는 게 배짱에 맞기는 했다.

그렇게 한참을 포복하니 어깨가 저려왔다.

하체 수련만큼이나 견실한 양 팔뚝임을 감안한다면 시간이 꽤나 흘렀음을 알 수 있었다. 그러나 잠시 후 담우소가 포복을 멈춘 건 그 때문은 아니었다.

점차 높아지던 지형이 어느새 큰 변화를 보이고 있었다. 마침 시간이 갈수록 격렬해지고 있던 열풍이 멎었기에 담우소는 슬쩍 고개를 들어 올렸다.

손 안의 구슬을 휘둘러 보니, 빛의 궤적을 따라 나선형으로 되어 있는 인공적인 회랑이 보였다. 열풍과 조우할 당시 느꼈던 소리의 정체가 밝혀지는 순간이었다.

'지대는 꾸준히 높아지고 있고, 열풍은 간격을 두고 불었다 멈췄다를 반복하고 있다. 호흡의 수로 미뤄 반 시진가량을 불면, 대략 일 다향 정도 멈추곤 했다. 그러니 지금 당장 저 망할 회랑을 뛰어오르지 않으면 다시 반 시진을 기다려야 한다. 설마 하니, 산의 정상까지 회랑이 이어져 있진 않을 테니……. 담우소! 자네 설마 하니 지금 겁을 집어먹은 건 아닐 테지?'

혼자만의 기대, 혹은 결의라고 해도 무방했다. 어둠 중에 홀로 떨어진 상태로 정신을 멀쩡히 유지하기 위해 스스로에게 쓸데없는 질문을 던지던 담우소가 숨을 한 차례 들이마셨다.

점차 농밀해지다 이제는 완연히 신선해진 공기의 한자락에 가슴이 탁 트이는 느낌!

자신이 들이마시는 마지막 한 모금이 될지도 모를 공기를 허파가 아파올 정도로 빨아들인 담우소가 번개같이 신형을 일으켜 세웠다.

그리곤 끝이 보이지 않을 정도인 회랑을 벼락처럼 뛰어오르기 시작했다. 신정의 수위를 변하게 할 정도인 열풍과 자신의 각력을 겨루는 필사의 질주였다.

그러나 기껏해야 중간쯤 올랐을까.

아니, 중간이라함은 그저 담우소 혼자만의 생각일지도 몰랐다. 아무리 수중의 구슬을 흔들어봐도 아직 회랑의 끝은 보이지 않고 있었다.

회랑을 돌며 호흡의 숫자를 세는 데 여념이 없다 문득 코끝이 찡해져 오자 소맷자락으로 훔친 담우소의 표정이 변했다.

'코피?'

여남은 살 이후론 당해본 일이 없는 일이었다. 내상을 입어 핏덩이를 게워내면 냈지, 코피 따윈 기억에 없는 것이다.

위험하다는 생각이 일기도 전이었다. 뒤이어 담우소의 입에서 피가 터져 나왔다. 그리고 지옥의 입구에서 토해져 나오는 것과 같은 바람이 맹렬히 담우소를 덮쳐 왔다.

'이건 반칙이야! 아직 시간이 남았단 말이다!'

어디까지나 혼자만의 항변이었고, 따라서 전혀 소용없는 저항이었다. 풍천경을 일으켜 전신의 요혈을 방비하던 담우소의 신형이 붕 떠올랐다.

거기다 뒤이어 밀려든 온몸의 기혈이 거꾸로 도는 고통!

두 눈이 부릅떠진 상황에서도 수중의 구슬을 놓치지 않은 담우소의 신형이 보이지 않는 거대한 손에 붙잡힌 듯 공중에서 몇 차례 흔들렸다.

그리곤 압도적인 힘 앞에 무력해진 담우소의 장대한 몸이 지금껏 회랑을 뛰어오르던 속도의 몇 배에 해당하는 속도로 공중으로 솟구쳤다.

'나는 죽은 것인가?'

정신을 차리자마자 든 첫 번째 생각이었다. 곧바로 '그런 전개는 너무 평범하잖아!' 라 중얼거린 담우소의 시야 속으로 기괴한 광경이 파고들었다.

홍황지기(紅黃之氣)라고나 할까.

간신히 고개를 들어 올린 담우소에게서 대략 삼 장여 정도 떨어졌을 것이다. 흡사 두 마리의 용이 승부를 겨루듯 적기와 황기가 공중에서 번쩍이고 있었다.

그러다 일진일퇴의 공방을 벌이던 두 기운 중 적기의 기운이 드세진 순간이었다.

고오오!

담우소에겐 낯설지 않은 바람 소리가 일어났다. 그리고 승천하는 화룡처럼 강렬해진 적기로부터 바위를 녹여 버릴 듯 뜨거운 열풍이 일어나 주변을 온통 붉게 물들며 퍼져 나갔다.

'아!'

어찌 된 일인지 온몸이 물먹은 솜처럼 무거웠다. 손가락 하나 들어 올리는 것도 귀찮을 지경이었다.

하지만 귀에 익은 바람 소리를 듣는 순간 담우소의 근육은 이미 제 멋대로 움직이고 있었다.

뻣뻣해진 근육이 스스로 탄력을 일으켰고, 벌떡 일어서려던 담우소의 신형이 순간적으로 몇 바퀴나 나뒹굴었다. 눈으로 확인한 적황의 기운 외에 투명한 또 하나의 기운이 그의 온몸을 옭아매고 있었던 것이다.

그러는 동안 맹렬한 용권풍으로까지 성장한 적기를 짓누르는 기운이 있었다.

일시 밀려 흔적조차 찾아볼 길 없었던 황기였다.

뒤늦게 힘을 발휘하기 시작한 황기는 처음 적기의 뒤를 따라붙었고, 곧 그 앞을 가로막아 섰다. 그리곤 격렬한 용틀임을 보이며 광분하는 적기에 대항했다.

'제길! 저 빌어먹을 붉은 기운의 정체는 내 등을 홀랑 태워먹을 뻔했던 열풍이 분명하다. 그런데 저 누르죽죽하니 너저분한 색깔의 기운은 잘도 저만한 기운을 내리누르고 있군. 아! 그리고 보니 열풍이 멈췄던 일 다항은 바로 이러한 연유였던가?

본래 밝은 달빛 아래 반딧불은 그 빛을 자랑하지 못하는 법이다.

담우소는 자신을 사정없이 나뒹굴게 만든 투명한 기운을 잠시 잊어버리고 있었다. 굉장치도 않은 두 기운의 힘겨루기에 송두리째 정신을 빼앗긴 때문이다.

그러나 투명한 기운 역시 자신의 먹잇감인 담우소를 잊지는 않고 있었다.

적황기 간의 세력 싸움이 한참 절정에 달한 순간이었다.

투명한 기운은 다시 담우소의 온몸을 친친 감아왔다. 그리곤 담우소가 어떤 반응을 보이기도 전에 미끼를 문 물고기를 낚아채듯 맹렬히 잡아당겼다.

'우왁!'

딱히 비명을 참은 건 아니었다. 단지 비명을 터뜨릴 만한 여유를 갖지 못했을 뿐이었다.

온몸이 옥죄인다는 생각을 한 순간, 공중을 맹렬히 가로지른 담우소의 몸이 사정없이 땅바닥에 내쳐졌다.

우당탕!

땅바닥을 구르자마자 신형을 일으켜 세우려던 담우소의 머리 속이 크게 공명을 일으켰다.

―그대는 잠시 일어나지 말지어다!

몇 차례나 니뒹굴지 않았냐면 피식 웃었을 것이다. 혹세무민(惑世誣民)하는 사이비 종교의 교주와 다를 것이 없어 보이는 목소리인 것이다.

때문에 담우소가 웃지 못한 건 어디까지나 자신을 땅바닥에 구르게 만든 힘에 압도됐을 뿐이었는데, 그는 곧 두 눈마저 있는 힘껏 부릅 떠야만 했다.

봉두난발에 어울리는 지저분한 구레나룻.

눈앞으로 보이는 가부좌를 틀고 앉은 사내의 발가벗은 상체는 바짝 말라 있었다. 게다가 뼈 위에 한 겹 가죽을 덧씌워 놓은 듯한 상체에는 수없이 많은 혈선들이 종횡하고 있었다. 그동안 얼마나 심한 고초를 겪었는지 짐작조차 할 수 없는 모습이었다.

그러나 담우소의 두 눈을 부릅뜨게 만든 건 물론 사나이의 그런 외향적인 모습이 아니었다.

번쩍 치켜 올려진 양손!

사나이는 가부좌를 튼 자세 그대로 양손을 하늘로 들어 올리고 있었다.

그 양손이 미묘한 움직임을 보이자 천지를 몽땅 때려 부술 듯하던 적황기가 거센 회오리를 일으키며 후면에 형성되어 있던 벽을 때렸다.

콰콰콰콰쾅!

흡사 강철을 녹여 만든 듯 매끄럽던 몇백 장 높이의 돌 벽에서 폭발음이 일었다. 그리고 무수히 떨어지는 돌무더기의 틈으로 천하를 오시할 듯 모습을 드러낸 광오한 글귀를 보라!

"처, 천하제일마(天下第一魔)?"

몇 줄의 글귀 중 첫 번째였다. 적황기의 정체를 깨닫고 경악한 와중에도 간신히 첫 번째 줄을 읽은 담우소의 입이 가볍게 벌어졌다. 두 눈을 부릅떴던 것과 마찬가지로 눈앞의 마른 장작 같은 구레나룻 사나이의 정체 때문이었다.

제42장 천 년(千年)의 내력

"첫 번째를 내뱉을 용기가 있는 녀석이 어째서 두 번째와 세 번째 줄은 말하지 않는 것이지?"

뇌리를 울렸던 목소리와 같은 음색이나 어투가 달랐다. 따라서 일시 동일인에게서 흘러나온 목소리란 생각을 하지 못한 탓이었다.

담우소가 잠시 대답을 못하고 머뭇거리자, 예의 투명한 힘이 일어나 담우소의 몸을 거세게 뒤흔들었다.

산같이 거대한 몸집의 거인에게 붙들린 꼬맹이랄까.

다시 투명한 힘에 휘어잡힌 채 이리저리 흔들리다 급기야 땅바닥에 널브러진 담우소의 귓전으로 처음과 똑같은 어조의 음성이 흘러들었다.

"두 번째와 세 번째 줄은?"

찢어진 입가의 핏물을 훔치며 담우소가 대답했다.

"위진천하(威震天下), 강호일통(江湖一統)."

그제야 지그시 감고 있던 눈을 뜬 구레나룻 사나이가 말했다.

"천하제일마, 위진천하, 강호일통……. 이 점에 대해 자네는 어떻게 생각하나?"

황당한 질문이었다. 천하에 보기 드문 기사(奇事)를 일으켜 절벽에다 글을 새긴 당사자는 바로 눈앞의 구레나룻 사나이 본인이었다.

당연히 몇 번이고 질문을 던지고 싶은 사람은 담우소여야만 했다.

많이 가진 자가 적게 가진 자에게 양보를 하는 건 미덕으로써 권장받아 마땅한 일이었다.

'그러나 자고로 무림이란 곳은 강자존, 약자멸에 검정강호(劍正江湖)이니, 일단은 약한 내가 참아야겠지?'

힐끔 석벽 위에 새겨진 글귀를 올려다보곤 재빨리 현실과 타협하기로 결정한 담우소가 충분히 성의있는 목소리로 대답했다.

"웅대한 뜻이 담긴 글귀라 생각합니다."

구레나룻 사나이가 지그시 담우소를 노려봤다.

"진짜 그렇게 생각하나?"

"전혀!"

"그럼?"

침을 꿀꺽 삼킨 담우소가 말했다.

"허무맹랑하고 우스운 소리라고 생각합니다."

"허무맹랑하고 우스운 소리?"

"마란 마귀(魔鬼)를 뜻하니, 설혹 천하제일이라 할지라도 세상에 자랑할 일은 아니라고 생각합니다."

"그리고?"

"당최 천하를 위진한다 하여 얻는 게 무엇입니까? 그리고 강호를 일통한다는 건 권력을 잡고 싶다는 뜻인데, 그런 마음이 있다면 굳이 강호에 뜻을 두기보다는 반란을 일으켜 황제가 되는 편이 오히려 낫지 싶습니다."

담우소의 진심이었다.

지금까지 그가 힘차게 달려왔던 건 어디까지나 망한 풍뢰문을 되살리고자 함이었다.

아직까지 딱히 풍뢰문을 되살린 후의 일은 생각해 본 일이 없었다.

사부의 기대를 생각하면 천하에 풍뢰문의 이름을 날리는 것도 나쁘진 않겠다고 생각했지만, 그것에 크게 구애받고 싶지는 않았다.

자신이 아니더라도 사문의 명성을 드높이는 건 흩어진 사형제들을 모으면 어떻게 되리란 생각이 들었다. 자신은 어디까지나 파문된 제자에 불과하니까.

그러나 눈앞의 구레나룻 사나이는 담우소와는 전혀 다른 삶을 살아 온 사람이었다.

태어날 때부터 거대한 운명을 점지받은 상태였고, 뭇 마인거효들의 기대를 한 몸에 받았다. 그리고 그들의 기대에 부응하여 장년이 되기 전에 명존에 올라 뭇 천하인들로부터 천하제일마라 일컬음을 받았다.

쓰레기통을 뒤지는 어린 거지에서 삼류문파인 풍뢰문의 장문제자로, 다시 세상 사람들로부터 멸시와 천시를 받는 파문제자가 되기까지…….

세상의 부침에 이리저리 떠밀려 온 담우소의 소견을 묵묵히 듣고 있던 구레나룻 사나이가 눈빛을 강렬히 했다.

"그러나 세상 사람들이 두려워하고 꺼리는 마귀라 해도 천하제일이라는 건 대단한 것이 아닌가? 그리고 자신의 오롯한 힘으로 천하를 벌벌 떨게 만드는 것도 나쁘지 않은 일이고. 다만 강호를 일통하는 것보다 차라리 황제가 되라는 의견만은 꽤 그럴듯하군.”

애초부터 담우소의 의견에 귀 기울일 생각이 없었다는 반응이었다.

그렇지 않다면 이렇게 빨리 대답을 내놓거나 하지는 않았을 게 분명했다.

따라서 이런 부류의 사람에게 충고를 한다는 건 바보나 하는 짓이란 걸 경험상 알면서도 담우소가 문득 질문을 던졌다.

“정말 그런 걸로 만족하는 겁니까?”

“만족?”

“공명을 얻어 천하에 명성을 드날리고 싶다면 마땅히 천하제일인을 노려야지, 마귀의 으뜸 따위에 만족하실 거냐는 뜻입니다. 게다가 광명신교의 명존이란 직위가 만승천자(萬乘天子)에 비해 떨어질 것도 없을 듯한데…….”

“갈(喝)!”

그저 내뱉은 노호성이 아니었다.

눈앞에서 벼락이 떨어진 것 같고, 노호가 울부짖는 소리와 비견될 만한 위세를 함유한 일갈이었다.

밀려든 기세에 밀려 움찔 뒤로 물러서려던 담우소를 휘감아오는 투명한 힘이 있었다.

그러나 벌써 삼세 번이었다.

진작에 대비하고 있었던 담우소가 펄쩍 뛰어올랐다.

야수와 맞닥뜨린 듯 극한까지 긴장해 있던 근육의 힘을 빌린 도약이 아니었다.

전신의 요혈을 방비하고 있던 풍천경의 기운을 일시에 폭출시키며 공중으로 뛰어오른 것이었다.

그렇게 삽시간에 전개한 대여섯 차례의 회전.

삼 장이나 뒤로 물러선 담우소를 재차 암습하는 대신 구레나룻 사나이가 이마를 손으로 짚으며 고뇌에 찬 목소리를 냈다.

"역시 대성(大成)을 하지 않고선 소용이 없는 것인가?"

'대성?'

길게 생각할 것도 없었다. 담우소는 자신의 예상이 사실임을 직감했다.

눈앞의 비쩍 마른 구레나룻 사나이의 정체는 바로 십수 년 전 천하무적의 신공을 익히기 위해 폐관에 들어갔다는 당금 광명신교의 명존이 분명했다.

그야말로 천하마도의 우상이자 지존(至尊)이라 할 수 있는 절대의 고수를 만났다는 생각에 담우소는 침을 꿀꺽 삼켰다.

아무리 생각해 봐도 강호를 아무렇게나 떠돌아다니던 자신 같은 삼류가 만나기엔 너무 대단한 거물이라 하지 않을 수 없었다.

일시 어찌할 바를 모르는 표정이 된 담우소에게 명존이 투명한 시선을 던졌다.

"건방지구나! 어째서 본좌의 신분을 알고서도 네가 여전히 무릎을 꿇지 않는 것이냐!"

'역시!'

뒤늦게 현실감을 느낀 담우소의 무릎이 자신도 모르게 꺾였다.

특별히 존경심이 끓어올라서라기보다는 그냥 딱딱하게 긴장해 있던 다리에서 힘이 풀려 버린 것이다.

그래도 사나이의 자존심은 아직 살아 있었던 것일까.

엉거주춤한 자세 그대로 다시 다리를 곧추세우는 데 성공한 담우소가 고개를 뻣뻣이 쳐든 채 말했다.

"역시 명존이시군요. 아무래도 그런 것 같기는 했지만. 이것 참! 설마 하니 이런 곳에서 만나게 될 줄은 몰랐는데……."

담우소는 뒤통수를 긁적였다. 정말 난처한 상황을 만나자 저절로 손이 그리 향한 것이다.

'특이한 녀석.'

바로 투명한 힘을 일으켜 담우소를 면전까지 끌어당겨 엎어뜨린 명존의 안색이 준엄한 빛을 띠었다.

"어째서 이런 곳에서 본좌를 만난 게 뜻밖이지?"

"그야……."

이제는 제멋대로 뻗쳐 오는 투명한 힘에 어느 정도 적응이 된 탓이었다.

특별히 놀라지도, 자세를 흐트리지도 않은 담우소가 말했다.

"기억하기로 제가 이렇게 이상한 상황에 처하게 된 건 우물에 떨어지고 나서입니다. 아무것도 보이지 않는 어둠과 함께 뼛속까지 파고들던 냉기는 정말 참기 힘들었지요."

"……."

"때문에 높이가 상당한 우물 입구를 쳐다보고 빠져나가기 힘들 듯하여 우물 바닥을 따라 이곳까지 오게 된 겁니다. 그러니 어찌 스스로 천하제일마라 자처하신다 해도 세상의 비웃음을 사지 않을 분을 만나게 될 줄 짐작이나 했겠습니까?"

앞서 목도했듯 명존은 담우소가 여태껏 만났던 고수들과는 차원이

다른 인물이었나.

천하제일마라 했지만 사실은 천하제일인이라 해도 과언이 아니었다.

십만대산에 들어선 후 익히 확인했듯 광명신교는 천하마도의 으뜸이라 부르기에 부족함이 없었다.

정파에서 마교라 부르며 혐오하는 건, 그저 너무나 강한 나머지 경외받지 않으면 배척을 받는 현상에 불과하다고 담우소는 생각했다.

그런데 이런 막강한 세력의 주인이 바로 눈앞의 구레나룻 사나이니, 담우소로선 면종복배(面從腹背)라도 하지 않을 수 없었다.

어차피 놀라운 위세마저 본 터라 상대를 사냥감으로 재고 긴장할 필요가 없어진 때문이다.

따라서 담우소가 자신이 처한 그동안의 상황에 대해 한 점 빼놓지 않고 고분고분하게 고하자, 명존은 묘한 기분이 들었다.

'화화기공으로 얼굴을 역용하곤 있지만, 이 녀석의 말은 결코 거짓이 아닐 것이다. 천하제일의 변체이환공인 화화기공이라 해도 사물의 본질을 꿰뚫어 보는 금안공을 속일 순 없으니까.'

그리고 명존은 또 이렇게 생각했다.

'그렇다곤 해도 명존인 나를 보고서도 순종의 빛이 보이지 않으니 괴이한 일이 아닌가. 설마 하니 금지에 들어온 녀석이 본 교의 제자가 아닌 건 아닐 테고, 상대가 아무리 자신보다 강하고 커다란 위세를 지녔다 해도 굴하지 않는 성격을 가졌다고 생각해야 하는 건가?'

일견 타당성이 있는 추론이었다.

오랜 폐관으로 과거의 패도적인 성격이 많이 수그러든 명존의 얼굴에 일시 얄궂은 표정이 떠올랐다.

"너는 처음에 천하제일이라 해도 '마' 따위가 붙는다면 아무런 가치가 없다고 했다. 그런데 이제는 본좌를 천하제일마라 부르는구나. 네가 생각하기에 본좌는 천하제일인이라 할 수 없는 것이냐?"

'쳇! 명존씩이나 되는 양반이 천하제일인이든 천하제일마든 둘 다 천하제일이 들어가는데 그런 게 무슨 큰 문제가 된다고 이렇게 연연하는 거야? 아!'

문득 투덜거리던 담우소의 뇌리로 떠오른 건 강호에 널리 회자되던 십여 년 전의 정마대전(正魔大戰)이었다.

대전이라 일컬어지지만 실제론 단 두 사람 간의 비무에 불과했던, 하지만 천하의 모든 정파와 마도의 이목이 집중됐던.

강호를 떠도는 이야기꾼들의 얘기에 두 주먹을 불끈 쥐던 어린 시절의 기억을 떠올린 담우소가 대뜸 대답했다.

"자타가 공인하는 천하제일인은 무당파에 해검지를 만든 청우 선인이시지 않습니까? 명존께서 천하제일인이 되시려면 그 신선 어르신을 먼저 꺾어야만 하지요."

"……"

"하지만 생각해 보건대, 청우 선인에게 유일하게 패배하지 않은 건 명존밖에 없다고 들었습니다. 명존께서 '마'를 지칭하신 것만으로도 그 '천하제일마'는 가치를 얻는다고 생각합니다."

쾌도난마(快刀亂麻)와 같이 가차없으면서도 은근한 아부를 잊지 않은 말이었다.

수없이 많은 교언영색(巧言令色)을 상대해 왔던 명존에게는 전혀 통하지 않았지만 말이다.

"허허허……"

일시의 흥취로 방금 전, 세 줄의 글귀를 새겨 넣은 배후의 석벽을 올려다보며 껄껄 웃은 명존이 불쑥 앙상하게 말라 있는 손을 내밀었다.

"요즘 본 교가 어떻게 돌아가고 있는지는 모르겠지만 무척 재밌는 녀석이 들어왔구나. 네 덕분에 본좌의 마음이 오랜만에 통쾌해졌다. 너는 그만 밀지를 내놓도록 하여라."

"밀지?"

"설마 하니 널 이곳으로 들여보낸 게 성화령주가 아니라고 말하려는 건 아닐 테지?"

담우소는 눈을 크게 떴고, 명존은 얼굴을 근엄하게 굳혔다.

봉두난발에 구레나룻을 자랑하는 얼굴치고 명존의 얼굴은 꽤나 기품이 느껴졌다.

만약 이런 상황이 아니었다면 천하에 두려운 게 없는 담우소라 해도 대함에 있어 반드시 삼 푼쯤은 어려움을 느꼈을 터이다.

하지만 호탕한 대소 후에 이어진 명존의 질문이 담우소에겐 엉뚱하기만 했다.

느닷없이 요구된 밀지나, 성화령주가 의미하는 바를 그로선 알 도리가 없었다.

"저는 만마천의 최종 시험이라는 비무를 기다리던 중 우물에 빠졌을 뿐입니다만……."

"만마천? 으음, 확실히 만마천 시험이 요맘때쯤 있었지."

혼잣말을 내뱉은 명존이 담우소를 차갑게 바라봤다.

"그렇다면 널 신정에 빠뜨린 게 성화령주가 아니란 뜻이더냐?"

담우소는 고개를 흔들었다.

명존에게 받은 질문은 그야말로 우물에 빠진 후 계속 줄곧 생각하고 있던 일이었다.

다른 기억은 전혀 문제가 없으니 분명 떨어지며 머리를 다친 건 아닌 듯한데, 그 당시의 일만 전혀 기억나는 게 없는 것이다.

따라서 종전의 질문에 대한 답은 명존보다 오히려 담우소 자신이 더욱 궁금하다고 할 수 있었다.

"……."

단지 얼굴을 훑어보는 것만으로도 충분히 담우소의 내심을 읽은 명존의 안색이 더욱 차갑게 가라앉았다.

방금 전까지 보였던 호탕한 모습이 사라지자, 전체적으로 각이 진 얼굴 전체로 섬뜩한 귀기가 스멀거리며 일어났다.

"네가 이곳에 도착했을 때 본 것이 무엇인지 아느냐?"

'쟁패하던 붉은 기와 누런 기를 말하는 것인가?'

담우소의 대답을 기다리지 않고 명존이 뒤이어 말했다.

"그것들은 신교의 육대 호교 신공 중 마지막인 삼원 천신기(三元天神氣) 중 두 가지인 적룡기(赤龍氣)와 황룡기(黃龍氣)이다. 만약 네 녀석이 이곳에 나타나는 게 조금만 늦었다면, 본좌는 그것들을 은룡기(隱龍氣)와 아울러 지고의 경지인 삼원 합일(三元合一)을 이루는 데 성공했을 것이다."

"……."

"그런데 하필이면 네 녀석이 삼원 합일의 이전 단계인 적황교태(赤黃交兌)의 상황에서 신정을 통해 이곳 명왕강림지에 모습을 드러냈으니, 이 노릇을 어찌하겠느냐?"

'어, 어째 상황이 좀 이상하게 돌아가는 것 같은데…….'

배짱 두둑한 담우소이지만 오싹 소름이 돋는 걸 느꼈다.

명존의 얼굴에서 냉랭한 한기가 가시고 전후사정을 친절히 설명하는 동안 벌어진 일이었다.

움찔!

슬그머니 뒤로 물러앉으려던 담우소를 투명한 힘, 즉 은룡기가 단단히 붙들어맸다. 그리고 명존이 흡사 신성한 의식이라도 치르는 표정으로 다시 말했다.

"덕분에 십 년을 기다려 간신히 대공을 눈앞에 뒀던 삼원 합일이 수포로 돌아갔으니, 본좌가 어찌 대노하지 않을 수 있겠느냐? 그래도 혹시나 교내에 무슨 이변이라도 벌어진 게 아닐까 하는 우려 때문에 노화를 참고 있었다. 그런데 네 녀석은 지금 이곳에 어떻게 왔는지도 기억이 나지 않는다 말하고 있구나."

"……."

"그러니 이만하면 본좌가 내 녀석을 천참만륙(千斬萬戮)해야 할 명분으로 충분하겠지?"

"큭!"

담우소는 숨이 막혀왔다.

명존의 설명이 친절하게 이어지는 동안 은룡기가 더욱 강력해져 풍천경의 외기를 일그러뜨리기 시작한 것이다.

흔들, 흔들…….

담우소의 어깨가 금방이라도 쓰러질 듯 흔들렸다. 그리고 곧 기혈이 끓어오르더니 숨이 막혀오기 시작했다. 도저히 어떻게 손을 써볼 수도 없는 거력이었다.

흔들, 흔들…….

그런데 순간적으로 은룡기에 압박을 받아 정신을 잃었음에도 불구하고 담우소의 몸은 여전히 흔들거리고 있었다.

거력의 압박을 받자 여태껏 애써 고련해 왔던 풍천경의 외기가 내기를 끌어냈다.

스스로 외부의 힘에 저항하기 시작한 것이다.

'허어!'

천하에 두 번째가 없을 정도로 살기를 뿜어내는 눈빛이었다. 고작해야 비쩍 마른 거렁뱅이의 모습과는 전혀 어울릴 것 같지 않은 모습이었다.

그러나 단지 눈빛이 바뀐 것만으로 명존은 지옥의 염왕이 됐고, 놀랍게도 삼원기 중 하나인 은룡기에 저항하는 담우소의 뇌문을 향해 수장을 번쩍 쳐들었다.

─생사 일여(生死一如)!

이 순간, 담우소에게 삶과 죽음은 둘이 아니었다.

그는 이미 정신을 잃은 상태로 생사의 간극에 처하고 있었다.

그 간극 끝에 서늘한 검인(劍刃)을 들이대고 있던 명존의 눈빛이 마지막 순간 가볍게 흔들렸다.

문득 떠오르는 생각이 있었다.

'내 무공은 폐관하기 전에 이미 천하에 적수를 찾기 드물 정도였다. 가히 무적이라 해도 과언이 아니었다. 무당파의 그 괴상한 늙은이를 만나기 전까진. 그런데 어찌 이 녀석이 내 은룡기를 감당해 낼 수 있었지?'

담우소의 뇌문을 겨냥하고 있던 명존의 수장이 강렬함을 집어던진 채 부드러운 호선을 그렸다.

마음이 일자 곧바로 강(强)에서 유(柔)로 기의 성격을 바꾼 것이다.

그러나 호선을 그리던 수장이 여전히 흔들거리고 있던 담우소의 단전에 가 닿은 순간이었다.

파앗!

장심을 통해 토해진 기운은 이미 은룡기가 아니었다.

광명신교의 절정고수라면 누구라도 두려워하는 기운, 바로 그 뜨거움이 초열지옥과도 맞먹는다 알려진 화심인이었다.

장심을 중심으로 퍼져 나가기 시작한 눈부신 광구!

명존은 단박에 눈앞의 이상한 청년이 이미 화심인에 걸려 있다는 걸 알 수 있었다.

그렇다면 다시 화심인을 심는다 해도 무용한 일일 터!

재빨리 담우소의 단전을 훑은 명존의 수장이 다시금 기운을 되돌렸다. 그리곤 장(掌)을 지(指)로 바꿔더니 곧 벼락 같은 움직임을 보이기 시작했다.

짜자자자작!

이미 등판이 펄럭이고 있던 담우소의 장포가 찢겨 나갔다.

전개된 것은 육대기공 중 무쌍지력(無雙指力)!

한데 명존은 고절한 지공(指功)을 토해내 점혈을 하고, 천 가지나 이천 가지의 독형을 행하려는 게 아닌 모양이었다.

무형무음(無形無音)하게 일어난 지력은 담우소의 겉가죽에는 상처 하나 내지 않고, 오직 장포만을 난도질할 뿐이었다.

그렇다면 무슨 까닭으로?

이유는 곧 밝혀졌다. 갈가리 찢긴 담우소의 옷자락 틈으로 한 조각의 유지(油紙)가 떨어져 내렸다.

'역시!'

손바닥을 한차례 떨쳐 일으킨 접인지기로 얼른 유지 조각을 낚아챈 명존의 눈빛이 날카로워졌다.

굳이 자세히 살피지 않아도 손가락에 와 닿는 촉감만으로 알 수 있었다.

유지로 보이는 조각은 일반적인 기름 먹인 종이로 만들어진 게 아니었다.

그것은 광명신교 내에서도 최고위층만이 사용할 수 있는 천잠사로 짠 일종의 직물이었다.

옷을 해 입으면 천하에 다시없는 보의(寶衣)가 되고, 병기로 사용하면 웬만한 보검보다 뛰어난 살상병기가 되는 기물이 이런 곳에 쓰인 것이다.

폐관하는 동안 성격이 쪼잔하게 변한 탓이었다.

'이건 아무리 생각해도 지나친 낭비야!'라 중얼거린 명존이 돌돌 말린 천잠사를 손가락으로 문댔다.

그러자 그저 조그만 조각에 불과하던 천잠사 조각이 활짝 펴졌는데, 그 크기는 놀랍게도 손바닥을 훨씬 넘을 정도였다.

'흐음, 후면에 찍힌 성화령의 인은 자웅쌍패(雌雄雙牌) 중 정하에게 남긴 자패가 분명하다. 역시 우려했던 바대로 교내에 문제가 발생했단 말인가!'

그러나 침착하게 손바닥만한 천잠사 조각을 돌려 밀지의 첫 번째 줄을 읽어 내려가던 명존의 미간이 와락 일그러졌다.

—이 바보 아버지야! 그만 나오라고!

　명존은 설혹 천하에 오직 두 개밖에 없는 성화령 중 자패의 인을 확인하지 않았다 해도 절대 이 밀지가 거짓일 리 없다고 생각했다.
　세상에 자신을 향해 이런 말을 해대는 사람은 오직 한 사람밖에 없다는 걸 그 자신이 아는 까닭이다.

　"으윽!"
　정신을 차리자마자 담우소는 나직한 신음을 흘렸다.
　옆구리 쪽으로 지독한 통증이 느껴졌다. 아마도 정신을 잃고 있던 중 호되게 누군가에게 얻어맞거나, 걷어차이거나 둘 중에 하나일 게 분명했다.
　일찍이 느꼈던 어떤 것보다 지독한 고통이었다.
　눈살을 찌푸리면서도 담우소는 이 고통이 일단 정신을 일깨우는 데 도움이 됐다는 방향으로 결정을 내렸다.
　마침 새우처럼 허리를 구부린 채 눈을 뜬 그의 눈앞에 극히 지저분해 보이는 한 쌍의 맨발이 보였다.
　'내 옆구리를 이 더러운 발 중 하나가 걷어찬 것인가?'
　구역질이 나는 기분이었다. 고통 중에서도 코끝을 파고드는 향기는 그리 살갑게 느껴지지 않았다. 하물며 그 발바닥이 옆구리에 족인을 찍었을 걸 생각하면…….
　"왜? 기분이 더러운가?"
　딱히 머리를 굴릴 필요가 없을 정도로 선명하게 기억나는 목소리였다.

상대가 고란내라거나 옆구리의 통증 따위로 성을 낼 만한 부류가 아니라는 걸 깨달은 담우소가 얼른 일그러졌던 안색을 바꿨다.

"그, 그럴 리가⋯⋯."

"물론 없어야겠지."

'제길! 그래, 니 발 고란내 지독하다!'

지독한 고란내에도 불구하고 숨을 크게 들이마신 담우소가 히죽이 이빨을 드러냈다.

"그런데 제가 얼마나 기절했지요?"

대답 대신 담우소의 엉거주춤한 신형을 바로 세우는 힘이 있었다.

'으윽!'

그 힘의 정체가 바로 명존이 자랑하던 삼원기 중 은룡기임을 직감한 담우소가 자연스레 일으키려던 풍천경을 억눌렀다.

본능적인 행동이었다.

때문에 담우소는 곧 벌떡 일어선 모양이 되었는데, 지척지간에 서 있던 명존의 안광이 기다렸다는 듯 벼락같이 토해져 나왔다.

"네가 정신을 잃은 건 그저 촌 분에 불과할 뿐이다."

'촌 분?'

"그러니 네 녀석은 본좌의 은룡기에 제압을 당하고서도 전혀 내상을 입지 않았다고 할 수 있겠구나."

'그런가?'

담우소는 그제야 내식을 돌려볼 여유를 가질 수 있었다.

한 모금의 진기를 돌려보니, 과연 내식은 전혀 막히는 곳이 없었다. 그리고 그에 따라 멍하던 정신이 다소 맑아지는 걸 느꼈다.

표정만으로도 담우소의 상태를 꿰뚫어 본 명존이 말했다.

"본좌의 삼원기가 비록 네놈의 방해로 대성하는 데는 실패했지만, 육대기공의 수위를 차지하는 걸 감안하면 그건 실로 놀라운 일이라 하지 않을 수 없다. 네놈이 본 교의 육대기공과 비슷한 종류의 기공을 익히지 않았다면……."

잠시 말끝을 흐렸던 명존이 말을 이었다.

"네 사문이 풍뢰문이 맞더냐? 그리고 방금 전 본좌의 은룡기로부터 네 체내를 보호하고, 체외의 근골을 유연하게 만든 공부의 이름은 풍천경이 맞더냐?"

"……."

명존은 연거푸 두 번이나 질문을 던졌다.

확신을 가지고 있으면서도 망설이는 듯한 목소리였다.

그런데 놀랍게도 담우소는 명존의 물음에 일시 대답하지 않았다. 아니, 대답할 수 없다고 생각했다.

비록 삼류에 불과한 사문이라곤 하지만 풍뢰문에서 풍천경과 지뢰경에 대한 사항은 기밀이라 할 수 있었다.

오직 문주 된 자와 그의 뒤를 이을 장문제자만이 전해 들을 수 있는 비밀이었다.

아무리 눈앞의 사나이가 마도제일인인 명존이라 해도 쉽사리 얘기할 수 없는 건 당연했다.

따라서 잠시 달싹이려던 입술을 담우소가 굳게 다물어 버리자 명존의 눈초리가 슬쩍 변했다.

'이 녀석 봐라?'

그리고 명존은 더 이상 기다리지 않았다.

스윽!

평범한 태산압정(泰山壓頂)식의 동작. 뻗어진 명존의 주먹은 지극히 느렸다.

얼마나 느렸냐 하면, 곧바로 담우소가 반응을 보였을 정도였다.

명존의 심기를 거슬리지 않기 위해 절대 움직이지 않겠다고 내심 마음먹고 있었는데, 너무나 느린 주먹질에 몸이 먼저 움직여 버린 것이다.

따라서 신형을 옆으로 움직인 담우소가 아차 했을 때였다.

담우소가 반응 보이기만을 기다리고 있었을 것이다. 하늘을 노니는 나비가 앉았다 쉬어갈 듯 느리기만 하던 명존의 권세가 순간 대변했다.

위에서 아래를 내리누르는 형상이던 쌍권 중 일 권이 그야말로 번개같이 붕권의 식으로 앞으로 내질러졌다.

벽력같은 위력을 자랑하는 육대기공 중 권법일절인 천붕(千崩)이었다.

콰앙!

권력이 미처 도달하기도 전이었다.

담우소는 귀가 멍해지는 걸 느꼈다. 권력이 자신을 쫓는다 싶었을 때, 이미 전사경(纏絲勁)을 동반한 권압은 코앞까지 도착해 있었다.

때문에 이번만은 담우소로서도 천붕이 일으킨 권압의 영역 안에서 옴치고 빠질 도리가 없어 보였다.

권압에서 형성된 한 가닥 끈적거리는 진기의 회오리는 걸려든 파리를 포박하는 거미줄처럼 담우소의 온몸을 휘어감고는 놓아주질 않았다.

그야말로 보이지 않는 진기로 꽁꽁 묶어놓은 채 상대방을 격살시키는 최상승의 권리가 작용한 것이다.

그렇게 담우소는 삽시간에 회오리치는 권압에 휘말렸고, 금방이라도 반대 편 암벽으로 힘없이 날아가 틀어박힐 찰나였다.

옴짝달싹 못하고 있던 담우소의 신형이 순간적으로 묘하게 비틀리더니, 놀랍게도 명존이 전개한 천붕 속으로 한 가닥 차가운 기운이 파고들었다.

찌잉!

'이 녀석이 한 자루의 보검을 숨기고 있었던가?'

의혹이 일자마자 무공이 최극의 경지에 오른 사람만이 행할 수 있는 순간적인 동작이 이어졌다.

내뻗을 때와 마찬가지로 만권(晩拳)의 절정이라 할 수 있는 천붕을 거둔 명존의 다리가 소리없이 땅바닥을 내디뎠다.

겉으로 보기엔 처음 천붕을 펼치기 전에 보였던 태산압정 때와 하등 다를 것이 없는 보법인데, 변화는 금세 찾아왔다.

쾅!

생사지경에서 멋대로 튀어나온 오행금기의 힘을 빌어 요행수를 부렸던 담우소의 몸이 펄쩍 튀어 올랐다.

종종 제멋대로 힘을 행사하던 풍천경 때문이 아니었다. 천붕을 거둬들이는 동시에 명존이 일으킨 마음일보(魔音一步)가 일으킨 변화였다.

그저 단순한 일보이지만, 마음일보에서 토해져 나온 벽력음은 처음 담우소의 귀청을 울리고, 곧바로 고막 안쪽에 위치한 반달고리관을 흔들어 버린 것이다.

따라서 한 번의 호흡이 끝나기도 전에 천붕으로부터 마음일보로 이어진 명존의 한 동작은 단숨에 담우소를 땅바닥을 나뒹굴게 만들었다.

"크아악!"

땅바닥을 구르며 담우소는 자신의 양쪽 귀를 막았다. 코에서는 피가 터져 나왔고, 두 눈은 반쯤 까뒤집혀 있었다.

담우소가 그냥 천붕을 받았다면, 기껏해야 반대 편 벽에 부딪쳐 나뒹구는 정도였을 것이다. 명존은 천붕 속에 격산타우(隔山打牛)의 공력을 실었기 때문이다.

한데 자신의 예상을 깨고 담우소가 오행금기를 이용해 꽤나 거센 반격을 시도하자 명존은 그가 숨겨놨던 보검으로 자신을 암습한다는 생각을 하지 않을 수 없었다.

마음이 변한 순간이었다.

따라서 곧바로 거둬진 천붕과 비교해 볼 때, 다른 육대기공 중 하나인 마음일보에는 적지 않은 내력이 포함되어 있었다.

그저 단 일 보의 공력이었지만, 그 속에는 수십 명의 강호고수들을 무릎 꿇릴 만한 위세가 담겨 있었다.

'이, 이거 큰일 났군.'

감히 신교의 제자 된 자로서 성화의 수호자이자 지존인 자신의 질문에 대답하지 않은 게 잘못이었다. 다른 때 같았으면 즉사했다 해도 신경조차 쓰지 않았을 터였다.

그러나 애초에 명존이 손을 썼던 건 어디까지나 담우소의 무공 내력을 명확히 알아보기 위함이었다.

그에겐 밀지에 쓰여진 사실이 진실인지 반드시 규명해야 할 필요가 있었다.

때문에 자신도 모르게 과하게 손을 쓴 명존의 안색으로 난처함이 묻어 나왔다.

일이 이렇게 되자 전대 명존에게 전해 들었던 신교 천 년의 내력을 떠올리지 않을 수 없었던 것이다.

*   *   *

"철극(鐵極)이가 왔느냐!"

"명존께서는 불러 계십니까."

"허허, 이제 밤이 깊어 성스런 불꽃의 염(焰)에 대고 맹세만 하면 이 명존이란 중책은 네 것이 된다."

"……."

"그런데도 네 녀석은 본좌를 사부라 불러주지 않는 것이냐?"

"명이시라면 따르겠습니다."

얼굴을 온통 뒤덮은 주름살이 지나온 세월을 말해 주고 있었다.

왕년의 천하를 오시하던 기상은 찾을 길 없으나, 그저 존재하는 그 자체로 위엄이 일어났다.

문득 진물이 맺힌 눈을 한차례 깜빡여 보인 명존이 말했다.

"너는 여전히 본좌를 원망하고 있구나."

들려오는 대답은 없었다.

나직한 한숨과 함께 명존이 다시 말했다.

"하긴 부모가 죽어가거늘 효(孝)를 다하지 못하게 했으니 그럴 수도 있겠거니. 하나 이젠 이 사부도 천명을 받을 날이 임박했다. 더 이상 천색을 속여 명운을 붙잡을 수 없게 됐으니, 네게 해줄 말이 있구나."

대전의 한가운데. 들끓어오르는 패기를 내부로 갈무리한 채 조용한 기도를 뿜어내고 있는 건 이미 장년의 나이에 이른 광명소주 엄철극이 었다.

명존이 노구를 기대고 있는 태사의 앞에 조용히 부복해 있던 그의 눈빛이 처음으로 가벼운 이채를 발했다.

천하를 오시하던 명존이 마지막으로 전해주려는 말이 범상할 리 없다고 생각한 것이다.

그럼에도 불구하고 엄철극의 굳은 입술은 여전히 움직이지 않았다.

보이지 않는 벽에 자신을 가두고 있는 모습이었다.

'녀석과 내 인연은 결국 여기까지뿐인가!'

내심 한탄한 명존이 천천히 말문을 열었다.

"네가 어려 공부했다시피 본 교가 현재의 교리를 확립한 것은 불과 이백 년을 넘지 못한다. 서역에서 전해진 마니교(摩尼敎)를 받아들여 거룩한 성화를 모시게 되었고, 당시 횡행하던 몽고족을 중토에서 몰아내는 데 선봉을 섰던 홍무제를 도와 명을 건국하는 데 대공을 세웠다."

'익히 아는 이야기.'

"그러나 실제로 광명이란 이름을 얻기 전까지 본 교가 가졌던 이름이 있으니, 그 이름은 백련(白蓮)이라 한다. 백련이란 미륵하생(彌勒下生) 시 천하중생 앞에 흩날리는 연꽃을 말함이니, 가장 더러운 곳에서 가장 아름다운 꽃을 피우기 위해 본 교는 천여 년의 명운을 이었다 할 것이다."

'그러나 몇 번이고 실패했지. 처음에는 법가(法家)가 나서서 방해를 하더니, 그 후에는 종횡가(縱橫家)가 뭇 왕조에 간살을 떨었고, 곧 유가(儒家)가 천하를 도둑질했다. 그때마다 얼마나 많은 백련교도들이 목숨을 잃었던가! 광명으로 신앙을 바꿔 권토중래(捲土重來)를 꿈꾸었으나, 이번에는 독사새끼 같은 주가 땡중 녀석이 배신하니, 본 교가 천하로부터 마교라 불림은 운명인지도 모른다.'

엄철극은 처절한 광명신교의 역사를 떠올렸다. 사부인 명존의 말속에서 느껴지는 회한이 전염된 듯했다.

그러나 명존이 전하려는 것은 광명신교의 처절한 과거만은 아니었다.

눈썹 하나 찌푸리지 않고 있는 제자를 바라보며 명존이 기어이 내심의 비밀을 털어놨다.

"하지만 네가 알다시피 본 교의 천 년 대업은 항시 좌절해야만 했다. 천하를 구하려 했으나 애꿎은 신도들만이 수난을 당해야 했지. 때문에 요 근래에 이르러선 온갖 부정한 것들과 손을 잡고 세력을 끌어 모으게 됐지만, 본 교에는 역대의 명존에게만 전해지는 큰 비밀이 있다."

'드디어!'

엄철극의 목울대가 움직였다.

감정조차 조종할 수 있는 경지에 이르렀다 생각했는데, 그로서도 고인 침은 삼키지 않을 수 없었다.

명존이 말했다.

"본 교의 시초는 천 년이니, 그 장구한 세월 동안 뭇 왕조의 박해를 이겨낼 수 있었던 건 교도들의 희생과 육대호교기공의 덕분이다. 그러나 여섯은 완전한 것이 아니니, 본래는 여덟이라 해야 옳을 것이다."

'여덟?'

"본 교를 여신 초대 명존께서는 본래 한 분의 기인을 모시는 서동이었는데, 존호를 묵공(墨公)이라 자칭하시던 그분 기인은 천지풍운을 제 마음대로 다루셨다 한다. 하긴 초대 명존께서 수고로이 시동을 자처했다면 당연한 일일 테지. 어쨌든 그분께서는 어느 날 종적이 묘연해지셨는데, 초대 명존께 여덟 개의 기공을 남겼으니, 그중 여섯 개는 본 교에 남아 호교신공이 되었고, 나머지 두 개는 소실되고 말았다."

엄철극이 신음을 토했다.

"아!"

그러자 무광이라 할 수 있는 제자의 심경을 눈치 챘을 것이다. 명존이 가슴까지 늘어진 백염을 어루만지며 말했다.

"그래, 무척 애석한 노릇이지. 만약 그 두 가지 기공을 본 교에서 마저 가지고 있었다면 진작에 강호일통을 이루고, 천하를 쟁패할 수 있었을지도 모르는 일이니."

"그렇다면 지난 천 년간 본 교에서 그 두 가지 신공을 찾지 않았다는 뜻입니까?"

당연한 의혹이다. 몇 차례의 국운을 건 전쟁통에 수없이 많은 밀정을 보유하게 된 광명신교였다.

그들에게는 천하를 이 잡듯 뒤질 정보력이 있었다.

만약 몇 가지 물건을 찾는다면 여반장한 일이라 할 수는 없더라도 찾지 못할 리 없었다.

제자의 뜻을 충분히 짐작한 명존이 말했다.

"네 의문은 지극히 옳다. 본 교에서 두 가지 기공의 행방을 모른다는 건 말도 안 되는 일이다."

'하면?'

"몇 대 전의 명존대에 이미 두 가지 기공의 행방은 확보되었다. 하지만 역대 명존들께서는 절대 그 두 가지 기공을 취하지 않았고, 본좌 또한 그러했다. 이제 본좌가 후대인 네게 전하려는 건 초대 명존께서 남기신 유지이다."

"제자 삼가 세이 경청하옵니다."

움찔 어깨를 떨어 보인 엄철극이 얼른 오체투지했다.

곧 명존에 오를 광명소주이나 초대 명존의 유지란, 광명신교의 절대 율법이나 마찬가지인 것이다.

의당 그리하는 게 마땅하다는 표정으로 그 모습을 내려다보던 명존이 말했다.

"이것은 모든 교도들의 어버이가 되는 명존이라 해도 감히 어길 수 없는 유지로, 마땅히 후대에 전달해야 한다. 너는 그리할 수 있겠느냐!"

"오직 존명일 뿐입니다."

"그렇다면 전하겠다. 너는 고개를 들어라!"

"예."

엄철극이 얼른 고개를 들어 올렸다. 세상을 온통 부숴 버릴 듯 강렬한 한 쌍의 눈이 명존의 노쇠한 안색을 향했다.

미미하게 고개를 끄떡인 명존이 말했다.

"본 교의 가장 큰 비밀은 초대 명존에게 팔대기공을 남기고 종적이 묘연해진 묵공께서 자신의 모든 심득을 남겼다는 무명비급과 나머지 이대기공의 행방이다. 그러나 너도 알다시피 신교제일비(神敎第一秘) 인 무명 비급은 과거 본 교의 본산이 약탈을 당하던 밤 자취를 감췄고, 나머지 이대기공이 있는 곳은 절강성에 위치한 풍뢰문이다."

"풍뢰문이라면?"

"강호의 삼류문파이나 본 교와 더불어 역사가 천 년을 헤아리는 곳이다. 하나 여기서 중요한 사실은 풍뢰문의 천 년을 헤아리는 세월이 아니라, 본 교와 풍뢰문 간에는 깊은 인연에 있다 할 것이다."

"……"

"본래 본 교를 창시하시고 얼마 후, 이대 명존께 후사를 넘긴 초대 명존께서는 스승이신 묵공을 찾아 강호를 떠돌던 중 은거를 하시게 됐는데, 그곳이 바로 풍뢰문이었다. 따라서 초대 명존께서는 본 교에는 여섯 개의 기공을, 풍뢰문에는 두 개의 기공을 남겼으니, 그 후로 본 교의 제자는 결코 풍뢰문의 일에 참견할 수 없고, 그곳에 있는 이대기공에도 손댈 수 없게 되었다."

'으음……'

엄철극은 내심 신음했다.

전대의 비사에 충격을 받은 게 아니었다. 자신이 생각했던 것보다 일이 무척 단순하단 생각이 들었기 때문이다.

고작해야 그런 이유가 전부라면 초대 명존의 유지라곤 하나 절대 따를 수 없다는 생각이 들었다.

무공광인 그에게 있어 한 번도 접해보지 못한 풍뢰문의 이대기공은 무척 매력적이라 하지 않을 수 없었다.

따라서 자신이 손수 키운 제자의 성정을 모를 리 없는 명존이 표정을 엄하게 굳혔다.

"후대여! 내일의 명존이여! 본좌의 말을 들으라!"

"제자! 명을 받자옵니다."

"본좌가 방금 전한 사실은 초대 명존으로부터 본좌의 대까지 이어 내려온 유지이니라!"

"……"

"그러니 후대 역시 이를 지켜야만 하노니, 지키겠다 맹세할 수 있겠는가! 그리고 적도들에게 빼앗긴 무명비급을 다시 회수하여 초대 명존의 심원을 풀어들이는 일에 평생을 바치겠다고 맹세하겠는가!"

엄철극은 일시 대답하지 않고 곰곰이 생각했다.

아무리 생각해도 천 년 전의 약속을 지키기 위해 천하에 보기 드문 이대기공을 놓친다는 건 너무 아까웠던 것이다.

'하지만 돌이켜 보건대 난 천여 년간 풍뢰문이 강호에서 어떤 명성을 떨쳤다는 말을 들어본 일이 없다. 강호의 수많은 중소문파들을 빼놓지 않고 알고 있는 내게도 생소한 이름이 아닌가! 어쩌면 초대 명존께서 풍뢰문에 남겼다는 이대기공은 그저 별볼일 없는 것에 불과할지도 모른다.'

문득 고개를 들어 명존의 쇠약해진 노안을 바라본 엄철극의 고개가 천천히 끄떡여졌다.

돌림병으로 몰살한 부모 대신으로 여기고 있던 사부를 위해 패기 넘치는 자신의 야망을 한 번쯤 접는 것도 나쁘지 않다는 생각이 들었다.

제43장 절정지경(絶頂之境)을 제안받다

'그때 고개를 끄떡여선 안 되는 것이었다. 거지 같은 풍뢰문을 단숨에 멸문시키고, 이대기공을 되찾아 오롯한 팔대기공을 완성한 최초의 명존이 되었어야 했다. 그랬으면 내 인생에 패배란 절대 있을 수 없었을 것을.'

과거의 상념에서 벗어나자 명존 엄철극은 안색을 가볍게 구겼다. 삼원 천신기를 연마하는 동안 애써 잊고 있던 청우 선인과의 일전을 떠올린 까닭이다.

하지만 현재 시급한 건 어디까지나 마음일보에 당한 담우소의 상세였다.

더 이상 시간을 끌면 자신이 아니라 대라신선이 와 손을 쓴다 해도 광인이 되는 걸 면치 못할 거라 판단한 엄철극의 수장이 기쾌하게 뒤집혔다.

파팟!

엄철극에게서 발출된 투명한 기운은 한줄기 바람이 되어 담우소의 신형을 일으켜 세웠다.

삼원 천신기 중 은룡기였다.

그렇게 일어난 투명한 기운은 다시 들판을 뛰노는 야생마처럼 변했다. 그야말로 내공이 화경에 이르러야만 가능한 격체전력을 응용한 방식이었다.

따라서 일시 투명한 기운은 모래알처럼 잘게 나눠졌고, 그만큼 미세하게 변한 진기의 덩어리들이 물밀듯 담우소의 안면과 두부 혈도들을 두들겼다.

정통한 내가고수들이 행하는 내가요상과 같은 이치였다.

그러자 과연 효과가 있었다.

일 다향 정도가 지나자 반쯤 눈이 돌아가 있던 담우소의 얼굴이 제멋대로 일그러졌고, 곧 천천히 평온을 되찾기 시작했다. 뭉쳐 있던 혈행이 원활하게 돌아온 것이다.

"후우!"

그제야 안도의 한숨을 내쉰 엄철극은 마음일보를 일으켰을 때보다 치료하는 게 배는 힘이 든다고 내심 투덜거렸다.

담우소를 제압하자마자 확인한 결과 숨겨진 보검 따위는 존재하지 않았다. 천붕을 펼칠 당시 느꼈던 묘한 기운은 보검에서 흘러나오는 한기 따위가 아니었던 것이다.

그렇다면 그건 도대체 무엇이었을까?

잠시 염두를 굴린 후 엄철극은 대충 짐작 가는 바가 있었다.

담우소가 보인 몸 놀림은 전혀 내가고수의 것이 아니었다.

내공을 깊이 체득한 사람이라면 자연스레 흘러나오는 기파(氣波)가 그에게선 전혀 느껴지지 않았다.

오히려 야성적이라 할 만한 거친 땀 냄새와 약동하는 근육의 움직임이 엄철극의 귓전을 아프게 파고들었다. 십여 년간의 대공이 눈앞에 놓인 상황에서도 엄철극이 불안해진 마음을 주체하지 못하고 내공을 움직여야 했을 정도로.

'그래, 그건 분명 본 교의 십여 가지 권법 중 외가권의 시초라 할 수 있는 풍천외가경(風天外家勁)의 기운이 분명했다. 명존에 오른 후 몇 차례나 풍뢰문을 염탐했으니 틀릴 리가 없는 오롯한 사실이다. 그 당시 풍뢰문주인 위천승이라는 녀석은 실로 권법의 요체조차 알지 못하는 녀석으로 내 일초 반식조차 받아내지 못했지만 분명 동작만은 비슷했다.'

엄철극은 자신을 크게 실망시켰던, 그래서 사부로부터 당부받았던 일조차 대수롭지 않게 처리하게 만든 과거의 일을 떠올리며 눈살을 찌푸렸다.

전대의 비사를 듣고, 언제 정해졌는지 알 수조차 없는 불문율을 응락하기는 했으되 엄철극은 무광으로서의 호기심을 억누를 수 없었다.

명존에 오르자 천하마도의 고수 중 최강자란 최강자는 모두 모였다고 할 수 있는 광명신교에서도 그에게 대항할 자를 찾지 못하게 된 때문이다.

따라서 몇 차례의 중원 여행 중 엄철극은 홀로 풍뢰문을 염탐하러 간 일이 있었다.

사부의 간청으로 고개를 끄떡여 응락한 불문율이 마음에 걸리기는 했지만, 사신만 떳떳하다면 문제될 게 없다고 생각했다.

—그저 어떤 무공인지 살펴만 볼 뿐이다.

절대적인 자신감에는 연유가 있었다.

이때, 엄철극은 이미 광명신교에 남은 육대기공 중 다섯 가지를 익혀 대성한 상황이었다.

고작해야 풍뢰문에 전해지는 두 가지 기공을 억지로 빼앗을 까닭이 없다는 생각은 당연했다.

풍뢰문의 이대기공이 없이도 엄철극은 이미 천하무적이라 자부하기에 부족함이 없었다.

하지만 엄철극은 자신이 타고난 무광이란 점을 간과했다.

그는 풍뢰문을 살피던 중 울화통이 터지는 걸 느꼈다. 거지 아이들이나 모아놓고 몇 가지 쓸데없는 초식을 가르치는 풍뢰문주의 모습에 마음이 황당해진 것이다.

그는 제자들에게 열과 성의를 다해 권법을 가르쳤으나, 그 권법은 전혀 상승의 이치에 맞지 않았고 내딛는 발걸음은 무겁기만 했다.

엄철극이 보기에 풍뢰문의 당대 문주는 아무리 좋게 봐도 절정의 기공을 익힌 고수의 모습이라곤 눈곱만큼도 보이지 않았다.

오히려 삼류문파에서 거들먹거리는 녀석들과 싸우기에도 버거워 보인달까?

'풍뢰문에 간섭해서는 안 된다는 건 어디까지나 초대 명존께서 풍뢰문에 남긴 이대기공에 본 교에서 욕심을 내지 말라는 뜻이라 할 수 있다. 내가 이미 거기에 응했으니 절대 두말은 하지 않을 것이다. 그렇지만 무학에 목숨을 건 무인으로서 그 무공이 어떤 것인지 확인조차 하지 못한단 말인가?

엄철극은 곧 고개를 흔들었다. 그리고 며칠간의 고뇌 끝에 딱 한 번만 사부에게 맹세했던 불문율을 깨기로 마음먹었다.

그러나 한번 양보하기가 어려웠지 두 번째는 지나칠 정도로 쉽고, 너그럽게 당위성을 부여할 수 있었다. 후일 엄철극은 몇 차례나 불문율을 깨게 된다.

어쨌든 이 사실은 세상의 어느 누구도 알아선 안 될 일이었다.

천하 마도의 지존이란 고귀한 신분임에도 엄철극은 복면을 썼다. 그리고 밤이 되자 몰래 풍뢰문의 담을 넘었다.

그의 내심은 간교하게도 본신의 실력을 숨기고 있는 게 분명한 풍뢰문주와 은밀히 손을 나눠볼 생각으로 두근거리고 있었다.

'그러나 그날 나는 평생 처음으로 술을 입에 대야만 했다. 무당파의 늙은이에게 패배한 날도 술 따위 마시지 않았는데, 그 풍뢰문의 바보 녀석이 날 취하게 만들었다. 녀석은 처음 봤던 것처럼 권법의 평범한 요체마저 제대로 깨닫지 못했을 뿐더러, 무공을 열심히 연마하려 하지도 않았다. 그저 길거리에서 주운 고아 몇 놈을 보살피는 일에나 관심이 있을 뿐 선대에서 전해준 무공을 익히고 발전시키려는 마음은 눈곱만큼도 없었다. 풍뢰문에서 본 교의 이대기공은 썩어가고 있었던 것이다.'

그저 일초 반식이면 족했다.

덜미를 잡아 인적이 으슥한 공터에 도착한 후 풍뢰문주를 놓아준 엄철극은 극도로 사악한 목소리를 냈다.

"너는 이제부터 네 전력을 다해 본좌에게 덤벼봐라!"

"……."

"흐흐, 어차피 네놈에게는 선택의 여지가 없다. 본좌에게 죽을힘을 다해 덤벼보던가 지금 당장 혀를 깨물고 죽을 따름이다. 혹시라도 네놈의 무공이 그럴듯하다면 살려줄 용의가 있으니, 지금이라도 덤벼보란 말이다."

창졸간에 벌어진 일이었다. 엄철극에게 제압당해 붙잡혀 온 풍뢰문주 위천승은 일시 대답하지 못했다. 현재의 상황을 도무지 납득하지 못한다는 표정은 당연했다.

하지만 혼란은 그리 오래가지 않았다. 아무리 시골에 묻혀 사는 삼류의 인물이라 하나 그 역시 무림인이었다. 한 문파를 짊어지고 있는 장문인이었다.

사악함이 물씬 풍기는 엄철극의 조소에 흠칫 어깨를 한차례 떨어 보인 위천승이 숨을 골랐다. 그리곤 벽력같은 일성대갈을 터뜨리며 엄철극에게 달려들었다.

파파곽!

'처음엔 여섯 가지의 각도를 이루는 각법, 그리고 두 번째는 어깨를 이용한 격렬한 고산벽과 팔꿈치와 무릎을 이용한 몇 가지 잔기술……'

냉정한 시선으로 위천승 필생의 공력이 섞인 공세를 지켜보며 엄철극은 연신 뒤로 물러섰다. 딱히 반격을 하지 않았다기보다는 일시 너무 많이 드러나는 빈틈에 결정을 내리지 못했다는 표현이 더욱 타당할 터였다.

연이어 풍뢰문의 삼대무공 중 선풍구도와 수라구전을 동시에 펼쳤음에도 위천승으로선 아무런 소득도 얻을 수 없었다.

오히려 달리는 내공을 생각지 않고 일시 두 가지 초식을 한 식경에 걸쳐 펼쳐 내자 점차 안색이 새파랗게 질려갔다.

상대방의 옷깃 하나 건드리지 못했으나 이미 내공을 모조리 소모해 버린 게 분명해 보였다.

위천승의 손짓이며 발 차기를 면밀히 살피며 보행을 옮기던 엄철극의 얼굴로 어처구니없는 기색이 떠올랐다. 몇 가지 기술이 늘기는 했으나 위천승의 기량이 그동안 자신이 살폈던 바와 별다른 차이가 없다는 걸 깨달은 것이다.

만약 안면을 복면으로 가리지 않았다면 치밀어 오르는 노화로 인해 자신과 달리 시뻘겋게 변한 엄철극의 변화를 위천승은 확인할 수 있었을 터였다.

문득 바람처럼 움직이던 보행을 멈춘 엄철극이 마침 주먹을 뻗어오던 위천승과의 간격을 좁히며 파고들었다. 그리곤 그가 앗! 하는 비명을 지르기도 전에 어깨를 들이밀었다.

쾅!

엄철극이 사용한 건 고산벽이었다.

방금 전 위천승이 사용했던 것과 똑같을 뿐더러 한 점의 내공도 담기지 않은 일격이었다.

그러나 도대체 무엇이 다른 것인가!

위천승은 비단 평소 익숙하게 사용해 왔던 기술을 막지 못했을 뿐더러 벼락에 얻어맞은 듯 하릴없이 뒤로 날아갔다. 그리고 비참하게 땅바닥을 나뒹굴어야 했다.

만약 이 순간을 놓치지 않고 엄철극이 그저 반 푼가량의 힘만 더 내뻗었다면, 위천승은 꼼짝없이 칠공에서 피를 토하며 죽을 수밖에 없는 상황이었다.

그만큼 엄철극이 전개한 고산벽은 위천승이 발휘했던 것과 모양만이 비슷했을 뿐, 위력에 있어 천양지차였다.

가슴의 기혈이 미친 듯 끓어올라 신형을 일으키지 못하게 된 위천승의 앞으로 엄철극이 다가섰다. 그리고 차마 고개를 들어 자신을 내려다보는 냉전 같은 한 쌍의 눈을 바라보지 못하는 위천승에게 말했다.

"이대로 본좌가 네 가슴을 발로 밟는다면, 무림 중에 티끌만한 위치밖엔 차지하지 못하고 있는 풍뢰문은 오늘로 그 맥이 끊기고 말겠지?"

"허억, 헉……."

"꼴에 일문의 문주답게 삶을 탐하진 않는 눈빛이구나. 하나 힘이 없으면 기개가 있다 한들 무슨 소용일까? 만약 본좌가 네놈을 죽인다면 내처 후환마저 없애려 하지 않겠느냐?"

뒤로 갈수록 감정이 느껴지지 않는 목소리였다. 그러나 위천승에겐 앞의 살기 어린 말보다 뒤엣 말이 더욱 두렵게 느껴졌다.

"내, 내게 원하는 것이 무엇이오?"

위천승이 묻자 엄철극이 비웃음을 던졌다.

"흐흐, 본좌에게 제압을 당했을 때부터 지금까지 단 한 번도 입술을 떼지 않던 녀석이 이제야 두려움을 느낀 것이냐?"

문득 위천승의 뇌리로 잘 때마다 이불을 걷어차는 막내 제자의 얼굴이 어른거렸다. 큰제자인 왕대보의 멍청한 성품을 생각하니 마음속에 걱정을 떨치기 어려웠다.

타는 입술에 침을 바른 위천승이 말했다.

"무슨 일로 얼굴을 가렸는진 알 수 없지만, 당신은 당당한 무림의 고수가 분명한 것 같소. 게다가 자신을 본좌라 부르니, 아마도 한 방파의 수장이신 듯한데, 어찌 촌부에 불과한 이 위 모를 핍박하는지 모르겠소."

"그래서 불만이란 말이냐?"

"그렇진 않소. 비록 오랫동안 문파의 문을 닫아걸고는 있었지만, 이 위 모 역시 무림인이니 강호의 철혈율을 모르진 않소이다."

"철혈율을 안다? 그렇다면 네놈을 철저히 이긴 본좌에게 생사를 맡기겠단 뜻이렷다!"

"맞소이다. 승자의 말에 따르는 건 패자의 당연한 도리. 당신은 이 위 모에게 명을 내리시오."

들끓는 기혈을 억누르던 혈떡임은 어느덧 사라지고 없었다. 당당히 자신의 패배를 인정하는 위천승을 물끄러미 바라보던 엄철극의 입술이 비틀렸다.

'흥, 그래도 기개는 있는 자로군.'

내심 코웃음을 친 엄철극이 말했다.

"말은 그럴듯하다만, 네가 이렇게 쉽게 투항하는 건 자신의 패배를 인정하기 때문이 아니라 아직 나이 어린 제자들이 본좌의 손에 죽는 것을 두려워함이겠지?"

"그렇소이다."

"그렇다?"

"당신의 말이 매우 옳다는 것이외다."

아마도 강호를 주유한 경험이 일천한 탓이리라! 위천승이 자신의 목숨줄이라 할 수도 있는 사실을 순순히 인정하자 엄철극이 고개를 끄떡였다.

"방금 전에 네가 펼쳤던 권각법은 참으로 조잡했다. 각법에는 경중이 없고, 권법은 기격만을 중시할 뿐 중기가 부족하고 정연함이 보이질 않는다. 설혹 대성한다 해도 기묘함을 빌어 어찌 강호의 삼류를 이길 수 있을진 모르지만 무공의 기초를 견실히 닦은 자에겐 일소의 가치조차 없다 할 것이다."

"……."

"그런데 그런 일고의 가치도 없는 조잡한 권각을 그렇게 애지중지하는 제자들에게 가르치니, 풍뢰문이란 이름이 아깝다는 생각이 들지 않느냐?"

실로 위천승으로선 반박할 말을 찾을 수 없는 질문이었다. 자신의 권각술이 그리 고명하지 못하다는 건 그로서도 익히 알고 있는 사실이었다.

그러나 스스로 인정하는 사실이라도 상대방에게 지적을 당하면 창피함이 일기 마련이다. 파랗던 안색을 가볍게 붉힌 위천승이 말했다.

"그렇소이다. 내 타고난 무재가 형편없어 본 문의 절기를 잘못 익혔음을 익히 알고 있었소이다. 그래서 항시 역대 조사님들께 면구스러움을 감출 길 없었는데, 오늘 한 분의 고인을 만나 지적을 들으니 안계가 훤히 트이는 기분이오."

그리고 또 그는 이렇게 말했다.

"하여 오늘 고인을 만난 김에 한 가지만 묻고 싶소이다. 고인께서는 대답해 주시겠소이까?"

엄철극이 대충 짐작한 듯 대답했다.

"네가 궁금한 건 겉으로 보기엔 똑같은 두 개의 고산벽이 어째서 다른 위력을 발휘했느냐는 것이겠지?"

"으음."

짤막한 신음과 함께 위천승이 고개를 끄떡였다.

"그렇소이다. 고인께서는 사람의 마음을 꿰뚫어 보기까지 하는 듯하
오."

'그야 네놈처럼 제법 대가 센 녀석이 고개를 숙이고 들어오는 건 이
유가 있다는 걸 본좌가 알고 있기 때문이지, 그리 특별한 것은 없다.
흐흐, 그나저나 어느새 호칭이 당신에서 고인으로 바뀌었군.'

내심 비웃은 엄철극이 말했다.

"얼마 전 네가 펼쳤던 고산벽은 기껏해야 허리에 반동을 주며 어깨
를 들이밀었을 뿐이다. 단련에 게으르지 않았다면 외공치고는 제법 위
력을 발휘하겠으나 만약 조금이라도 내가의 화경(化勁)을 공부한 사람
이라면 전혀 효과를 발휘하지 못할 게 자명하다. 그러나 본좌는 군이
내가의 화경을 일으킬 필요조차 느끼지 못했다. 네가 전개한 고산벽에
서 전사경의 기본을 조금도 발견하지 못했기 때문이다."

"전사경이라면……?"

"설마 하니, 너는 무인인 주제에 전사경이 무엇인지도 모른다는 것
이냐?"

위천승의 얼굴이 얼마 전보다 한 푼쯤 더 붉어졌다. 그는 앞서 엄철
극이 말했던 내가의 화경조차 제대로 이해하지 못하고 있었던 것이다.

따라서 위천승을 바라보는 엄철극의 눈빛은 더욱 차갑게 변했고 나
직한 한숨과 함께 그의 입에서 설명이 흘러나왔다.

"후우, 전사경이란 발경(發勁)의 하나로, 기를 나선으로 토해내어 상
대방을 제압하는 수법이다."

"……."

"때문에 전사경을 제대로 사용하기 위해선 수련 시 발끝은 마치 나사처럼 땅에 패어 들어가게 하고, 허리는 송곳처럼 회전시키며, 손을 내뻗기는 유성처럼 신속하게 하고, 눈은 번개처럼 재빨리 적의 움직임을 알아차려야[脚如螺絲, 腰如鑽, 手如流星, 眼如電] 한다. 그래야만 상대방의 방비를 뚫고 온몸 가득 일어난 기운을 일거에 쏟아낼 수 있는 것이다."

위천승으로선 그저 절반밖엔 알아들을 수 없는 설명이었다. 그러나 그것만으로도 충분히 그에겐 대단한 일이었다.

설명을 듣던 중 평생 깨닫지 못하던 사문의 무공 구결 중 몇 가지를 연거푸 깨달은 위천승이 자신도 모르게 '고인의 가르침에 감사드리오!' 라 부르짖으며 땅바닥에 머리를 박았다. 완전히 감복해 버린 것이다.

자연스레 엄철극의 입꼬리가 슬쩍 치켜 올라갔고, 곧 목소리를 나지막하게 깔았다.

"처음과 달리 얼굴을 바꿔 그런 식으로 아부할 필요는 없다. 본좌가 네게 몇 가지 무공의 원리를 가르쳐 준 건 한 가지 바라는 바가 있어서이다."

"고인께서는 말씀만 하십시오."

처음과 완연히 달라진 모습이며 목소리였다. 삽시간에 자신을 사부처럼 대하게 된 위천승에게 엄철극이 말했다.

"본좌가 네게 바라는 바는 매우 간단하지만, 네가 반드시 침묵의 약속을 지켜야만 하는 것이다. 왜냐하면 네가 본좌의 명에 거역할 경우 풍뢰문은 세상에서 자취를 감출 것이고, 네가 약속을 지키지 않을 때에도 본좌는 능히 그리할 것이기 때문이다. 너는 그럴 수 있겠느냐?"

변함없이 협박이나 다름없는 말이었다. 그러니 평소 같았으면 설혹 목숨의 위협을 받는다 해도 이러한 협박에 굴복하지 않았으련만 위천승은 곧 고개를 끄떡이고 말았다. 평생 고심을 했지만 풀지 못했던 문제를 해결해 준 사람의 명을 감히 거역할 수 없는 기분이 된 것이다.

따라서 엄철극은 더 이상의 무력을 사용하지 않고도 몇 가지의 유도 심문 끝에 풍뢰문의 이대심법에 대한 정보를 얻어들을 수 있었다.

─위천승이 익힌 풍천경으로부터 그저 쓰임새만을 알고 있는 지뢰경에 이르기까지…….

그중 풍천경의 본래 이름이 풍천외가경으로, 광명신교에 전해지는 모든 권법의 기본이 된다는 사실과 오행지기 모두를 빌어 사용할 수 있는 지뢰경에 대한 사항은 엄철극을 흥분시켰다.

두 가지 상이한 무공을 섞었을 때 발휘될 수 있는 놀라운 파괴력이란, 상상하는 것만으로도 그를 몰아의 경지로 몰아넣었던 것이다.

하지만 끝나지 않는 잔치란 없는 법이었다.

정보를 뽑아낼 상대가 워낙 무공의 기본과는 거리가 먼 까닭에 며칠에 걸쳐 먼저 설명을 해주고 전해 받는 일을 반복하던 엄철극을 찾아온 자가 있었다.

"자네는……."

"고귀하시고 지고하시고 존엄하신 성화의 수호자이신 명존께 천리종횡 최고봉이 문후 여쭈오이다."

적발의 거한. 반례를 한 채 엄철극을 바라보는 최고봉의 눈빛은 화등잔처럼 번쩍거리고 있었다.

굳이 불손한 낯짝을 면밀히 살피지 않더라도 최고봉의 출현이 뜻하는 바를 눈치 챈 엄철극이 낯빛을 차갑게 굳혔다.

"그렇군. 전대 명존께서 말씀하시길 본 교에서 풍뢰문을 감시한 지오래되었다 했지. 그러나 놀랍게도 오산인의 한 사람이 이런 하찮은일을 담당하고 있을 줄은 몰랐군."

다분히 비아냥이 섞인 목소리였다. 명존의 자리에 오른 지 얼마 되지 않는 엄철극으로선 아직 전대의 잔재를 의식하지 않을 수 없었다.

그러자 최고봉이 더욱 허리를 숙여 보이며 말했다.

"속하가 알기로 풍뢰문에 대한 금제는 어디까지나 역대 명존들께서스스로에게 내린 것이라 알고 있습니다. 만약 이제라도 명존께서 푸시고자 한다면 그것은 어려운 일이 아니라고 사료됩니다."

엄철극의 얼굴이 변했다.

"그대의 말은… 이제는 본좌가 명존이란 뜻이오?"

"분명 그러하옵니다."

불손해 빼는 얼굴이 그저 부모로부터 물려받은 것에 불과하다는 걸밝히며 충성을 맹세하는 최고봉의 확언이었다.

따라서 마음속 한 켠에 쌓였던 울혈이 어느 정도 풀리는 걸 느낀 엄철극이 고개를 가로저었다.

"장로의 신분인 오산인 중 한 명이 명존에 오른 지 얼마 안 된 본좌를 지지한다는 건 물론 매우 좋은 일이오. 그러나 풍뢰문에 대한 건은이미 본좌가 전대 명존께 약속한 바 있소이다. 그저 일시 흥미가 일어이곳까지 발길을 옮기긴 하였으되 본좌가 사부와의 약속을 어길 정도로 미운한 사람은 아니오."

그러면서 또 그는 이렇게 첨언하길 잊지 않았다.

"하나 전대로부터 그동안 묵묵히 자신의 할 일에 매진해 왔던 최공의 노고를 본좌가 잊는다는 건 아니오. 그대는 그동안 조사한 풍뢰문에 대한 전반적인 사항을 본좌에게 털어놓도록 하시오."

그야말로 최고봉으로선 불감청이언정 고소원인 명이었다. 오랫동안 이런 외지에서 특수 임무를 수행해야 했던 그로선 불만이 쌓이지 않을 수 없었다. 이제 새로이 명존에 오른 주인에게 잘 보일 기회가 오자 절대 망설이지 않았다.

'하하하! 새 명존에게 아부할 기회를 얻었으니, 이제는 나도 다른 오산인들처럼 이런 시골에서 벗어나 중앙으로 진출할 수 있겠구나!'

다소 어두워졌던 낯빛을 지우며 얼른 대답한 최고봉이 등에 짊어지고 있던 한 무더기의 책자를 꺼내놓았다.

굳이 하나하나 살펴보지 않더라도 역대 명존들의 명에 의해 조사된 풍뢰문에 대한 자료임에 분명했다.

'허! 이건 생각했던 것보다 많지 않은가!'

내심 탄성을 터뜨린 엄철극을 향해 최고봉이 말했다.

"이 책자들에는 삼백 년 전부터 풍뢰문에서 행했던 일들이 세세히 기록되어 있습니다. 속하가 이 일을 맡은 지 벌써 십 년이 넘었으니, 명존께서 의문나는 사항이 있으시면 명만 내려주십시오."

"그런가?"

최고봉은 이미 자신의 품으로 들어온 비둘기요, 낚아 올린 고기였다. 엄철극은 그저 고개를 끄떡여 보일 뿐이었다. 그리고 문득 생각난 듯 말했다.

"그동안 풍뢰문의 문주인 위천승이란 자는 꽤나 본좌의 명에 충실했네. 요즘 보니 생업이 곤궁한 듯하니, 비록 본 교에 공을 세운 바는 없으나 전대의 인연으로 황금 백 냥을 갖다 주도록 하게나."

"존명!"

"하하, 존명이라! 그거 듣기 좋은 소리로군."

엄철극은 웃었다. 그리고 그날 밤 폭음에 가깝게 술을 퍼마셔야만 했다. 역대 명존들이 어째서 지금까지 풍뢰문의 이대기공을 눠둔 까닭을 알게 된 것이다.

*   *   *

담우소는 이제 완전히 평온한 얼굴이 되어 있었다. 재빨리 손을 쓴 것이 주효했음에 분명했다.

한시름을 놓았기 때문이다. 화화기공이 풀려 제 얼굴을 드러낸 담우소를 바라보며 엄철극은 내심 냉소했다.

'흥, 역대 명존들은 모두 이대기공에 관심을 가지고 있었다. 그렇지 않았다면 어찌 풍뢰문을 애써 찾았으며 그들을 감시했겠는가! 때문에 풍천외가경은 광명신교 내에선 이미 다양한 방식으로 흡수한 상태였다. 기공상에 담긴 힘을 다루는 본질적 방식까지 똑같은 건 아니지만 대부분 큰 차이가 없었다. 아니, 오히려 뒤의 것들이 뛰어날 수도 있을 것이다. 지난 천 년 새 힘을 다루는 방법은 엄청나게 많은 발전과 변화를 보였기 때문이다.'

그리고 그는 또 이렇게 생각했다.

'하지만 끝내 특별한 내공도 없이 오행지기를 가져다 사용하는 지뢰경에 대해선 확실한 답을 구할 수 없었다. 지난 삼백 년간 풍뢰문의 문주들 중 풍천외가경 대신 지뢰경을 택해 익힌 자가 극히 드물었기 때문에 표본을 추출하기 어려운 점이 있었던 것이다. 그래서 나도 거의 포기하고 있었는데…….'

　—천 년 전과 달리 이젠 흔해 빠진 권각을 이용한 외가기공과 적절한 내공을 익히지 않는다면 도저히 실전에서 사용하기 힘든 오행차력술…….

　엄철극이 조사한 풍뢰문의 이대기공은 어느 하나 절름발이가 아닌 게 없었다.

　풍천외가경을 익히자면 내가의 수련을 등한시할 수밖에 없고, 지뢰경을 익힌다는 건 길거리의 마술사 외엔 딱히 소용이 없는 일이었다.

　'때문에 나는 자타가 공인하는 무공광임에도 한잔의 술로 풍뢰문의 이대기공에 대해 깨끗이 잊어버릴 수 있었다. 그 딴 잡기쯤 익히지 않더라도 나머지 호교 육대기공으로 충분히 천하무적이 될 자신이 있었던 것이다. 그러나 나는 후일 패배했고, 그런 자신을 용납할 수 없어 폐관한 채 계속 미뤄두고 있던 삼원 천신기를 수련하기 시작했고, 곧 내 자신의 멍청함과 어리석음을 통한해야만 했다.'

　삼원 천신기는 광명신교 육대호교신공 중 마지막이며, 여태껏 어떤 명존이라 해도 수련에 성공한 일이 없는 마의 무공이었다.

　필히 육대기공 중 네 가지 이상을 익혀야만 하고 적어도 십수 년 이상을 폐관한 채 용맹정진해야 할 뿐더러 중간에 수련을 포기할 수도 없었기 때문이다.

'그러니 천하제일세라 해도 과언이 아닌 본 교의 지존인 명존으로선 삼원 천신기를 익힐 수 없었음은 당연하다. 네 가지 이상의 호교신공을 대성에 이르도록 익힌다는 것도 힘들지만, 명존에 오른 자로서 교를 내팽개친 채 십수 년간 폐관을 한다는 건 더욱 어려운 일이기 때문이다.'

하지만 전날 엄철극은 교내의 대다수 고수들의 반대를 무릅쓰고 폐관을 단행했다. 오직 천하무적이 되기 위함이었다. 그리고 세월이 흘러 삼원 천신기를 익힌 그는 커다란 한 가지 비밀을 알 수 있었다.

삼원 천신기는 각기 종류가 다른 세 가지 기운을 다스려야 하는 기공이었다. 그러니 대성하기 위해선 나머지 기공들 중 지뢰경이 반드시 필요하단 걸 깨달은 것이다.

따라서 억지로 삼원기를 합일하려던 중 몇 차례의 실패를 경험해야 했던 엄철극으로선 담우소의 출현이 하늘에서 내려준 단비라 하지 않을 수 없었다.

'아니, 이 녀석은 하늘이 내려준 단비라기보다는 정하가 내게 보내준 선물이라 함이 더욱 옳겠지.'

내심 고개를 끄떡인 엄철극은 몇 차례의 고심 끝에 담우소에게서 느꼈던 한 가닥 보검과 같던 살기의 정체를 지뢰경의 오행지기 중 하나라 단정했다.

스윽!

손을 들어 올리니 방금 전까지 담우소를 치료하는 데 전력을 다하던 은룡기가 일어났다.

그리고 출렁! 하고 정체되어 있던 주변의 대기를 한차례 뒤흔든 투명한 기운은 담우소의 몸을 격타했다.

쾅!

이젠 충분히 익숙해진 기운의 급격을 재빨리 신형을 날려 회피한 담우소의 다리가 휘청거렸다.

간발의 차이로 피했다곤 하지만 뒤이어 밀려든 잔여 기운 역시 무시할 수 없는 위력을 담고 있었다.

앞서와는 달리 다시 손을 쓰지 않고 관망한 엄철극의 목소리가 매섭게 흘러나왔다.

"사내라면 항시 당당해야 한다. 본좌의 공력을 받아 벌써 정신이 돌아오고도 일어서지 않는 건 네놈이 겁쟁이이기 때문이더냐!"

담우소로선 사부에게 가르침을 받을 때를 제외하곤 들어본 일이 없는 준엄한 꾸짖음이었다.

오로지 살아남겠다는 일념뿐이던 자신이 문득 부끄러워진 담우소가 나직한 목소리를 냈다.

"그건…… 엇!"

무척 익숙하면서도 전혀 익숙하지 않은 목소리에 놀란 담우소는 자신의 성대에 손을 가져다 댔다.

벌써부터 짐작하고 있었다는 듯 엄철극이 냉소했다.

"흥, 네놈은 지금 성대가 정상으로 돌아왔을 뿐더러 얼굴 쪽의 화화 기공 역시 풀린 상태다. 만마천 시험에 응시하기 위해 얼굴과 목소리를 바꿨던 것일 테지?"

성대에 이어 얼굴 역시 매만진 후 자신도 모르게 흐뭇한 표정이 된 담우소가 고개를 끄떡였다.

"그렇습니다. 덕분에 한동안 열 살이나 어린 친구들을 상대해야 했는데, 명존 어르신께서 얼굴을 바꿔주시니 속이 다 시원하군요."

"속이 다 시원하다?"

"하하, 십 년이면 강산이 변한다는데, 아무래도 세대 차이를 느끼는 게 당연하지 않겠습니까."

물색없는 담우소의 모습이었다. 죽을 목숨이었던 자신을 치료한 것은 눈앞의 엄철극임에 분명했다. 일단 살려놓았으니 또다시 죽이진 않겠단 판단이었다.

능글맞은 담우소의 태도를 차갑게 바라보던 엄철극이 말했다.

"네놈에게 화심인을 심은 건 본좌의 후계자이자 후대의 명존에 오를 자이다. 독하지 않으면 장부가 아닌 법! 어려서부터 심성을 독날하게 단련하려 독사 굴에 집어넣었고, 무수히 절벽에서 떨어뜨려 기어오르게 만들었다. 그런 자가 네 영혼의 주인이 됐는데도 네놈은 웃음이 나오느냐?"

'어린애를 독사 굴에 집어넣고 절벽에서 떨어뜨렸다고? 젠장! 이놈의 마교 녀석들은 하나같이 사람을 절벽에서 떨어뜨리길 좋아하니, 저 대마두의 말은 필시 사실일 것이다.'

전날 달빛 아래서 자신을 유혹하던 모습과 더불어 발로 사정없이 밟아대던 엄정하의 모습을 떠올린 담우소는 어깨를 가볍게 떨었다.

백 마디의 협박보다도 엄철극의 한마디가 더욱 뼈에 사무칠 정도의 공포를 선사했다.

곁눈질로 담우소를 한차례 훔쳐보곤 그가 완전히 쫄았다는 걸 눈치챈 엄철극이 입가에 사악한 미소를 매달았다.

'정하 녀석에게 화심인을 전수하며 나는 확실히 다짐받았다. 일단 화심인을 심은 녀석에게는 지옥보다도 혹독한 공포를 심어놓으라고.

저 천둥벌거숭이 같은 녀석이 어깨를 떠는 걸 보면 정하 녀석이 내 가르침을 잊지 않았음이 분명하구나.'

헛기침과 함께 엄철극이 말했다.

"크흠. 어쨌든 정하가 네 녀석에게 화심인을 심은 건 크게 생각해 준 게 분명하다. 네 녀석에게서 화심인의 징후를 발견하지 않았다면 본좌는 절대로 널 살려두지 않았을 테니."

'젠장! 퍽도 고맙구려!'

내심 욕설을 토해낸 담우소가 떨떠름한 표정을 한 채 대답했다.

"그렇게도 볼 수 있겠군요."

엄철극이 조롱하듯 말했다.

"왜? 당당한 사내대장부로서 고삐를 찬 채 남은 여생을 보낼 걸 생각하니 마음이 답답한 것이냐?"

문득 고개를 들어 엄철극을 바라본 담우소가 고개를 슬쩍 옆으로 꼬았다.

"명존께서는 당장에 절 능지처참(陵遲處斬)하실지 모르겠지만, 저는 좋아서 화심인을 받고, 좋아서 신교에 입교한 게 아닙니다."

엄철극이 웃었다.

"허허허, 처음부터 제법 기개가 있는 녀석이라 생각했더니, 과연 강골이로다."

그리곤 예의 번개 같은 안광을 담우소에게 향했다.

"그러니 너는 이제부터 어쩌겠느냐? 본좌의 손에 찢어 죽임을 당하겠느냐? 아니면 이제부터라도 진짜 신교의 제자가 되어 본좌에게 충성을 맹세하겠느냐?"

양자 간에 한 가지를 정하라는 뜻이었다. 그리고 거기에는 담우소의 생사가 달려 있었다.

　도무지 이번만은 옴치고 뛸 여지가 없다는 사실을 명확히 깨달은 담우소가 문득 질문했다.

　"명존께서는 어째서 저같이 미천한 사람에게 이리 짙은 관심을 나타내시는 겁니까? 본시 성격이 더럽고 고집이 센 놈이라 만약 절 찢어 죽일 수는 있어도 진심으로 충성을 맹세하게 만들기는 쉬운 노릇이 아닐 겁니다. 그런데도 명존께서는 절 충성스런 수하로 만들 수 있겠습니까?"

　"본좌가 네놈에게 관심을 표명하는 까닭을 알고 싶다고?"

　"예, 그렇습니다."

　"그리고 네놈을 진심으로 충성스런 수하로 만들 수 있는지가 또한 궁금하다고?"

　"예, 그렇습니다."

　엄철극이 자신이 내뱉은 질문을 되물을 때마다 담우소는 고개를 끄떡이며 대답했다. 담대한 그일지라도 생사의 문제에 이르러선 평범한 대응밖엔 할 수 없어진 것이리라!

　그러나 엄철극이 생각하기에 이런 담우소의 태도는 진짜 '간이 배 밖으로 나온' 행위였다.

　몇 가지 사정에 기초하여 충분히 은혜를 베풀었음에도 건방지게 나오는 녀석을 그냥 좌시할 순 없었다.

　콰콰쾅!

　아무렇게나 손을 휘둘러 몇 개의 집채만한 바윗덩이를 산산조각 낸 엄철극이 차분한 목소리로 말했다.

　"너 역시 무인으로 무림에 발을 내디뎠으니 절정지경을 보고 싶지 않느냐?"

"절정지경이라면……?"

"삼류도 아니고, 이류도 아니고, 일류도 아닌 무학의 절정지경에 발을 내딛고 싶지 않냐는 뜻이다."

엄철극의 목소리는 끝으로 갈수록 패도적인 울림을 발했다. 차분함의 이전에 보였던 시위가 결코 대수롭지 않았다는 걸 확인이라도 시켜주려는 듯.

제44장 지뢰오행경(地雷五行勁)의 위력!

어둠 속의 나날.

육 개월이란 시간이 바람처럼 지나갔다.

퍽퍽퍽퍽…….

빨래질하는 손길에는 기운이 넘쳤다. 만약 주변에 널린 빨랫감이 없다면 수면을 내려치며 일종의 장법을 연마한다는 착각을 불러일으킬 정도였다.

끝없이 수면을 울리는 소리에 놀란 것이리라!

멀찍이 떨어져 수면 위로 큼지막한 눈을 빼꼼히 내민 묵린사가 콧김을 내뿜자 담우소의 안면으로 물벼락이 날아들었다. 단잠을 깨운 빨래질 소리에 대한 묵린사의 복수였다.

그러나 복수도 상대를 봐가며 하는 것이었다.

빨래에 정신이 팔려 있던 순간에도 주변 경계를 늦추지 않은 담우소의 수장이 바람처럼 빨랫감을 떠나 수면을 내려쳤다.

퍼엉!

그저 오행수기를 한차례 흘렸을 뿐이었다. 그러나 그 위력은 자못 놀라운 바가 있었다.

동굴의 천장까지 물기둥이 솟아올랐고, 묵린사의 콧김에 내몰린 물 벼락은 곧장 방향을 바꿨다. 오히려 멀뚱한 표정이 되어 있던 묵린사 쪽으로 달려드는 것이다.

철푸덕!

어차피 물속에서 용을 쓰는 녀석이었다. 물 한 됫박쯤 얻어맞았다고 어찌 될 일은 없었다.

묵린사가 놀란 건 어디까지나 평소와 달리 신경질적인 담우소의 반응 때문이었다.

—저 인간 놈이 어째 저러나?

꼭 그런 표정이었다. 눈이 동그래진 묵린사가 슬금슬금 뒤로 물러나자 수중의 빨랫감을 한번 흘깃 쳐다본 담우소의 이빨 새로 쉿소리가 튀었다.

"이 새끼야!"

움찔!

"좋은 말로 할 때 멈춰라!"

우뚝!

"허구한 날 상관의 고린내나는 옷가지도 모자라 썩은 내가 진동하는 속고쟁이까지 빠는 것만 해도 울화통이 치미는데, 감히 네 녀석이 지금

시비를 거는 거냐?'

찔끔!

앞서 밝혔다시피 담우소가 신정에 빠진 건 벌써 육 개월이 넘어가고 있었다. 따라서 묵린사가 담우소와 첫 대면을 한 지도 역시 그만큼이 됐다 할 것이다.

그동안 몇 차례의 티격태격 끝에 제법 친해졌다곤 하지만 묵린사로선 담우소의 성격이 얼마나 더러운지도 역시 뼈저리게 알 수 있는 기간이었다.

평소와는 사뭇 다른 살기등등한 으름장이었다.

잔뜩 쫄아버린 묵린사가 고개를 몇 차례 흔들더니 담우소 쪽으로 슬그머니 헤엄쳐 왔다. 그리곤 새빨갛다 못해 시커먼 혓바닥을 애교있게 낼름거렸다.

할짝할짝…….

담우소는 자신의 안면을 넘나드는 끈적끈적한 타액을 느꼈다. 콧구멍을 파고들진 않았지만 양 볼이 침으로 범벅이 됐고, 재채기가 터져 나오려 했다.

어쨌거나 묵린사 입장에서는 나름대로 재롱을 떠는 것이리라.

하지만 당하는 사람, 그것도 벌써부터 잔뜩 저기압이었던 담우소의 입장에선 기분이 좋을 리 없었다.

"으득!"

담우소의 어금니가 살짝 사려 물렸다. 그리고 동시에 그의 다섯 손가락이 기쾌하게 묵린사의 목젖을 잡아갔다.

파팟!

그러나 이미 몇 차례에 걸쳐 이런 일을 당한 기억이 또렷했을 것이다.

화들짝!

묵린사가 언제 재롱을 떨었냐는 듯 황급히 뒤로 물러서자 대번에 담우소의 다섯 손가락이 회전을 일으키며 차가운 백색 기운을 발출했다.

차차차차창!

오행금기에 둘러싸인 호조수였다. 그러나 간발의 차로 묵린사는 담우소와의 간격을 더욱 벌리는 데 성공했다. 그동안의 전적이 선사한 기민한 대응이었다.

만약 저 백색 기운에 둘러싸인 다섯 손가락에 잡혔다면…….

저번처럼 자신의 강철 같은 외피가 한 움큼 찢겨 나갔으리란 걸 깨달은 묵린사가 사납게 이빨을 드러냈다.

카아아!

무시무시한 모습과 달리 이것은 막다른 길로 몰린 쥐새끼가 고양이에게 이빨을 내미는 것과 같은 이치였다. 절박한 상황이라는 뜻이다.

한데 담우소는 그 점을 전혀 개의치 않았다.

이미 기분은 바닥이었다. 더 이상 나빠질 것도 없다고 생각했다.

'젠장할! 이젠 빨래를 할 때 콧노래까지 흥얼거리게 되지 않았는가! 이 음침한 동굴 안에 갇혀서 더욱 음침한 대마두의 시중을 드는 주제에…….'

그랬다. 담우소는 사실 그 누구도 아닌 바로 자기 자신에게 화가 난 상태였다.

오늘도 평소처럼 빨래를 하던 중 문득 주부의 즐거움에 길들여져 버린 자신의 모습을 본 때문이다.

따라서 담우소는 자신을 못난 놈이라 자책하게 됐고, 마침 평소처럼 묵린사가 장난을 걸어오자 엉뚱한 곳에 화풀이를 하게 된 것이다.

"이 새끼가 뭘 잘한 게 있다고 이빨을 보여?"

스윽!

빨래를 하느라 소맷자락은 이미 둥둥 걷어 올려져 있었다. 제법 큼지막한 소의 한 켠에 만들어진 빨래터—지난 육 개월간 그렇게 되었다—에서 벌떡 일어선 담우소가 두 말 않고 묵린사를 향해 달려들었다.

파파파파곽!

묵린사가 처음 똬리를 틀고 나타났던 곳이 수면 위였으니, 현재 이빨을 드러내고 있는 곳 또한 수면 위임은 충분히 짐작할 수 있는 일이었다.

설혹 답설무흔(踏雪無痕)의 절정경공을 익혔다 해도 그 위를 뛰어갈 순 없는 노릇이었다. 사람은 본시 물 위를 걸을 수 없으니까.

그런데 담우소는 그대로 물 위를 달렸다.

주변이 온통 물밖에 없는 공간이니 마음이 움직이자 곧 오행수기가 발동했고 금세 물살을 조종하며 일종의 부양력을 일으킨 것이다.

따라서 징검다리처럼 보보를 떠받치는 물살 위를 달려 담우소가 순식간에 묵린사 앞에 도달했을 때였다.

파파곽!

가볍게 신형을 띄워 올린 담우소가 막 묵린사의 안면을 다리로 걷어차려는 순간, 그의 뒷덜미를 잡아당기는 강력한 기운이 있었다.

'으윽!'

공중에 뜬 상황이었다. 담우소보다 몇 배 강한 고수라 해도 균형이 흐트러지지 않을 수 없었다.

그럼에도 불구하고 '수화(水火)를 극(極)' 하여 천뢰단악을 펼치려던 담우소의 신형이 공중에서 다시 다섯 번이나 회전을 일으켰다.

그의 발차기를 방해했던 기운이 어느새 돌개바람으로 변해 담우소의 건장한 몸을 뒤흔들곤, 그것도 모자라 힘차게 내리 눌러왔다.

풍덩!

하늘을 마음대로 날아다닐 재간이 없다면 공중에서 두 번이나 재주를 부릴 순 없는 노릇이었다.

자칭 빨래터, 타칭 잠룡소(潛龍沼)라 명명된 웅덩이로 담우소는 사정없이 떨어졌다. 그리고 그 일로 인해 일어난 파문이 잠잠해지기도 전이었다.

번쩍!

은은히 주변을 비추던 보광 사이로 한 가닥 백색 기운이 일어났다.

처음에는 그저 은은한 서광 정도였는데 잠시 후 그것은 하늘에 닿을 듯한 검기가 되었고 곧 잠룡소의 물살을 절반으로 쪼갰다.

휘익!

환상이라 함이 적당한 표현일 것이다. 그야말로 눈 깜짝할 새 두 동강으로 갈라진 잠룡소의 밑바닥을 박차고 담우소는 뛰어올랐다.

야천을 가로지르는 유성이 과연 이러할까.

잔영조차 남기지 않은 채 물기없는 동굴 바닥에 내려선 담우소의 오른손에는 아직도 옅은 백색 기운이 남아 있었다.

잠룡소를 일도양단한 게 바로 그가 발출한 오행금기였음을 짐작케 하는 모습이었다.

'휴우! 그냥 무의식적으로 손을 휘둘렀을 뿐인데 물살이 갈라질 줄이야! 그런데 빨랫감들은 무사하려나?'

순간적으로 떠오른 생각이었다. 당연히 그의 내심은 거짓일 리 없었다.

방금 전의 일격은 진짜 그로선 얼떨결에 벌인 일이었다.

명존 엄철극의 가르침으로 요즘 들어 그야말로 진보에 진보를 거듭한 지뢰경이기는 하나, 이만한 일을 벌일 수 있을 거라곤 상상조차 하지 못했다.

정상적인 사람이라면 자신으로 하여금 이만한 능력을 발휘하게 만든 정체불명의 기운에 우선적으로 대비했을 것이다. 한번 기습을 막아냈다 하여 두 번째 기습조차 막아낼 수 있다고 장담할 수는 없기 때문이다.

그런데 잠룡소에서 벗어나자마자 담우소는 연신 주변을 두리번거렸고, 곧 그의 눈길을 빼앗은 건 옷가지를 뇌뒀던 빨래터였다.

'하나, 둘, …다섯! 휴우, 다행히 없어진 건 없구나.'

누구에게 시집가도 알뜰하단 칭찬을 들을 세심함이었다. 담우소가 내심 안도의 한숨을 쉬자 멀찌감치 떨어진 어둠 속에서 한 명의 피골이 상접한 중년인이 모습을 드러냈다.

그가 명존 엄철극이고, 자신을 공중에서 패대기쳤던 기운의 주인임을 짐작한 담우소가 얼른 달려가 배례했다.

"속하 담우소, 명존을 뵈옵니다."

엄철극의 시선이 번개같이 담우소의 얼굴을 훑었다.

"본좌의 은룡기에도 두 번이나 중심을 잃지 않았을 뿐더러 물속에 빠져선 백색도기(白色刀氣)를 일으키다니! 그동안 고련을 거듭하더니 이젠 네 지뢰오행경(地雷五行勁)이 자유자재의 경지에 이르렀구나!"

엄철극의 목소리에는 가벼운 질투의 기색이 섞여 있었다. 지난 육 개월간 담우소를 구워삶아 지뢰경을 지뢰오행경으로 발전시켰지만, 정작 그 자신은 아직도 삼원 천신기를 대성할 단서를 찾지 못한 까닭이다.

때문에 요즘 들어 툭하면 자신을 트집 잡고 못살게 구는 엄철극인지라 담우소는 더욱 허리를 크게 굽신거렸다.

"그건 모두 명존의 크신 가르침 덕분입니다. 지난 육 개월간 명존께서 우매한 속하에게 내공의 기틀을 잡아주시고(격공타혈 한답시고 전신의 삼백육십 개 대혈을 무지막지하게 두들겨 패가며), 차근차근 지뢰경의 구결을 음미하시곤(몇 차례의 협박과 강요 끝에 억지로 구결을 뺏아갔으며), 속하가 전혀 알지 못했던 쓰임새를 알려주시지 않았다면 어찌 이러한 경지에 오를 수 있었겠습니까. 그저 속하는 감사 또 감사할 뿐입니다."

혹여 개처럼 꼬리라도 달렸으면 연신 흔들어 보일 게 분명한 사근사근한 목소리였다.

그러나 거대 종교의 최고위에 오른 자로서 엄철극은 그동안 얼마나 많은 찬사와 아부를 받아왔는지 셀 수 없을 정도였다.

"흥!"

차가운 코웃음으로 담우소의 아부를 일소에 붙인 엄철극이 시선을 힐끔 뒤편에 위치한 잠룡소로 던졌다.

"저 잠룡소는 본 교를 창시한 역대 명존들께서 천하에서 모아온 기진이보가 잠들어 있는 곳으로, 저곳에서 살고 있는 묵린사는 보물의 수호자라 할 수 있다. 네가 이곳에서 빨래를 하는 것만 해도 불경한 일이라 할 수 있거늘 어찌 본 교의 충성스런 신수(神獸)를 괴롭히는 것이냐!"

카아!

뒤의 것은 묵린사가 토해낸 기성이었다. 녀석은 금방이라도 자신을 요절낼 듯 달려들다 혼자 물에 빠지더니 다시 뛰쳐나간 담우소를 몰래 훔쳐보고 있었던 것이다.

자연 엄철극은 극구 신수라 우겨대지만, 그동안 지켜본 바 그저 다소 영악스런 데다 겁 많은 뱀 새끼에 불과한 녀석은 멋지게 담우소의 뒤통수를 때린 셈인데……

재빨리 묵린사가 엄철극의 말을 알아듣고 동조를 표한 것일 리 없다는 판단을 내린 담우소의 어금니로 다시 지그시 힘이 들어갔다.

짐작하건대 녀석이 때마침 기성을 토한 건 어디까지나 엄철극 앞에서 쩔쩔매고 있는 자신의 모습에 박장대소에 가가대소한 것이란 점을 눈치 챈 것이다.

'빌어먹다 죽을 건방진 뱀 새끼! 언젠간 잘난 네 녀석의 껍질을 홀랑 벗긴 후 이 몸의 건강을 위해 보양식을 만들어 먹어줄 테다!'

악물리지 않았다면 부득부득 이빨 갈리는 소리가 났을 터였다. 하지만 복수란 것도 일단 당면한 위기를 넘긴 후 생각할 문제였다.

엄철극의 싸늘한 눈빛에 얼굴 가죽이 뚫어지는 듯한 통증을 느낀 담우소가 얼굴 표정을 더욱 공손하게 했다.

"지극히 옳은 말씀이십니다. 속하가 한시라도 빨리 몇 가지 옷가지와 침구류 등을 빨아서 명존께서 기거하시는 곳의 환경을 바꾸려다 묵린사에게 물벼락을 맞고 잠시 이성을 잃었던 것 같습니다."

"방금 전 네가 물벼락을 맞았다는 것이냐?"

엄철극의 눈빛은 한 푼쯤 더 엄격해져 있었다. 내심 '벌써부터 지켜보고 있었군' 이라 중얼거린 담우소가 얼른 말을 바꿨다.

"물론 물벼락을 속하가 직접 얻어맞은 건 아닙니다만, 오로지 명존께서 깨끗한 의복을 걸치신 채 연무에 열중하시는 모습만을 바라고 있던 속하로선……."

"물벼락 따윈 없었다는 뜻이군."

"…그렇게도 볼 수 있겠지요."

"본 교에서 기군망상(欺君罔上)의 죄가 무엇이지?"

담우소가 대경하여 소리쳤다.

"속하는 언제나 명존께 진실만을 말해 왔습니다!"

엄철극의 눈빛이 칼날처럼 매서워졌다.

"항상 진실했다고? 본좌에게?"

담우소가 고개를 연신 끄떡였다.

"그렇습니다. 아무렴요, 분명 그러했지요."

"그런데 어째서……."

'어째서?'

내심 부글거리며 끓어오르고 있던 말 한마디를 꿀꺽 삼킨 엄철극이 냉랭하게 명령했다.

"흥, 처음 말과 나중 말이 다르니 어찌 진심을 알 수 있을까. 신수를 괴롭힌 죄와 바른 보고를 게을리 한 죄를 물어 본좌는 이 자리에서 네가 자신의 뺨을 힘껏 스무 대 때릴 것을 명한다."

'제길!'

내심 터뜨린 투덜거림의 여운이 채 사라지기도 전.

"존명!"

그동안의 생활을 보여주듯 담우소는 전혀 망설이지 않았다. 목청껏 대답함과 동시에 그는 무지막지하게 주먹으로 자신의 안면을 강타하기 시작했다.

뻐억! 뻑!

두 번의 주먹질에 벌써 무릎이 후들거리고 있었다. 순간적으로 힘이 빠져 제멋대로 휘청거리기 시작한 것이다.

하지만 담우소는 주먹질을 멈추지 않았다. 비단 멈추지 않았을 뿐더러 조금도 주먹질에 힘을 빼지 않았다. 오히려 시간이 갈수록 힘은 더욱 배가되는 듯했다.

그럭저럭 스무 번의 주먹질이 채워지자 담우소의 얼굴은 이미 사람의 얼굴이라 할 수 없는 지경에 이르러 있었다.

입에서는 핏물이 줄줄 흘러내렸고 얼굴은 금방이라도 폭발할 듯 퉁퉁 부어올라 있었다.

오죽하면, 처음엔 신이 나 잠룡소 안에서 고개를 연신 흔들어대고 있던 묵린사가 슬그머니 물속으로 달아났을 정도였다.

그 모습을 하고서도 끝내 땅바닥에 무릎을 꿇지 않은 담우소를 무심히 바라보던 엄철극이 여전히 그 자리에 위치한 빨랫감을 턱짓했다.

"본좌가 폐관할 당시엔 내자와 사별한 상황이었다. 따라서 챙겨가지고 온 옷이 몇 벌 안 되는데, 너는 빨래를 함에 있어서 너무 크게 힘을 줘 옷감이 해지거나 해서는 안 될 것이다."

"며, 명시이 하게스니다."

"음, 그럼 이곳에 남아 마지막 빨래를 끝마치고 식사를 준비하도록 해라."

그 말을 끝으로 엄철극은 바람처럼 사라졌다.

천하제일 경공대가를 자처하던 천리종횡 최고봉마저 한 수 접어주던 엄철극의 경공 실력이었다.

엄철극의 명대로 담우소는 마저 빨래를 끝내고 평소처럼 잠룡소 안쪽으로 헤엄쳐 갔다.

잠룡소 안에는 몇 개의 수중 동혈이 있었다.

육 개월 전에 손에 넣은 야명주를 이용해 동혈들 중 몇 군데를 들쑤시다 보면 깨끗하고 투명한 백어를 몇 마리고 잡을 수 있었다.

평소에는 묵린사를 족쳐서 식사거릴 해결하곤 했는데, 오늘만은 일진이 사나와 그럴 수 없었다. 내심 다음에는 엄철극이 따라 들어오지 않는 잠룡소 안에서 묵린사와 끝장을 보리라 중얼거리며 담우소는 낚시에 열중했다.

야명주로 동혈의 깊숙한 곳을 비춘 후 화들짝 놀라 튀어나오는 백어를 금나수(擒拏手)를 펼쳐 잡아당기는 매우 단순하지만 효과적인 방법이었다.

그렇게 한 식경이 지나자 허리춤에 꿰고 있던 상의 자락 가득 백어를 붙잡을 수 있었다.

'이만하면 대충 사오 일간은 낚시할 필요가 없겠군.'

스아아!

오행수기를 움직여 물의 흐름을 붙잡은 담우소가 쏜살같이 잠룡소 밖으로 튀어나갔다.

엄철극에게 벌을 받은 게 꼭 묵린사의 잘못만은 아니었다. 요 근래 들어갈수록 성질머리가 지랄 같아지는 상관이었다.

그렇다고는 하나 항시 미물답지 않게 얄미운 구석이 있는 묵린사가 집으로 삼고 있는 잠룡소 안에 오래 머물고 싶은 생각 또한 담우소에겐 없는 게 당연했다.

잠룡소를 빠져나오자 배에서 꼬르륵 소리가 진동했다.

'제길! 애초의 계획대로 빨래나 하고 말 걸 괜히 뱀새끼하고 드잡이질은 해서 곤욕이 이만저만이 아니군.'

평소와 달리 금세 투덜거리기를 멈춘 담우소는 가볍게 내식을 돌렸다.

도대체 어떻게 익히게 된 것일까?

기억조차 없지만 달빛이 밝았던 밤 이래 뇌리 속 깊숙이 또렷하게 각인된 체내의 기운을 움직이는 비법이 이르는 대로였다.

그러자 지난 육 개월간과 마찬가지로 금세 반응이 왔다.

하단전으로 따뜻한 기운이 모이기 시작했다. 그리고 주변 가득 맴돌고 있던 오행수기가 물밀듯 체내로 쏟아져 들어왔다. 삽시간에 오행은 균형을 잃고 수기진천(水氣震天)을 이뤘다.

그럼에도 담우소는 한계에 이르도록 수기를 빨아들였고, 그 기운을 호흡이 이르는 대로 일주천(一周天)시키곤 차 오르는 숨을 토해내듯 밖으로 발출했다.

파앗!

특별히 어떤 맘을 먹은 게 아니었다.

그저 한차례의 호흡에 불과했다. 그런데 담우소가 등지고 있던 잠룡소는 미친 듯 끓어올랐다.

기껏해야 잠시 잠깐 동안 물의 기운을 빌어다 사용하던 지난날의 지뢰경과는 비교조차 불가능할 정도의 위세였다.

그러나 앞서 설명했듯 특별히 어떤 걸 바랬던 게 아니었다. 잠룡소의 격탕 따윈 아랑곳 않은 채 화화기공을 일으킨 담우소의 얼굴이 격렬한 소음을 토해냈다.

우두두두둑!

흡사 수백 개가 넘는 뼈마디가 몽땅 부러지는 것 같은 소음이었다. 그리고 보통 사람 같으면 혀를 빼물고 졸도해 버릴 통증이 담우소를 엄습했다.

우둑!

주먹이 쥐어졌다. 그리고 팔뚝의 힘줄이 불끈 튀어나왔다.

온몸의 근육이 부풀어 오르다 못해 폭발할 듯했다.

엉망으로 망가졌던 얼굴을 원상태로 돌리기 위해 시전한 화화기공이 주는 통증이었다.

그렇게 고통에 맞서 꿋꿋이 참아낸 보람이 있었는가!

담우소의 얼굴은 잠시 후 정상인과 매우 흡사한 형태로 변해 있었다. 아직 붓기가 덜 풀렸고 군데군데 든 멍이 풀리진 않았지만 방금 전까지의 괴물 같은 모습과는 비교가 되지 않는 모습이었다.

"후우! 이만하면 흉악한 얼굴 들이민다고 또 두들겨 패거나 하진 않겠지?"

나직한 한숨과 함께 화화기공을 끝마친 담우소가 빨랫감과 한 무더기의 백어를 동시에 집어 들었다. 아직도 살림을 맡은 주부에겐 할 일이 꽤나 많이 남아 있었다.

*　　　　　*　　　　　*

"후욱!"

가부좌를 틀고 앉아 있던 엄철극의 내리 감긴 눈꼬리가 가늘게 떨렸다.

지금 그의 머리 위에는 세 종류의 고리가 천천히 원을 그리고 있었다.

누림 중에 소문으로나 전해지는 삼화취정(三花聚頂)의 경지?

세 종류의 고리는 각기 강렬한 적색, 담담한 황색, 아지랑이처럼 모호하고 투명한 백색이었다.

이 세 종류의 고리들이 각기 찬연한 한 떨기 꽃망울을 터뜨리며 개화한다면, 분명 이 광경은 무림 중에 삼화취정의 경지가 나타난 것이라 하지 않을 수 없을 터였다.

그러나 역시 삼화취정이나 오기조원 따위의 경지란 건 그저 옛날이야기 책 속에서나 회자되는 농지거리에 불과했나 보다.

처음 조화롭던 세 종류의 고리들은 시간이 지나자 서서히 눈에 띌 정도로 서로가 서로를 밀어내며 반발하기 시작했다.

서로 간에 북돋움과 우애가 넘치는 게 아니라 시기와 질투, 모략과 암투가 무법자처럼 난리를 일으켰다.

그 때문이었을 것이다.

다시 시간이 지나자 엄철극은 눈꼬리뿐만 아니라 어깨 역시 가볍게 떨어야만 했다.

조화경에 이른 그의 내력으로도 세 가지 난마와 같은 기운을 제압할 수 있을 뿐 조화시킬 순 없어 보였다.

눈꺼풀에서 시작된 엄철극의 떨림은 갈수록 심해졌고, 그것이 결국 무릎까지 도착했을 때였다.

느닷없이 심혼을 울리는 듯한 소리가 있었다.

그저 소리만이라면 무아지경 중에 기(氣)와 신(神)이 하나가 되어 몽환 중을 노닐고 있던 엄철극의 마음에 파문을 일으키진 못했을 것이다.

소리 속에는 강력한 힘이 담겨 있었다.

노도와 같고, 성난 광풍과 같고, 터져 나오는 화산과 같았다.

'이만한 기운은 삼원 천신기를 익히기 전이었다면 나로서도 쉽사리 발출할 수 없는 힘이다!'

몽환 중에서도 엄철극은 생각했다. 그만큼 느닷없이 터져 나온 기력의 폭출은 놀라운 점이 있었다. 그리고 그 때문이었다.

말 안 듣는 세 아이를 달래려 끝 간데없이 높고 끝 간데없이 낮은 곳까지 사유의 폭을 넓혀가던 엄철극은 곧장 자신의 몸으로 돌아와야만 했다.

번쩍!

엄철극이 두 눈을 활짝 개안하자 그의 머리 위에서 돌고 있던 세 종류의 고리는 순식간에 소멸했다. 결국 이번에도 삼원기의 조화를 이루는 데 실패하고 만 것이다.

그러나 엄철극은 평소처럼 크게 그것에 개의치 않았다. 가부좌를 튼 자세 그대로 그의 신형이 공중으로 부양했다. 그리고 정신을 크게 집중했다.

'엄청난 물기둥이다. 대기 중을 타고 떠오른 물방울 하나하나에 몽땅 기력이 담겨 있구나! 그렇다면 기력의 폭발이 있었던 곳은 잠룡소인가? 그렇다는 건 그 담우소란 녀석이 일을 저질렀다고밖엔 볼 수 없는데… 어찌 녀석에게 이와 같은 힘이 내재되어 있을 수 있지?'

한차례 어깨를 떨어 보이며 금빛으로부터 투명한 경지까지 옮겨간 금안공을 시전한 엄철극의 안색이 가볍게 변했다.

금안공의 몇 가지의 공효 중 하나인 천리안(千里眼)을 일으키니 금방이라도 잠룡소 주변을 산산조각 낼 정도로 일어난 수기진천의 본색을 엿볼 수 있었다.

모든 일은 천리안을 발휘하기 전에 짐작했던 그대로였다.

스르륵!

떠오를 때와 하등 다른 점이 없었다.

잠시 후 공중으로 부양시켰던 신형을 다시 땅바닥으로 끌어내린 엄철극의 시선이 잠룡소 쪽을 향했다.

얼굴까지 빨랫감을 든 담우소가 터덜거리며 걸어오고 있었다.

기다랗게 늘어서 있는 종유석 중 몇 군데에는 가느다란 줄이 매달려 있었다.

담우소는 그중 비어 있는 쪽을 바라보곤 가볍게 뛰어올랐다. 그리고 품 안의 빨랫감을 던지니, 공중에서 활짝 펴진 빨랫감들이 줄 위에 척척 걸쳐졌다.

흡사 잽싼 고양이가 저러할까.

몇 장에 걸쳐 형성된 종유석 사이를 오고 가는 동안 담우소에게선 미세한 소음조차 일지 않았다.

한 집안을 맡은 주부가 그러하듯 이미 너무나 익숙해져 더 이상 어색한 점을 찾을 수 없는 경지에 이른 게 분명했다.

바람처럼 신형을 날려 바닥에 착지한 담우소가 자신을 물끄러미 바라보고 있는 엄철극에게 고개를 주억거렸다.

"헤헤헤, 시장하셨죠? 잠시만 기다려 주십시오. 오늘은 재수가 좋아 백어를 제법 많이 잡았습니다. 속하가 얼른 벽곡단(辟穀丹)을 준비하고 찬을 만들어 올리겠습니다."

담우소가 종횡무진하는 동안 엄철극의 자세는 언제나와 똑같은 모습 그대로였다.

보이는 거라곤 후면의 끝 모를 듯 높직한 절벽, 그리고 잠룡소까지 이어진 종유 동굴의 횅한 모습뿐이었다.

적어도 천 장은 족히 넘을 듯한 절벽의 위는 여전히 암암천공(暗暗天空)으로, 여전히 그곳을 기어오른다 해도 나갈 길을 찾기란 막연할 뿐이었다.

그 가운데 홀로 가부좌를 틀고 앉은 엄철극의 모습은 항시 담우소에겐 넘을 수 없는 산처럼 다가왔다. 하는 행동이 마교의 우두머리답지 않게 약간 쪼잔하고 괴팍하긴 하나 역시 보통의 인간으로는 보이지 않는 것이다.

'빌어먹을! 좀생이 같으니라구! 아직도 내게 화가 덜 풀린 건가?'

엄철극이 자신을 빤히 쳐다만 볼 뿐 대답이 없자 담우소는 지레 겁을 먹었다. 그리고 더욱 고개를 굽신거렸다.

"굽는 게 좋을까요, 삶는 게 좋을까요? 만약 튀기는 게 좋으시다면 제 팔뚝에서 기름을 짜내서라도……."

"그냥 평소처럼 해라!"

엄철극은 입을 열지 않았다. 그런데도 담우소의 뇌리엔 그의 목소리가 또렷하게 울려 퍼졌다.

그것이 천하의 드문 기공이랄 수 있는 불문의 혜광심어(慧光心語)와 비슷한 종류의 공부란 걸 담우소가 알 리 만무했다. 그저 '자식이 대마두답지 않게 복화술 따윌 익혔다'고 속으로 투덜거리며 고개를 주억일 뿐이었다.

"존명!"

대답과 더불어 담우소는 분주히 뛰어다니기 시작했다. 한쪽 자리에 만들어둔 화덕 쪽으로 달려가 불을 피웠고, 절벽의 반대 편으로 돌아가

벽곡단을 내왔다.

　그러는 동안 사용된 그릇들은 하나같이 보광이 휘황한 무가지보였고, 밥상으로 삼은 건 대여섯 마리나 되는 용머리가 새겨져 있는 현철 방패였다.

　이미 설익은 새댁 시절이 지나갔다는 걸 보여주려는 듯 빈틈이 없고 익숙한 살림 다루는 솜씨였다.

　그러자 아무렇게나 손가락을 움직여 화덕에 불을 붙이고, 족히 수백 근이 넘을 현철 방패를 공깃돌처럼 들어 나르는 담우소의 모습을 지켜보던 엄철극이 내심 혀를 찼다.

　'허어! 지금까지 그리 신경 쓰지 않아서 잘 몰랐는데, 저 녀석은 그동안 지뢰오행경에 능숙해졌을 뿐더러 풍천외가경 역시 더욱 높은 경지에 이르렀지 않은가!'

　그리고 또 이렇게 생각했다.

　'본래 풍뢰문의 두 가지 기공과 본 교의 삼원 천신기는 독립된 다른 다섯 가지 기공과 달리 몇 가지나 되는 기력을 다루는 공부로 세 가지를 한꺼번에 익히기 전에는 화합이 불가능하다. 그런데 어찌 저 녀석은 삼원 천신기를 익히지 않았음에도 불구하고 두 가지 기공 모두 상승의 경지에 이르렀단 말인가!'

　그랬다. 본래 광명신교의 역대 명존들이 풍뢰문을 그냥 내버려 둔 데는 초대 명존의 유시와는 또 다른 사연이 있었다.

　광명신교나 소림사에 비견될 정도의 역사와 이대기공을 지니고도 풍뢰문이 무림 중에 성명을 드날리지 못한 까닭을 그들은 오랜 조사 끝에 알아낸 것이다.

　그런데 놀랍게도 담우소가 그 제약을 깬 듯하자 엄철극은 삼원 천신기를 운기하던 중 격렬한 기의 방출을 느꼈던 때보다 결코 낮지 않은 놀라움을 느꼈다.

그리고 또한 강렬한 의혹을 느낄 수밖에 없었다. 지난 세월 동안 오직 무공에만 목숨을 걸었던 그에게 담우소의 성취는 도저히 납득할 수 있는 한계를 뛰어넘는 것이었다.

'저 녀석에겐 내가 모르는 무언가가 있다!'

놀라움의 끝은 지옥의 끝에서 솟아오르는 듯한 질투였다.

식사 준비에 여념이 없는 담우소를 매섭게 한차례 노려본 엄철극이 냉랭한 목소리를 냈다.

"이 녀석! 식사는 아직도 먼 것이냐!"

겉이 호박으로 장식이 된 송대(宋代) 도자기에 노릇노릇 구워진 백어구이를 담으며 담우소가 대답했다.

"예, 예, 곧 다되어 갑니다."

엄철극이 짜증을 부렸다.

"다된다고 한 지가 도대체 언제더냐! 하루 종일 수련한 본좌가 시장기로 인해 주화입마에라도 빠지면 네 녀석이 책임지려느냐!"

'그야말로 불감청이언정 고소원이지!'

내심과 달리 담우소는 부리나케 달려왔다. 백어구이가 잔뜩 담긴 도자기를 든 채였다.

"늦어서 정말 죄송합니다. 자고로 물고기란 내장을 빼고 뼈를 발라내야 맛이 좋기 때문에 다듬는 데 좀 시간이……."

"그 입 다물라!"

"……."

"우물우물…… 물하고 벽곡단은?"

"잠시만 기다려 주십시오!"

담우소는 바람처럼 달려갔다. 그리고 곧 페르시아에서 건너온 유리병과 조선(朝鮮)산 청화백자(靑華白磁) 접시를 든 채 돌아왔다.

유리병 속엔 종유석 틈에서 흘러나오는 맑은 물이 담겨 있었고, 청화백자 접시 위엔 몇 알의 벽곡단과 근처에서 딴 석균(石菌)이 담겨 있었다.

물은 그렇다 치더라도 석균은 이곳에서는 매우 귀한 음식이었다. 절벽을 타고 한참을 올라가야 간신히 발견할 수 있는 물건인 것이다.

그제야 담우소가 어째서 자신이 전수한 지뢰오행경 외에 풍천외가경마저 진보했는지를 깨달은 엄철극의 딱딱하던 인상이 슬그머니 정상으로 돌아왔다.

"이 석균은 본좌가 십수 년 동안 이곳에 기거하며 기껏해야 두 차례밖엔 먹어보지 못한 것이다. 네 녀석은 어떻게 이 귀한 걸 발견할 수 있었더냐?"

'그야 너 같은 요괴한테서 달아나려고 탈출로를 개척하던 중 발견한 게 아니겠느냐!'

담우소는 방패 위에 유리잔과 접시를 내려놓으며 대답했다.

"사실 속하는 전에 산속에서 생활한 일이 있습니다. 먹고 살기 위해 이곳저곳을 둘러보는 게 버릇이 되어 그동안 절벽 근처 역시 둘러보곤 했습니다. 석균은 그러던 중 발견한 것이지요."

냉큼 석균을 집어 먹으며 엄철극이 말했다.

"이곳 명왕강림지는 곤륜산맥의 모든 지기(地氣)가 모여드는 곳이다. 당연히 기운은 청정하고 자라나는 것들 중 하나라도 범상한 것이 없다."

'쳇! 그 시커먼 뱀새끼가 그리 살이 토실토실하게 찐 까닭이 있었구나!'

"그중 가장 지기를 많이 받은 것이 이 석균인데, 네가 이렇게 많은 석균을 따온 걸 보면 그동안 네 녀석의 무공이 비약적으로 발전한 까닭을 알 수 있겠구나."

움찔!

담우소는 눈앞의 엄철극이 과연 마교의 우두머리답게 대왕요괴라 생각했다. 발견한 석균을 자신이 몰래 숨겨놓고 종종 씹어 먹곤 하던 사실을 그는 금방 눈치 챈 것이다.

어차피 일이 이렇게 된 바, 숨길 도리가 없다고 판단한 담우소가 얼른 고개를 조아렸다.

"과연 천상천하에 걸쳐 모르는 것이 없는 명존이십니다. 말씀하신 바와 같이 속하는 석균을 발견한 후 허기를 느껴 몇 개를 집어 먹었습니다."

"그런가?"

"예, 명존께서는 벌을 내려주십시오."

고개를 조아린 채 처분을 구하는 담우소를 한참 동안 내려다보던 엄철극이 냉소했다.

"흥, 석균을 발견한 건 네 녀석이다. 어째서 몇 개 집어 먹은 걸 가지고 용서를 구하는 것이냐."

"그, 그럼……."

"전대 명존들께서 이르시길, 명왕강림지의 석균을 장복하면 피가 맑아지고 피부가 깨끗해진다고 했다. 하지만 강호에서 칼바람을 맞으며 지내는 사내에게 피부 미용 따위가 무슨 상관이겠느냐! 본좌가 한 말은 네 녀석을 떠보기 위함이었으니, 네 녀석은 내일부터 한 시진 일찍 일어나 조반 준비를 끝내고 나서 본좌의 연공을 돕도록 하라!"

말이 끝나기가 무서웠다. 눈앞에서 황당한 표정이 된 담우소를 놔둔 채 엄철극은 푸짐하게 차려진 식사를 마저 즐기기 시작했다. 정성껏 식사를 준비한 주부에게 맛있다는 치사조차 하지 않고서.

제45장 삼원 합일(三元合一) 실패 이후

다음날부터 당장 담우소는 잠을 줄여야 했다.

엄철극의 연공을 돕는다는 명목으로 된 특별 강화 수련을 견뎌내야만 했던 것이다.

따라서 지난 육 개월간과는 비교도 되지 않을 정도로 힘들고 고된 나날의 연속이 이어진 건 당연했다.

그러나 담우소는 그동안의 경험을 통해 자신이 모시게 된 상관에게 절대 복종해야 함을 직감하고 있었다.

평생 사부인 풍뢰문주와 임시 사부였던 최고봉을 제외하곤 윗사람을 뒤본 일이 없지만, 세상사란 게 다 거기서 거기였다.

신정에 들어온 날로부터 자신의 신세를 직감한 담우소는 거지 시절을 되새기며 노력했고 요즈음에 이르러선 대충 엄철극이란 사람에 대해 파악한 상태였다.

—세상에서 가장 오만하고 목적을 위해서라면 수단 방법을 안 가리는 자!

　담우소가 내린 엄철극에 대한 촌평이었다.

　때문에 성질 더러운 상관에게 갖은 협박을 받아가며 그동안 지뢰오행경을 익힌 그는 이번에도 군말없이 명령에 따르기로 마음먹은 터였다.

　'그래, 그게 바로 지금의 내가 생존할 수 있는 방법이다. 상대는 요괴대왕이다! 무조건 기자! 기는 것만이 밝은 광명천지를 다시 볼 수 있는 길이다! 제기랄! 아무럼 그렇지! 그렇고말고! 그런데 왜 이렇게 이놈의 눈에선 자꾸 눈물이 흘러내리지…….'

　담우소는 소매를 들어 눈곱 섞인 눈물을 닦아냈다.

　살림살이를 맡고 있는 주부로서 하루 종일 고된 살림살이를 해야 하는 처지라 마음 편히 쉴 수 있는 건 쪼그린 채 자는 몇 시진뿐이었다.

　이젠 세 일조차 무의미하게 느껴지는 시간의 흐름 속에 세 시진이던 취침 시간이 두 시진으로 줄어들자 담우소는 항시 잠이 부족한 상태가 될 수밖에 없었다.

　세상에서 잠을 재우지 않는 것만큼 잔혹한 일은 없다고 투덜거렸으나 전력을 다해 기기로 마음먹은 순간부터 자존심 따윈 전혀 도움이 되지 않았다.

　그렇게 오늘도 쏟아지는 수마(睡魔)를 억지로 참으며 담우소가 조반을 차리고 있을 때였다.

　다른 날과 달리 엄철극이 일찌감치 거처로 삼고 있는 절벽 뒤편의 동굴에서 모습을 드러냈다.

엄철극의 금안공은 앞서 설명했듯 이미 천리안에 가까워져 있었다.

조금 멀리 떨어졌다 해도 아침 식사에 분주한 담우소의 모습이 보이지 않을 리 없었다.

그런데도 수고한다는 말 한마디 없이 그는 평소처럼 가볍게 몸을 풀기 시작했다.

스윽! 슥!

발끝으로부터 시작된 꼼실거리는 움직임, 그것은 곧 척추를 타고 목뼈 부근까지 올라갔다.

그저 가볍게 몸 전체를 비트는 동작이었다.

하지만 한참이나 떨어져 있는 담우소에게까지 엄철극이 발산하는 강렬한 기운은 전달되었다.

흠칫!

아침은 역시 '간단하면서도 영양가를 고려한 식단이 중요하다' 는 자못 노련해진 주부다운 말을 중얼거리던 담우소는 어깨를 움찔했다.

힐끔 곁눈질하곤 평소처럼 그냥 밤새 역류했던 기운을 다스리는 동작이라 생각했는데, 오늘 엄철극이 보이는 기세는 그리 간단치가 않아 보였다.

권을 내지르고 다리를 들어 하늘을 걷어차는 동작 하나에도 주변의 대기를 떨어 울리게 만드는 힘이 내재되어 있었다.

밥상 대신 사용하고 있는 현철 방패를 든 채 두 눈이 동그래진 담우소의 뇌리로 벽력같은 목소리가 울려 퍼졌다.

"뭘 멍청하게 있는 것이냐!"

"아!"

"본좌가 내식을 한차례 돌리기 전까지 조반을 준비하도록 하라!"

"조, 존명!"

마지막 대답은 엄철극이 듣거나 말거나 상관없었다. 목청껏 소리 지른 담우소의 움직임이 더욱 부산해지기 시작했다. 하루 일과가 시작되는 아침처럼 주부가 바쁜 때는 없었다.

대략 일 수유 정도가 흘렀다.

평소보다 두 배는 빨리 식사 준비를 끝마친 담우소가 바람처럼 엄철극에게 다가갔다. 거의 굴러가듯 달려갔다는 표현이 걸맞을 듯한 모습이었다.

시간이 지나자 담우소의 얼굴은 화화기공으로 치료한 후에도 남아 있던 멍 자국마저 흐릿해진 지 오래였다. 이젠 당당하게 사람이라고 자처하기에 부끄러움이 없는 얼굴이라 할 수 있었다.

부산히 다가온 담우소의 얼굴을 힐끔 한차례 쳐다본 엄철극이 말했다.

"본좌는 일 다향 전에 이미 내식을 한차례 돌렸다."

파곽!

"속하를 벌해주십시오!"

재빨리 꿇린 무릎, 거기다 이제는 아예 입에 달라붙은 비굴한 목소리까지!

확실히 기는 담우소에게선 한 치의 망설임도 보이지 않았다. 정상적인 사람이 본다면 눈살을 찌푸리며 외면하거나 동정심을 자극할 만한 모습이란 뜻이다.

그러나 어차피 광신의 우두머리로 지내온 반평생인 엄철극에게 담우소의 이런 태도는 그리 놀라운 게 아니었다.

당연하다는 표정으로 고개를 한 차례 끄떡여 보인 엄철극이 자못 너그러운 목소리로 말했다.

"오늘 아침, 네게는 물론 잘못이 없다 할 수 없을 것이다. 다른 때 같았으면 팔을 하나 잘라내거나 고환을 잘라내는 벌을 주는 것이 마땅하나, 현재 네게는 다른 중요한 임무가 있다."

그리곤 이렇게 말했다.

"따라서 그동안 네가 본좌의 연공을 충실히 도왔던 점을 감안해 이번만은 너그러이 용서해 주도록 하겠다."

고환을 잘라낸다는 말에 등줄기로 식은땀을 주르륵 흘린 담우소가 얼른 고개를 땅바닥에 박았다.

"모든 것이 명존의 은덕이옵니다."

오만한 표정 그대로 담우소를 내려다보고 있던 엄철극이 말했다.

"마땅히 네 녀석은 본좌에게 고마워해야 할 것이다. 그런데 오늘은 어떤 반찬을 만들었지?"

"아! 반찬이라면……."

입가로 자랑스런 미소를 배어 문 담우소가 연신 침을 튀기며 설명하기 시작했다.

엄철극은 갈수록 식성이 왕성해져 가고 있었다.

그것이 모두 같은 재료라 해도 매일 다른 맛이 나도록 조리할 수 있는 담우소의 탁월한 요리 솜씨 덕분이라는 점은 재론의 여지가 없을 터였다.

그럼에도 불구하고 항시 엄철극이 먹다 남긴 찌꺼기로 연명하는 담우소는 자신의 요리 솜씨를 자랑하지 않았다. 아니, 그것은 안 하는 게 아니라 못하는 것이라 함이 더욱 정확하다.

담우소가 고개를 끄떡이며 인정할 정도로 성질이 지랄 맞은 엄철극은 항시 무슨 꼬투리만 잡으면 밥상을 발로 걷어차고 깽판 부리길 수시로 하는 것이다.

따라서 못된 시어머니 아래 시집살이를 하는 꼴이 된 담우소로선 그야말로 눈칫밥을 먹으며 하루하루를 눈물로 지새우지 않을 수 없었는데……

"이 녀석! 빨리 정신을 집중하지 못할까!"

남은 찌꺼기조차 다 먹지 못하고 엄철극의 연공을 돕던 터라 잠시 공상에 빠져 있던 담우소가 벽력같은 일갈에 곧 현실로 돌아왔다.

현재 담우소는 지뢰오행경을 극한까지 끌어올린 채였다.

그의 눈앞에는 가부좌를 틀고 앉은 엄철극이 있었는데, 각기 삼원기와 오행지기가 가득 담겨 있는 수장을 두 사람은 맞대고 있었다.

내가의 고수들이 요상하는 자세와 다름없는 모습이랄까.

담우소는 평소 중단전(中丹田)의 오행지기를 금수목화토(金水木火土)의 순서로 엄철극에게 밀어주기만 하면 되던 터라 크게 마음이 격탕하는 걸 느꼈다.

다른 때와 마찬가지로 자신이 어렵사리 오행지기가 쌓인 곳을 찾아다니며 중단전에 쌓은 기운을 냠름냠름 받아먹던 엄철극의 회오리 같은 기운이 대변한 걸 그제야 눈치 챌 수 있었다.

따라서 담우소가 부랴부랴 오행지기의 흐름에 정신을 집중하려는 찰나 다시 엄철극의 목소리가 뇌리를 때렸다.

"한시도 지체함 없이 본좌의 설명대로 오행지기의 순서를 바꾸라!"

엄철극의 두 번째 목소리는 다소 다급해져 있었다. 그도 그럴 것이 그동안 그는 담우소가 어렵사리 연마한 지뢰오행경을 빌어 체내의 삼원기를 수월하게 다스리고 있었다.

몇 차례에 걸쳐 시도하고도 자신이 지뢰오행경을 익히지 못하자 이미 그것을 익힌 담우소를 이용해 삼원기를 합일시키려는 다소 치사한 편법이었다.

그러한 의도는 한동안 성공을 거둬 요즈음에 이르러 엄철극은 난마와 같던 삼원기를 대부분 수습할 수 있었고, 오늘은 드디어 대망의 삼원 합일을 이루려던 참이었다.

그런데 무림 중에서 가장 천시하고 사악하게 여겨지는 흡성대법과 하등 다를 것이 없는 그의 수법에 하늘이 노했음인가!

평소처럼 담우소의 중단전에서 발생한 싱싱한 오행지기를 쪽쪽 빨아들여 삼원기를 어우르곤 서서히 삼원 합일에 들어가려던 엄철극에게 문제가 생겼다.

외부적인 문제가 아니라 내부적인 문제였다.

무학의 대종사이자 최고위의 종교 지도자답지 않게 광명신교 사상 유래가 없던 경지에 돌입하려는 순간, 엄철극은 갑자기 작은 불안감을 느낀 것이다.

'지뢰오행경에서 이르길 오행의 기운은 상생이 아니면 상극밖엔 없다고 했다. 서로가 서로를 어우르며 윤회하든가 서로가 서로를 물어뜯으며 반발하는 두 가지밖엔 길이 없다는 뜻일 것이다. 그런데 삼원기는 오행지기와 다르면서도 비슷한 기운을 가지니, 혹시 삼원 합일이란 말도 안 되는 상황을 야기시키지 않을지 두렵구나!'

무학이 절정을 넘어 지극(至極)의 경지에 이르면 누구라도 한 번쯤 갖게 되는 의문이었다.

무학의 극의인 만류귀종(萬流歸宗)!

오직 한 길만을 바라보며 용맹정진해도 도달할 수 있을지 없을지 모를 경지였다.

때문에 그 길의 초입에 이르면 대부분의 사람들은 어느 순간 머뭇거리게 되고 만다.

이와 같은 거리낌을 일러 무학의 대사들은 심마(心魔)라 부르며 경계했는데, 엄철극 역시 마지막 순간 선인들처럼 그 벽을 넘지 못한 것이다.

무릇 학문이든 무학이든 먼저 기초를 쌓은 후 높은 곳을 향해 나아가는 끝없는 여로라 할 수 있었다.

따라서 기초를 건실히 쌓고 나아감에 거침이 없다면 그 진경이 빠를 수밖에 없었는데, 그것은 또한 그만큼 위험에 가까워지는 길이기도 했다.

높고 좁은 산길을 오르다 보면 구름이 주변을 둘러싸 앞길이 보이지 않게 되고 발을 헛디뎌 만 길 낭떠러지로 추락할 위험이 높아지게 마련이었다.

마지막 순간 결정을 내리지 못하던 중 오행상생의 거력 앞에 짓눌린 삼원기가 서서히 합일을 이루기 시작하자 엄철극은 마음이 다급해졌다.

심마는 그저 마음속에서만 요동 친 것이 아니었다.

그놈은 서서히 구체화되더니 어느새 그 모습도 생생한 마귀의 형상이 되어 있었다. 그리고 급기야 흉포하고 음험한 이빨을 내밀며 을러

대기 시작했다.

　―삼원 합일을 이루는 순간 너는 주화입마할 것이다.
　―손과 발이 뒤틀릴 것이다.
　―천하를 오시할 만하던 내력도 한 점 남지 않을 것이다.
　―그리하여 네 온몸의 혈맥은 하나도 남지 않고 터져 나가리라!

　'으!'
　그동안의 수련은 도대체 어디로 사라진 것일까.
　초인적인 심력을 집중해 억지로 심마를 누르던 엄철극은 더 이상 견딜 수 없었다. 아니, 견딜 수 없는 기분이라 함이 더욱 옳을 터였다.
　그는 마지막에서도 마지막인 촌 분의 경계를 넘지 못했다. 그리고 담우소를 호통 치기 시작했다. 삼원 합일을 원점에서부터 다시 생각하기로 마음먹은 것이다.
　따라서 앞서 벌어진 일의 전말이 이와 같으니, 엄철극으로선 나름대로 타당성있는 호통이나 담우소에겐 그저 마른하늘에 떨어진 날벼락과 다름없었다.
　그동안 엄철극이 가르쳐 준 건 기껏해야 오행상생을 이룬 상태에서의 격체전력이 다였다. 느닷없이 오행의 순서를 바꾸라고 하니 당황스럽기 그지없었다.
　'오행의 순서를 바꾸라고? 그것도 지금 당장? 명존아! 이 성질 더러운 명존아! 당신이 그동안 지뢰오행경의 자세한 용법을 가르쳐 주고 각 오행지기마다의 수련법을 가르쳐 주긴 했지만, 오행지기를 섞어 사용하는 법은 한 번도 가르쳐 준 바가 없잖아! 어떻게 일시 당신이 내뱉

은 말만을 듣고 내가 오행지기의 순서를 바꿀 수 있겠냐구!'

절대 담우소가 엉뚱한 분통을 터뜨린 게 아니었다.

두 번째 호통 이후 연신 그의 뇌리로 파고드는 진기도인법과 복잡한 오행설(五行說)을 단지 한 번 듣고 실행에 옮긴다는 건 보통 사람으로선 거의 불가능에 가까운 일이었다.

자고로 삼황오제(三皇五帝) 시절의 복희씨 이래 중원에서 발흥한 학문 중 팔괘(八卦)와 오행만큼 복잡하고 광범위한 건 존재하지 않는 것이다.

하지만 그것이 아니꼽고 더럽지만 자신의 생사여탈권(生死與奪權)을 가지고 있는 상관의 엄명이라면?

본래 수하의 본분 중 최고는 '까라면 까'는 백절불굴의 정신이요, 단순 무식할수록 빛을 발하는 맹종이었다.

연신 분통을 터뜨리면서도 담우소는 엄철극이 전하는 복잡한 진기도인법을 열심히 되뇌었다. 그리고 기초밖엔 닦여 있지 않던 오행설의 도식들을 머리 속에 억지로 우겨 넣었다.

어떠한 판단도 보류한 채였다.

그야말로 맨땅에 머리 박는 각오로 담우소는 상생하던 오행지기를 다시 자신의 중단전 쪽으로 돌려세웠다.

머리 속에서 엄철극이 전한 도식이 사라지기 전에 하나라도 더 받아들이겠다는 심정으로 다급히 자신을 윽박 질렀다.

그러자 놀라운 일이 벌어졌다.

막 삼원기를 압박하여 억지로 삼원 합일을 강요하려던 오행지기가 갑자기 힘을 잃었다. 정교한 톱니바퀴와 같던 오행의 상생이 깨져 버린 게 분명했다.

그러자 다급한 마음과는 달리 속수무책으로 삼원 합일이 되는 걸 지켜볼 수밖에 없던 엄철극으로선 새롭게 정신이 들지 않을 수 없었다.

다급한 김에 담우소를 다그치긴 했으나 창졸간에 그가 어떤 일을 할 수 있으리라 믿은 건 아니었다.

그저 압도적인 공포에 짓눌려 물에 빠진 놈 지푸라기라도 잡는 심정이었을 뿐인데 한 가닥 서광이 비춘 것이다. 그대로 넋 놓고 있을 엄철극이 아니었다.

우우우우우웅!

먼저 움직인 건 수족과도 같은 은룡기였다. 아지랑이처럼 투명한 기운이 용틀임치자 광포한 적룡기가 똬리를 풀었고 연이어 웅장한 황룡기가 힘을 되찾았다.

그렇게 사악한 마귀의 조소와 함께 엄철극이 삼원 천신기의 기운으로 자신의 주변에 절대 깨지지 않을 강철 벽을 쌓아 올린 순간이었다.

쾅!

하늘에서 낙뢰가 떨어졌음이리라!

오행상생을 흩뜨리고 거의 무방비 상태가 되어 있던 담우소의 몸이 사정없이 날아갔다.

삼원기 중 가장 폭급한 적룡기와 황룡기가 자신들을 억누르던 오행지기의 근원을 공격해 들어간 때문이다.

그것은 엄철극으로서도 예상 밖의 일이었다.

그래서 어떻게 손써볼 수조차 없었다.

그동안 자신에게 온갖 헌신을 다했던 담우소가 걸레 조각처럼 날아가는 걸 바라보며 엄철극은 눈살을 찌푸렸다.

자신의 면전에서 적룡기와 황룡기에 직격을 당했으니 즉사했을 게 뻔하다고 생각했나.

그러나 곧 엄철극은 오만한 성격에도 불구하고 자신의 판단이 틀렸다는 걸 인정하지 않을 수 없었다.

그의 눈앞에서 적황쌍기의 일격을 얻어맞고 십여 장이나 밖으로 튕겨져 나간 담우소가 벌떡 몸을 일으켜 세우는 게 아닌가!

"엇!"

만약 담우소가 죽었다면 결코 내뱉지 않았을 신음이었다. 본시 수하란 주군을 위해 목숨을 바치는 게 최고의 영광이라는 게 엄철극의 지론임을 감안한다면.

'이건 정말 이상한 일이군.'

자신의 입에서 체통머리없이 일개 범인들 같은 경악성이 흘러나온 건 둘째 문제였다.

담우소의 기적적인 생존에 더 마음이 움직인 엄철극은 재빨리 삼원천신기를 수습하곤 벌떡 신형을 일으켜 세웠다.

그러자 곧 은룡기의 투명한 기운이 엄철극의 전신을 둘러쳤다. 주인의 내심을 읽은 것이다. 그리고 은룡기의 투명한 기운이 엄철극을 바람처럼 앞으로 쏘아냈다.

파앗!

십 장이란 거리를 가로지른 엄철극의 움직임은 쏘아진 살과 같았다.

바닥에 착지함과 동시에 그가 수장을 흔들어 보이니, 순간적으로 온 천지가 손 그림자로 가득하다.

그로선 그저 웽웽거리는 파리를 쫓는 손짓에 불과했으나 막 신형을 일으켜 세운 참인 담우소에겐 그것이 하늘을 덮는 그물[天羅蜘網]과도 같았다.

"우웃!"

적황쌍기에 얻어맞은 혼몽 중임에도 기함과 함께 담우소는 뒤로 주춤 물러섰다. 엄철극의 압도적인 기세에 눌렸음에도 용케 엉덩방아는 찧지 않았다.

그러나 엄철극이 손을 썼는데 상황이 거기에서 멈출 리 없었다.

혼몽 중에 다소 정신을 되찾자 다시 몇 차례의 손짓이 이어졌고, 담우소는 처음의 일수에 엉덩방아를 찧지 않은 걸 기뻐할 수 없는 상황임을 직감했다.

'동서남북! 어디고 손 그림자로 가득하다!'

그랬다. 엄철극이 아무렇게나 펼쳐 낸 건 육대기공 중 하나인 천붕을 적당히 응용한 장권이었다.

정중동의 묘리를 버리고 변(變)과 환(幻)을 적절히 섞으니, 당하는 담우소에겐 천라지망에 빠진 듯한 착각을 주지 않을 수 없었다.

한마디로 이러지도 저러지도 못하는 상황이 된 것이다.

만약 담우소의 정신이 온전한 상태였다면 두 눈을 질끈 감고 상관의 자비를 구했을 터이다. 압도적인 실력 차를 몇 차례나 경험했으니 당연한 선택이었다.

그러나 지금의 담우소는 혼몽 중이었다. 그에겐 오직 무인의 본능만이 남아 있는 상황이었다.

엄철극의 현란한 장세에 손발이 어지러워지자 담우소는 정신없이 운중행을 밟으며 본능적으로 거머쥐고 있던 주먹을 전력으로 내뻗었다.

그가 알고 있는 초식 중 가장 강력한 천뢰단악이었다.

콰아아!

겉모양은 그야말로 단순한 붕권일식에 불과하다. 그러나 지뢰오행경의 극의가 담기니 다른 때와는 공기를 가르는 소리 자체가 달랐다.

삽시간에 천라지망의 장세가 무너졌고, 일순 엄철극은 위기에 처한 듯 보였다.

만약 담우소의 눈앞에 있는 사람이 천하제일마라 불리지 않았다면 분명 그러했을 것이다.

'재미있군!'

일초 반식이 오고 간 이후 찰나간에 벌어진 변화였다.

철통같던 자신의 장세를 깨뜨린 천뢰단악의 위세를 보고도 엄철극는 전혀 피하려 하지 않았다.

오히려 그는 마지막 순간 양팔을 내려뜨리기까지 했다. 그리곤 목에 핏대를 세우며 벽력같은 기합을 터뜨렸다.

"핫!"

마성의 울부짖음!

담우소는 자신의 천뢰단악이 알 수 없는 무형의 기운에 부딪쳐 산산이 부서지는 걸 느꼈다.

지뢰오행경을 빌어 펼쳐진 천뢰단악의 뇌기는 놀랍게도 수백 장이나 되는 강철 벽에 부딪친 듯 모조리 되튕겨져 나왔다. 아니, 흔적도 없이 소멸했다 함이 옳을 것이다.

그때였다. 단지 한 차례의 기합으로 상대방의 공격을 무력화시키는 신위를 보인 엄철극이 균형을 잃고 뒤로 물러서던 담우소의 정강이뼈를 사정없이 걷어찼다.

뻐억!

처음 전개한 천라지망에 천붕의 묘리가 담겼던 것처럼 가볍게 걷어찬 일각에도 역시 마음일보의 기세는 담겨 있었다.

'크악!'

담우소의 울부짖음은 채 입 밖으로 튀어나오지 않았다. 그러기엔 상황 전개가 너무나 빨랐다.

정강이뼈가 통째로 박살나는 고통과 함께 담우소의 신형이 하늘로 붕 떠올랐다 다음 순간 처참하게 땅바닥에 처박혔다.

적황쌍기에 얻어맞았을 때와는 달리 방금 전의 천뢰단악으로 지뢰오행경의 기운을 모조리 발출한 그로선 당연하다면 당연한 결과였다.

그러나 눈 깜짝할 새 얻어낸 완벽한 승리임에도 또 마음속에 무슨 불만이 있는 것일까.

낙법을 펼칠 여력조차 없었는지 땅바닥에 고개를 묻은 채 게거품을 문 담우소를 바라보는 엄철극의 표정은 가히 좋지 못했다.

'나는 방금 전 삼원 합일에 실패했다. 만약 풍뢰문의 애송이 녀석이 내 명에 따르지 않았다면 죽이 되든 밥이 되든 했겠지만. 어쨌든 마음속에 의문이 생겼으니 삼원 합일에 대해선 앞으로 천천히 시간을 두고 다시 연구할 수밖에 없다. 이제 와서 실패란 용납될 수 없으니까. 그러자면 앞으로 수년 내에 폐관을 끝내고 본 교로 복귀한다는 건 힘든 노릇인데… 이 노릇을 어쩌한다?'

벌써 십 개월도 전의 일이었다. 엄정하가 전한 밀지에는 담우소의 내력뿐 아니라 두 패로 갈린 광명신교의 사정이 소상하게 적혀 있었다.

엄철극은 자신이 빠른 시일 내에 폐관을 끝마치지 않는다면 광명신교 내에서 심각한 내전이 벌어질 수도 있다는 사실을 주목하지 않을 수 없었다.

신공을 완성하여 청우 선인을 꺾고 천하제일인이 되는 것도 중요하지만, 천 년의 역사를 자랑하는 광명신교를 보존하는 건 더욱 중요했다.

때문에 전날 엄철극이 세운 계획은 좀 더럽고 치사하지만 담우소를 이용해 단기간 내 삼원 합일을 이루고 출관한다는 무척 단순명료한 계획이었다.

무림이란 본래 강자의 마음대로인 세계니까.

그런데 십 개월이 지난 이때 삼원 합일 자체에 커다란 의문이 생겼으니, 엄철극으로선 난감하지 않을 수 없었다.

광명신교를 생각한다면 지금 당장에라도 폐관을 깨고 나가는 게 옳았다. 총명한 엄정하가 밀지를 보냈을 정도니 밖의 사정은 보나마나 뻔했다.

광명신교의 내전은 촌각을 다투는 게 분명했다.

하지만 그러기엔 지난 십여 년이 회한으로 남지 않을 수 없었다. 천하제일의 유혹을 떨치기엔 아직 엄철극의 수양이 완벽하지 못했다.

따라서 적황쌍기에 격중하고도 즉사하지 않은 담우소에게 일말의 기대를 걸었던 것인데……

지금 엄철극은 실망을 금치 못하고 있었다. 손속을 나누자마자 담우소의 실력이 자신의 기대보다 한참이나 떨어진다는 걸 깨달은 것이다.

'멍청한 녀석! 내 지도 하에 지뢰오행경을 그만치나 익혔고 풍천외가경 또한 이미 수준급이거늘 삼 초를 못 버티고 저런 꼴이 되다니! 밖에 나가면 비슷한 또래들 중에선 고수라 불리겠지만 날 대신해서 정하를 도와준다는 건 있을 수 없는…… 응?'

실망이 크면 분노 또한 큰 법이었다. 게다가 어차피 풍천외가경과 지뢰오행경의 요체는 충분히 파악했으니 더 이상 이용할 건덕지가 없다는 생각도 한몫했다.

여전히 땅바닥에 나자빠져 있는 담우소를 이대로 죽게 내버려 둘 것을 신중히 고려하던 엄철극의 눈에 이채가 떠올랐다.

어느새 졸도한 줄 알았던 담우소의 손가락 끝으로 백색의 기운이 조그맣게 맺히고 있었다.

상황은 그리고 갑자기 급변했다. 그저 흐릿하기만 하던 백색 기운이 삽시간에 투명 찬연한 빛으로 물들더니 곧 구체화되어 빛을 발하기 시작한 것이 아닌가!

"백색도기!"

자신이 내뱉은 말을 채 끝맺기도 전이었다. 생각보다 먼저 몸이 반응한 듯 엄철극은 번개가 무색할 정도로 신형을 뒤로 빼냈다.

파앗!

더불어 그에게선 아지랑이처럼 투명한 은룡기가 유형화된 채 따리를 풀었다.

가가각!

땅을 두 쪽으로 가르며 밀려드는 악마 같은 백색 기운을 막아내기 위해서였다.

그러나 때는 이미 늦었달까.

검법으로 친다면 역수검(逆手劍)이나 보일 수 있는 움직임이었다. 백색도기는 무지막지한 속도로 엄철극을 아래에서 위로 훑고 지나갔다.

쩌쩌쩡!

순간 자신의 몸이 두 동강나는 환상을 본 엄철극의 등덜미로 오싹한 소름이 스쳐 갔다.

그만큼 백색의 일도는 무시무시했다. 그리고 요란한 금속음과 함께 밀려든 지독한 상실감!

엄철극은 방금의 일도에 삼원기 중 가장 먼저 똬리를 풀었던 은룡기가 산산조각났다는 걸 깨달았다.

'이놈이!'

엄철극은 순간 이성을 잃을 정도로 분노했다. 전후 사정 따윈 따져 볼 생각도 들지 않았다.

지금까지 어수룩한 표정으로 자신을 속이며 암습의 기회만을 노리고 있었을 담우소를 생각하니 가증스러움에 치가 떨렸다.

우우우우웅!

이차 공격에 대비하기 위해 신형을 공중으로 띄운 엄철극의 전신으로 격렬한 울부짖음과 함께 적황쌍기가 고개를 내밀었다. 그리고 두 개의 머리를 지닌 뱀처럼 혓바닥을 내밀던 쌍두가 일제히 한 방향을 가리켰을 때였다.

살기가 가득하던 엄철극의 얼굴이 와락 구겨졌다.

자신의 은룡기를 박살 낸 백색일도의 주인이 처음부터 땅바닥에 코를 박은 채 한 치도 움직이지 않았다는 사실을 그제야 깨달은 것이다.

*   *   *

"빌어먹을! 제기랄! 니미랄! 염병하아할~!"

담우소의 머리 위는 여전히 암암천공이었다. 어차피 아래를 보나 위를 보나 마찬가지인지라 담우소는 오행토기를 이용해 판 구덩이에 머리를 박은 채 울분을 토해냈다. 그렇게라도 하지 않고선 요즈음 가슴

속에 쌓인 울화를 다스리지 못할 것만 같았다.

담우소가 동굴 내의 살림을 맡은 건 벌써 십이 개월이 넘어가고 있었다.

탁월한 음식 솜씨와 빨래 솜씨, 게다가 근면성을 인정받아 요즈음에는 독보적인 위치를 인정받았다고 할 수 있었다.

그런데 대략 두 달쯤 전이었다.

평소처럼 연공 중 갑자기 무지막지하게 담우소를 두들겨 팬 상관이 느닷없이 밥도 하지 말라, 빨래도 하지 말라 하니 담우소로선 하늘이 노래지지 않을 수 없었다.

지난 십 개월간 어렵사리 쌓아왔던 자신의 위치가 뿌리째 흔들리는 걸 느끼지 않을 수 없었던 것이다.

가뜩이나 앞날이 보이지 않는 나날이었다.

자신이 어느 날 갑자기 묵린사보다 못한 처지로 강등될지도 모른다는 공포를 느낀 담우소는 며칠 후 아침나절에 엄철극을 찾아갔다.

"본좌에게 볼일이 있는 것이냐?"

엄철극의 물음에 담우소가 얼른 고개를 조아렸다.

"명존께 속하가 한 가지 가르침받고 싶은 것이 있습니다."

평소처럼 가부좌를 튼 자세였다. 입술만을 조용히 달싹이던 엄철극이 그제야 눈을 떴다.

"말해 보라!"

'오늘은 이 인간의 기분이 그리 나쁘지 않은 것 같군.'

내심 쾌재를 부르며 담우소가 말했다.

"저기… 다름이 아니라, 며칠 전에 속하에게 내린 명령 때문에 한 가지 여쭈고 싶은 게 있습니다."

"그 건은 이미 끝났을 텐데?"

두말을 싫어하는 엄철극이었다. 상관의 이런 더러운 성격을 모를 리 없는 담우소가 얼른 목소리를 더욱 공손히 했다.

"예, 당연히 명존께서 언급하셨을 때 이미 그 건은 끝난 게 분명합니다. 그것이야말로 당연한 일이지요."

"하면?"

엄철극의 눈빛이 가늘어졌다. 요 며칠 사이 엄철극이 눈에 띌 정도로 짜증이 늘었음을 알고 있던 담우소가 얼른 본론을 꺼냈다.

"우둔한 속하로선 명존의 깊은 뜻을 알 길이 없습니다. 아! 물론 큰 뜻을 염두에 두고 내리신 처사라 사료되옵니다만. 단지 생각해 보건대 식사야 벽곡단만 복용한다 해도 별문제는 없다지만, 명존께서 걸치시는 의복만큼은 속하가 항시 깨끗하게 준비해야 하는 게 아닌가……."

확실히 담우소의 말이 길어졌을 때부터 엄철극은 이미 짜증을 느끼고 있었다. 대충 담우소의 의도를 눈치 챈 그가 단호히 말끝을 잘랐다.

"네가 이곳에 들어오기 전 본좌는 하등 옷을 갈아입을 필요를 못 느꼈다. 애초에 목욕조차 하지 않은 지 오래니까. 따라서 요즘 들어선 네 녀석이 빤 옷을 입을 때마다 온몸이 근지러운 걸 억지로 참고 있었으니, 더 이상 그 일에 대해서 재론한다면 마땅히 그 죄를 물을 것이다!"

"그, 그런……."

담우소는 일순 망연자실해졌다. 지금껏 자신이 자부심을 갖고 해왔던 살림살이에 대한 공을 완벽하게 부인당하자 갑자기 눈앞이 캄캄해지는 걸 느꼈다.

그러자 눈앞에서 입을 딱 벌린 채 멍청한 표정이 된 담우소가 불쌍

했던 것일까?

잠시 침묵을 지키고 있던 엄철극이 딱딱하던 목소리를 다소 누그러뜨렸다.

"본좌가 네게 수발드는 걸 그만두게 한 데는 까닭이 있다."

"……."

"그러니 이제부터 네 녀석은 아침저녁으로 그동안 배워 익힌 지뢰오행경 수행에 매진하며 다른 하명이 있을 때까지 근신하도록 하라!"

'다른 까닭이 있다고?'

그 당시의 담우소로선 귀가 번쩍 뜨이는 말이었다. 그러나 담우소는 곧 마른침을 삼킬 수밖에 없었다. 지금껏 엄철극이 이런 말을 할 때마다 그의 고생과 시름이 나날이 더해갔음을 떠올린 것이다.

그러나 성질 나쁜 상관이 이렇게까지 말하는데 더 말을 붙인다는 건 스스로 무덤을 파는 행동이나 마찬가지였다.

얼른 '예에' 하고 뒤로 물러난 담우소는 그 후 지뢰오행경 수련에 매진하기 시작했다. 지금까지완 달리 착취가 없는 최초의 수련이었다.

'빌어먹을! 그런데…… 그런데…….'

이즈음에서 담우소는 이빨을 갈았다. 딱히 그리하려던 게 아니라 그냥 저절로 악물린 이빨이 으드득 소리를 내고 있었다.

한 달이 후딱 지났다.

허리 펼 시간조차 없을 정도로 잡일을 하는 짬짬이 하던 수련이었다. 다른 일에 신경을 끊고 수련에만 집중하기 시작하자 진경은 탄탄대로와도 같았다.

지난 십일 개월간 꾸준히 이름 모를 진기도인법을 수련한 상황이었다. 대주천을 할 수 있을 정도로 하단전에 쌓인 진기를 바탕으로 기초를 다진 후였기에 중단전에 오행지기를 쌓는 건 사실 일도 아니었다.

담우소가 엄철극의 지도로 얻은 지뢰오행경상의 수기진천뿐 아니라 금의 백색도기와 토의 토둔잠행(土遁潛行)을 마저 완성했을 때였다.

하루는 내내 담우소가 자기 멋대로 지뢰오행경을 수련하는 걸 놔두고 있던 엄철극이 조그만 단봉(短棒) 하나를 들고 느릿느릿 다가왔다.

"속하 담우소가 명존을 뵈옵니다."

막 토둔잠행으로 뚫은 몇 개의 동혈을 바라보며 득의만만해 있던 담우소가 허리를 굽혀 인사하자 엄철극이 기분 나쁜 표정으로 웃었다.

"항상 오행토기 쪽이 부족했는데, 금세 이만한 경지까지 수련했구나."

"모두가 명존의 배려하심 덕분입니다."

이젠 완전히 버릇으로 정착한 게 분명했다. 담우소가 여전히 입에 발린 소리를 하자 엄철극이 당연하다는 듯 고개를 끄떡였다. 그리곤 전혀 대수로울 것이 없다는 표정으로 말했다.

"그만하면 대충 기초는 닦인 것 같군."

'기초?'

담우소가 어떤 상황 판단을 내리기도 전이었다. 엄철극이 수중의 단봉을 들어 자신의 손바닥을 내려쳤다.

파악!

"이젠 슬슬 수업에 들어가 볼까?"

"예?"

무심코 반문을 던졌던 담우소의 머리로 어느새 단봉이 떨어져 내리고 있었다.

제46장 우두머리[至尊]가 되는 법

—첫 번째 수업.

담우소는 무릎을 꿇고 엄철극 앞에 엎드려 세 시진을 보내야만 했다. 그에게 광명신교의 역사를 강의받기 위함이었다.

본래 이야기를 듣는다는 건 주변이 왁자지껄한 다점(茶店)이나 주루에 앉아 솜씨 좋은 이야기꾼을 통하는 것만 한 것이 없다.

일단 주변이 시끄러우면 마음이 편안해지고 이야기가 약간 재미없다 해도 분위기에 쉽사리 동화될 수 있기 때문이다.

이때 이야기꾼의 절묘한 운율이 곁들어진 이야기 중간중간 '좋다!'라 부르짖으며 탁자를 두들기는 맛이란 당할 게 별로 없을 것이다.

하지만 그런 점에서 담우소는 불운했다.

그는 재미있지도 않을 뿐더러 편안하지도 않고, 그렇다고 통쾌한 맛도 나지 않는 이야기를 세 시진 동안 듣고 있어야 했다. 그것도 조금도 중간에 쉬는 시간이란 걸 배당받지 않은 채.

따라서 담우소가 강의 중 잠깐 딴 짓을 하거나 풍뢰문을 다시 세우는 공상에 빠진 건 충분히 이해해 줄 수 있는 일이었다. 적어도 조금이나마 상식이 통하는 사람이라면 분명 그러했을 터였다.

그러나 갑자기 선생을 자처하고 나선 엄철극은 그런 보편적인 상식이란 게 통하지 않는 사람이었다.

도대체 담우소의 내심을 낱낱이 꿰뚫어 보기라도 하는 듯 조금이라도 딴청을 피울라치면 가차없이 단봉을 휘둘렀다. 바른 자세로 꿇어 엎드리는 것으로도 모자라 허리까지 꼿꼿이 펴고 강의에 집중하게 만드는 것이다.

덕분에 세 시진 만에 광명신교 천 년의 역사를 몽땅 전해 듣는 처지가 된 담우소의 불행은 거기서 끝나지 않았다.

강의가 끝나자마자 엄철극은 구술 시험을 치렀다.

그는 자신이 강의한 내용 중 무작위로 담우소에게 질문했고, 답변이 조금이라도 늦거나 틀리면 여지없이 수중의 단봉을 휘둘렀다.

때문에 담우소는 몇 문제나 틀린 후 난타를 당해야 했고, 그 뒤에 이어진 세 시진 동안 다시 두 눈에 핏발을 세울 수밖에 없었다. 곧바로 엄철극은 다시 광명신교의 역사에 대한 강의를 반복하기 시작한 것이다.

이 점만 보더라도 엄철극이 자신의 교육 방법에 철저한 체벌과 반복을 그 뼈대로 삼았음은 의심할 여지가 없을 터였다. 그리고 그런 교육법은 한동안 머리를 쓰지 않아 녹이 슬기는 했으나 본래 기재였던 담우소의 기억력을 기적적으로 향상시켰다.

이틀이 지났을 때였다.

담우소는 어느새 광명신교의 역사에 대해 엄철극만큼이나 아는 사람이 되어 있었다.

온몸이 멍투성이인 주제에 의기양양하게 '이번엔 거꾸로 외워볼까요?' 라 말했다가 다시 단봉에 얻어맞는 꼴이 되긴 했지만 말이다.

어쨌든 덕분에 자신의 교육법에 자신감을 얻은 엄철극은 처음으로 흐릿하게 웃었고, 하루 뒤 최종 구술 시험을 마지막으로 첫 번째 수업을 끝마쳤다.

—두 번째 수업.

담우소는 처음부터 긴장해야만 했다. 엄철극으로부터 오늘부터는 하루 중 절반은 수업을 하고 나머지 절반은 무공 대련으로 보낸다는 전언을 들은 때문이다.

"그, 그럼 잠은 언제 자나요?"

담우소는 질문을 던지자마자 곧 후회해야만 했다. 엄철극의 차가운 눈빛이 그의 안면을 뚫어버릴 듯하다.

재빨리 사태 파악을 하고 딴 말로 얼버무리려는데, 놀랍게도 엄철극이 담담하게 표정을 바꾸며 말했다.

"그런 건 짬짬이 운기행공에 들어가면 된다. 네놈은 이미 내공의 기초가 닦여 있는 데다 명왕강림지 안에 넘쳐흐르는 오행지기를 계속 중단전으로 빨아들이고 있다. 게다가 풍천외가경을 이미 상당한 수준까지 익혔으니, 육체의 강함이나 회복력은 평범한 사람은 물론이고 일류의 무림인이라 해도 따르지 못할 것이다."

그리곤 한심하다는 표정을 감추지 않은 채 첨언했다.

"그런데 어째서 네 녀석은 무림에 몸을 던진 장부답지 않게 항상 자신이 가진 걸 어떻게든 활용할 생각은 하지 않고 평범한 일개 범부처럼 말하는 것이냐!"

강의를 한차례하더니 이제는 마치 진짜 스승 같은 어조며 표정이었다.

'그런 표정을 지어 보이며 말한다 해도 당신은 그저 내 상관일 뿐이지 스승이나 사부는 아니야! 그러니까 차라리 싸늘한 목소리로 명령을 내릴지언정 그런 표정은 지어 보이지 말라구!'

내심 투덜거리면서도 담우소는 옷깃을 여몄다.

"가르침에 감사드립니다. 명존의 말씀을 듣고 보니 크게 개안하는 기분입니다. 속하의 오늘이 있는 건 모두 명존의 가르치심 덕분입니다."

하며 속으로 다시 투덜거렸다.

'아무렴! 내가 이런 거지 꼴에 헤실거리는 바보가 된 건 어디까지나 당신 덕분이지!'

이런 담우소의 내심을 아는지 모르는지 엄철극은 눈살을 가볍게 찌푸려 보였다. 뒤엣말을 계속하라고 재촉할 때 흔히 보이는 버릇이었다.

잔뜩 긴장하고 있었던 만큼 엄철극의 표정을 정확히 읽은 담우소가 은근슬쩍 본론을 꺼내놨다.

"그렇지만 속하도 사람인 이상 하루에 반 시진이라도 눈을 붙여야 하지 않을까요?"

시작부터 심상치 않더니 끝으로 갈수록 비굴해지는 목소리였다. 그러나 얼음으로 만든 사람인 것처럼 인정머리없는 엄철극이었다.

내심과는 별개이긴 하나 간절한 담우소의 표정을 딱 잘라 외면하며 엄철극이 말했다.

"네 녀석이 자지 못하면 당연히 본좌도 잠을 자지 않는다. 단기간 내에 네 녀석이 배우고 익힐 것이 태산 같으니, 더 이상 우는소리를 하면 그에 따른 벌이 있을 뿐이다."

'빌어먹을! 그럼 그렇지! 또 그놈의 협박!'

"더 할 말이 있느냐?"

'그런 말을 해놓고 무슨!'

담우소는 그저 '예예' 하며 고개를 조아릴 뿐이었다. 아무리 속으론 울분이 태산처럼 쌓여도 눈앞의 엄철극은 도저히 어찌해 볼 도리가 없는 존재이다.

두 번째 수업은 곧바로 진행됐다.

타타타타탁!

엄철극은 공중으로 뛰어올라 몇 개의 종유석을 떼어냈다. 담우소에게 박살난 은룡기를 아직 되살리지 못한 탓에 직접 손을 써야만 했다.

그리고 그는 다시 잠룡소로 가 몇 가지의 자질구레한 보물들을 가져왔다.

그중에는 수백 년은 족히 된 사각형 모양의 보물함이 있었고, 묘안석(猫眼石)이 박힌 전국시대(戰國時代)의 청동소검(靑銅小劍)이 있었다.

맨 처음, 동굴 천장에서 떼어낸 종유석들을 몇 토막으로 잘라낸 엄철극은 땅바닥에 그것들을 이리저리 던져 놨다.

얼핏 보기엔 팔괘의 형태 같기도 하고 칠성(七星)이나 육합(六合)의 형상 같기도 한 이상아릇한 모양이었다.

그 뒤 잠룡소에서 주워온 보물들 역시 같은 신세가 됐는데, 종유석 조각들과 다른 점이라면 제 모양을 유지하고 있다는 점 정도였다. 천하의 명존이라 해도 보물을 아끼는 마음은 있는 게 분명했다.

물론 두 번째 수업에 대해 호기심보다는 두려움을 두 배가량 더 품고 있던 담우소에게 위와 같은 일들은 그리 크게 다가오진 않았다.

과거 주워들었던 지식 중 몇 가지를 이리저리 꿰어 맞춰 속으로 '저 것은 칠성둔형이 아니면 제갈량의 팔진도일 것이다' 라 혼자 중얼거리긴 했지만 말이다.

그렇게 대략 한 식경이 지나갔다.

엄철극의 손짓에 따라 이리저리 배치된 종유석 조각과 보물들은 동굴 바닥을 온통 종횡으로 가로질렀다.

처음만 해도 '저게 뭐 하는 짓인가?' 싶었지만, 담우소는 눈앞에서 완전히 펼쳐진 기기묘묘한 배열을 대하고 묘한 외경심을 느꼈다.

'전후좌우 어디로 가든 막히지 않은 곳이 없고, 또한 뚫리지 않은 곳이 없다. 내가 저 속에 뛰어든다면 과연 무사히 빠져나올 수 있을까?

담우소는 전날 귀성장 주변을 거의 아사(餓死) 직전까지 헤매고 돌아다니다 강문호에게 구원받았던 일을 떠올리지 않을 수 없었다.

그 당시 담우소는 어디로 발을 내디뎌도 길을 발견할 수 없었고 온통 흐릿한 안개와 숨 막힐 듯한 정막 속에서 지극한 공포를 경험해야만 했다.

그가 그토록 자신하던 주먹질이나 발길질로는 무엇 하나 해결되는 게 없었다.

한마디로 하늘은 높고 땅은 넓었던 것이다.

그런데 지금 담우소의 눈앞에 보이는 현란한 배열들은 귀성장의 주변을 에워싸고 있던 진세의 복잡함마저 뛰어넘는 점이 있었다.

그 당시와는 무공 수준은 물론이거니와 세상을 바라보는 안목 자체가 크게 달라졌음에도 담우소는 막연한 공포와 외경을 느끼지 않을 수 없었다.

한동안 입을 벌린 채 넋을 잃은 담우소에게 엄철극이 다가와 말했다.

"이것은 본 교의 제자들 중에서도 소수의 선택받은 자들만이 익힐 수 있는 마도종횡보의 전 변화, 그러니까 후삼식의 변화마저 펼쳐 놓은 것이다."

'마도종횡보라면 그 적발귀신이 항시 자랑하던 그 마도종횡보인가?'

담우소의 눈빛이 가벼운 이채를 띠었다. 천리종횡 최고봉의 성명절기가 마도종횡보임을 알고 있었던 것이다.

그러거나 말거나 최고봉과 담우소 간의 관계를 알 리 없는 엄철극이 설명을 계속했다.

"따라서 여기 펼쳐진 보법은 마도종횡보가 아니라 건곤종횡보(乾坤縱橫步)라 함이 옳은데, 일보에 능히 건곤이 바뀌니 명실상부한 일보십변(一步十變)이라 할 수 있다."

조용히 설명을 듣고 있던 담우소가 문득 질문했다.

"그렇다면 마도종횡보와 건곤종횡보의 차이는 단지 뒤의 후삼식뿐인 겁니까?"

엄철극이 눈살을 찌푸렸다.

"그런 걸 어째서 묻는 거지?"

담우소가 대답했다.

"과거 오산인 중 천하제일 경공대가라 소문난 천리종횡님을 뵌 적이 있습니다. 그분의 성명절학 중 하나가 마도종횡보란 얘기를 들었기에……."

엄철극이 고개를 끄떡였다.

"어쩐지 풍뢰문의 어설픈 풍천외가경이 네 녀석에 이르러선 제법 골격이 잡혔다고 생각했더니, 그 적발귀 녀석을 네가 만났구나."

'큭! 역시 그 인간을 내가 적발귀신이라 부른 건 선견지명(先見之明)이 있었던 거군.'

내심 키득거리며 담우소가 연신 고개를 끄떡였다.

"명존께서는 과연 명철하십니다. 과연 속하는 과거 광명소주에게 화심인을 맞은 후 한동안 적발귀… 으흠, 흠! 천리종횡님에게 권각을 쓰는 법과 신법의 기본을 사사받은 적이 있습니다."

"그렇구나."

다시 한 차례 고개를 끄떡여 보인 엄철극이 문득 질문했다.

"그렇다면 그 적발귀와 사도의 연을 맺은 것이냐?"

담우소가 고개를 흔들었다.

"그렇지 않습니다. 천리종횡님이 속하에게 몇 가지 가르침을 내려주긴 했지만 사도의 연을 맺지는 않았습니다. 처음부터 속하를 싫어했거든요. 그래서 헤어질 땐 우리의 인연은 이것으로 끝이란 말까지 들었습니다."

"흐음, 그렇다면 너는 마도종횡보를 배우진 못했겠구나."

"예, 그렇습니다."

'그렇다면 저 녀석이 마도종횡보의 기초나마 떼었으리라던 내 바람은 깨끗이 날아간 셈이군. 하지만 이곳을 출관하여 정하의 가장 강력한 우군이 되어야 할 녀석에게 적발귀같이 노회한 녀석이 붙는다는 것도 좋은 일은 아니야. 이번 일은 결국 득도 실도 없다는 게 옳겠군.'

엄철극은 눈살을 찌푸리며 무성한 턱수염을 어루만졌다. 그리곤 심중에 일었던 복잡한 심경을 털어버리곤 담우소에게 말했다.

"음, 본좌는 네가 적발귀와 인연이 있으니, 혹시 마도종횡보의 기본이나마 익혔을지도 모른다고 생각했다. 그런데 두 사람의 관계가 그만큼 깊지 못하다니, 그런 기대는 깨끗이 접어야겠구나."

담우소가 얼른 고개를 숙여 보였다.

"명존께서 명철한 판단을 내리셨습니다."

엄철극이 말했다.

"아까 네가 했던 질문이 건곤종횡보와 마도종횡보의 차이가 단지 후삼식의 차이뿐이냐는 것이었느냐?"

'드디어!'

내심 일각이 여삼추처럼 엄철극의 설명을 기다리던 담우소가 눈빛을 빛내며 대답했다.

"예, 그렇습니다."

엄철극이 말했다.

"마도종횡보는 본 교의 십대신법 중 수위를 차지한다. 그 변화는 표홀하여 적발귀처럼 대성하면 가히 경공과 신법만으로 천하를 오시할 수 있을 정도이다. 하나 그건 어디까지나 건곤종횡보를 제외했을 때의 이야기다. 후삼식이란 게 만약 검법이나 도법, 혹은 장법이나 권법이라면 그저 세 가지 변화가 더해졌다고 할 수 있겠지만, 보법에서의 삼초란 문제가 다르다. 그것은 매 일보마다 세 가지씩 변화가 더 생기는 걸 의미하는 것이다."

'꿀꺽!'

"따라서 적발귀처럼 경공에 천부적인 자질을 가진 자라 해도 마도종 횡보는 극성으로 익힐 수 있지만 건곤종횡보까지 익힐 순 없었다. 아니, 익힐 기회조차 주어지지 않았다는 게 옳을 것이다. 대대로 건곤종 횡보는 명존과 그 후계자만이 익힐 수 있는 비기였기 때문이다."

"컥!"

엄철극의 설명이 여기에 이르자 담우소는 숨이 막히는 느낌이었다.

평생 삼류의 언저리를 넘나들던 그로선 광명신교의 후계자 운운하 는 소리가 실제로 피부에 와 닿지 않는 것이다.

그러나 태어난 순간부터 지존의 자리를 예약받았던 엄철극이 담우 소의 이와 같은 심정을 이해할 수 있을 리 만무했다.

'감히! 본좌의 설명을 끊다니!'

빠악!

두 번 생각할 것도 없이 수중의 단봉을 들어 담우소의 어깨를 내려 친 후 엄철극이 남은 설명을 계속했다.

"그만큼 건곤종횡보는 본 교에서도 비기 중의 하나라 할 수 있다. 그러니 본래는 네 녀석이 이 변화를 본 순간 두 눈을 찔러 동공을 파내 고 혀를 자른 후 양 손가락과 발가락을 잘라내야 할 것이지만, 이번만 은 예외를 두기로 했다."

"……."

"그건 앞서 설명했듯 본좌가 네 녀석을 긴히 쓸 일이 있기 때문이다. 따라서 오늘부터 시작될 수업의 요지는 앞으로 나흘 동안 건곤종횡보 에 담긴 삼백육십 가지 기본 변화를 외우는 데 있다."

"사, 삼백육십 가지를 나흘 만에?"

방금 전의 일격은 첫 번째 수업 때 얻어맞았던 것과는 비교가 되지 않을 정도로 매서웠다. 황급히 어깨 근육을 수축시켰지만 통증은 뼛속까지 파고들었다.

고통을 참느라 얼굴이 하얗게 물들어 있던 담우소가 놀란 소리를 내자 엄철극이 당연하다는 듯 말했다.

"그건 네가 마도종횡보를 익히지 못했기에 부득이 건곤종횡보의 모든 방위와 변화를 익히는 기간을 줄일 수 없게 됐기 때문이다. 만약 그렇지 않았다면 이틀이면 족했을 것을."

고개를 흔들며 나직이 혀를 찬 엄철극의 표정이 엄격해졌다.

"그러니 너는 오늘부터 하루에 구십 개씩 변화를 외워야 한다. 그 외에도 배울 것이 산적해 있으니, 너는 각오하는 게 좋을 것이다."

'으! 하루에 구십 개씩 변화를 외우라고? 난 죽었다!'

담우소의 하얗던 얼굴은 어느새 흙빛으로 물들고 있었다. 무공을 전수받는 건 좋은 일이지만 그 행보가 너무 가혹하다 생각한 것이다.

'그러나 중요한 건 그런 것이 아니었다. 아무리 수련 과정이 가혹하다 해도 절세의 보법을 익히는 일인데 내게 나쁠 건 없었다. 문제는 내가 익히는 게 정상적인 보법이나 신법과는 완전히 거리가 멀다는 점이었다.'

담우소는 바로 이틀 전의 일을 떠올리곤 다시 고개를 자신이 파놓은 구덩이 속에 묻었다. 목구멍까지 치밀어 오른 분노를 다시 토해내지 않곤 분이 풀리지 않았다.

건곤종횡보의 변화를 익힌 지 이틀이 지나자 담우소의 정강이 부근은 피로 목욕한 듯 붉게 물들어 있었다.

엄철극은 담우소가 변화만을 익히는 걸 용납하지 않았다.

변화를 따르던 중 담우소의 보행이 조금이라도 머뭇거린다든지 비틀거리는 모습을 보이면 여지없이 단봉이 날아들었다.

담우소는 변화를 외우는 동시에 허리를 꼿꼿이 펴야 했고 걸음걸이에 절도를 집어넣어야 했다.

걸친 옷은 누더기에 가까운데 보행만은 천하를 오시하듯 당당해야 하는 것이다.

그러자 당연하다면 당연하달까.

지금까지의 삶 자체가 하류였던 담우소로선 보법의 변화를 외우는 것보다 그런 몸가짐을 취해 보이기가 더욱 힘들었다.

억지로 허리를 펴 보이고 걸음을 사뿐사뿐 즈려 밟아보지만, 하면 할수록 자신이 어릿광대 같고 어설프게만 느껴졌다.

몇 차례나 단봉에 얻어맞던 중 참고 또 참던 담우소는 그만 분통이 폭발하고 말았다.

멀찍이 서서 자신을 뚫어져라 쳐다보고 있는 엄철극에게 눈을 부릅뜨고 만 것이다.

"명존께 질문이 있습니다!"

수중의 단봉을 쓰다듬고 있던 엄철극이 냉연한 눈빛을 던졌다.

"너는 간명하게 말하라!"

담우소가 말했다.

"나흘 동안 건곤종횡보를 익히기 위해 하루에 아흔 개씩 변화를 익혀야 함은 충분히 알겠습니다. 그렇지만 어째서 발을 내딛는 자세에서부터 허리의 움직임까지 일일이 교정을 받아야 하는 겁니까?"

엄철극의 눈빛이 흉악해졌다.

"그것이 불만이냐?"

담우소의 눈빛이 도발적으로 변했다.

"속하가 어찌 명존의 일에 불만을 피력할 수 있겠습니까. 다만 속하가 알고 있는 무공 상식상……."

"네가 알고 있는 무공 상식?"

담우소의 말을 끊은 엄철극이 피식 비웃음을 던졌다.

"소림오권(少林五拳)과 더불어 천하외가권법의 기본이랄 수 있는 풍천외가경을 지니고도 제대로 된 주먹질이나 발길질 하나 하지 못했던 녀석이 지금 무공 상식을 따지는 것이냐?"

그리곤 안색을 차갑게 굳혔다.

"본좌가 어찌 후계자도 아닌 네 녀석에게 건곤종횡보를 가르치겠느냐!"

"예?"

"건곤종횡보는 삼백육십 가지 변화만을 외운다고 익힐 수 있는 삼류 공부가 아니다. 삼백육십 가지 기본 변화를 응용하는 법이 수십 수백 가지가 넘기 때문이다."

"그렇다면 어째서……."

따닥!

자세가 흐트러졌던 담우소의 양 정강이로 피가 튀었다.

'으윽!'

단봉이 떨어진 자리는 이미 터져 딱정이 앉은 자리였다.

평소보다 단봉에 담긴 힘이 더 매몰차단 생각에 미간을 와락 일그러뜨린 담우소의 귓전으로 엄철극의 싸늘한 목소리가 파고들었다.

"네 녀석에겐 그 딴 걸 물을 자격이 없다. 때가 되면 네 녀석의 임무에 대해 말해 줄 터인즉, 딴생각 말고 본좌의 가르침이나 충실히 따르라!"

"조, 존명!"

"존명? 말은 잘하는구나. 어쨌든 본좌는 네 녀석이 쓸모없다고 판단되면 가차없이 토막 내어 잠룡소에 뿌려 신수의 먹이로 삼을 테다. 조금도 가엾게 생각하지 않고."

마지막 말을 할 때의 엄철극은 눈빛에 진한 살기를 띠고 있었다.

'저 눈빛은 위험하다!'

자신이 모시고 있는 상관이 진짜 그렇게 하리란 점을 믿어 의심치 않은 담우소는 어깨를 한차례 부르르 떨곤 다시 발걸음을 옮기기 시작했다. 그의 작은 반항이 종언을 고하는 순간이었다.

*   *   *

"제기랄! 죽든 살든 그때 끝장을 봤어야 했다. 그토록 죽도록 고생했는데, 진짜 무공이라곤 한 가지도 배우지 못하고 단지 그럴싸한 흉내에 불과하다니! 그 녀석은 정말 사람도 아니다! 사람도 아니야!"

그랬다. 담우소가 지난 나흘 동안 배운 건 건곤종횡보의 진정한 본질이 아니었다.

죽도록 변화를 외우고 자세를 익혔지만 무학의 원칙에 비춰 생각해 볼 때 알맹이가 빠져 있었다.

그저 겉껍데기만을 죽도록 외우고 몸에 체득한 셈이랄까.

담우소는 자신이 익힌 건곤종횡보가 남들 앞에서 몇 개의 변화를 그 럴싸하게 펼쳐 보일 수는 있어도 실제 위력은 형편없는 반쪽짜리임을 직감할 수 있었다.

—보법이란 공수에 있어 진퇴가 자유롭고 방향 전환과 변화가 표홀 해야만 진짜 위력을 발휘할 수 있다.

전날 담우소에게 진정한 의미의 보법인 운중행을 전수한 하오문 출 신의 사기꾼 주서안이 누누이 강조한 사실이다.

즉, 보법의 위력을 극한까지 끌어내기 위해선 각 걸음걸이마다의 변 화 하나하나가 어떤 의미를 가지는지를 시전자가 명확하게 알고 있어 야 했다.

그런데 담우소는 건곤종횡보의 변화는 익혔으되 어떤 상황에서 어 떤 변식과 변화를 일으켜야 공수에 활용할 수 있는지에 대해 배운 바 가 일절 없었다.

지난 나흘 동안 엄철극이 가르친 것이라고는 오직 숫자로서만 의미 를 가질 뿐인 삼백육십 가지의 발자국 따라 걷기에 불과했던 것이다.

"그런데 끝난 다음 한다는 소리가 뭐? 잠시 눈을 붙인 후 세 번째 수 업에 들어가겠다고? 빌어먹을 놈! 내가 아무리 제놈에겐 머슴과 같은 존재라지만 이렇게 제멋대로 가지고 놀다니! 그러고도 네가 위대한 천 하제일마이더냐! 그러고도 마교의 우두머리냐구! 더 이상 못 참겠다! 차라리 녀석과 사생결단을 내면 냈지 절대 장난감 노릇은 하지 않을 것이다! 정말 그럴 거야! 진짜로 결심했다구!"

담우소는 악에 받쳐 소리쳤다. 지난 나흘 동안 눈 뜨고 보기 힘들 정도로 피멍이 든 양쪽 정강이와 발뒤축, 어깨와 허리가 욱씬거릴 만큼 맘껏 소리쳤다.

얼마나 소리를 질렀던지 나중에는 목이 쉬다 못해 목구멍에서 가래 끓는 소리가 날 정도였다.

물론 철저하게 밖으로 소리가 흘러나가지 않게끔 구덩이 속에 고개를 처박은 채.

그렇게 한 식경 정도가 흘렀다.

엄철극이 담우소에게 준 휴식 시간이 대충 끝나가고 있었다.

악다구니를 치고 있던 중에도 오행토기를 움직여 철저하게 시간을 재고 있었으리라!

순간 울부짖음에 가깝던 괴성을 멈춘 담우소가 크게 호흡을 골랐다.

요즘 들어서야 대충 풍뢰경(風雷勁)이란 이름을 만들어 붙인 진기도 인법을 이용한 숨고르기였다.

그러자 그런 걸로도 도움이 되는지 담우소는 평소처럼 마음이 서서히 안정되는 걸 느꼈다.

풍천외가경과 지뢰오행경에 이름 모를 호흡법을 함께 뭉뚱그려 기초만 잡은 풍뢰경이었지만, 이렇게 마음을 안정시키는 것만은 꽤나 탁월하다.

"후욱!"

가볍게 숨을 들이마시며 담우소는 구덩이 속에서 고개를 빼 들었다.

이렇게라도 그동안 쌓였던 울분을 토해내고 나니 막혔던 체증이 확 뚫리는 느낌이었다. 따라서 시뻘겋게 달아올라 있던 그의 얼굴은 어느새 절반쯤은 정상으로 돌아와 있었다. 잃어버렸던 이성을 되찾는 데 성공한 것이다.

'그렇지만 아직 이 정도로는 부족하다!'

냉철하게 자신의 상태를 판단한 담우소가 손바닥을 들어 양쪽 뺨을 힘껏 때렸다.

짝! 짝! 짝! 짝!

한차례씩 뺨을 때리는 횟수가 더해질 때마다 담우소는 스스로에게 '침착해!'를 중얼거렸다. 엄철극에게 가기 전까지 완벽하게 평소의 모습을 회복해야 했다.

과연 담우소의 다소 과격한 방법은 효과가 있었다.

잠시 후 담우소의 얼굴은 다시 벌겋게 물들었지만 그만큼 눈빛은 차갑게 가라앉았다. 평소보다 더 냉정하게 머리가 식었음에 분명했다.

"휴우, 이젠 시간이 다된 것 같군. 그럼 이만 가볼까?"

자신감에 찬 목소리를 낸 담우소가 재빨리 '임금님 귀는 당나귀 귀'라 소리친 구덩이를 파묻고 제법 위풍이 당당하게 걸어갔다. 지난 나흘간의 성과를 보여주기라도 하려는 듯.

─세 번째 수업.

엄철극은 다소 뜻밖이라 생각했다.

첫 번째 수업이 끝났을 때 입술을 한 뼘이나 내밀며 불만에 가득 찼던 담우소의 모습을 기억하는 까닭이다.

'첫 번째 수업은 기껏해야 본 교의 역사를 늘어놓는 것에 불과했다. 천 년의 역사라 하나 중요 사건만을 외우게 했으니 별로 큰 부담은 없었을 것이다. 그러나 두 번째 수업은 녀석에게는 보통 힘든 일이 아니

었을 텐데, 어찌 저리 티없이 맑은 눈빛을 하고 있지?'

엄철극도 사람이었다. 자신이 그동안 얼마나 지독하게 담우소를 굴 렸는지 알고 있었다.

세 번째 수업에 들어가기 전에 어느 정도 저항이 있으리라 생각하고 있었는데, 기대가 깨지자 갑자기 재미없다는 기분이 되었다.

본래 그런 사람이 아닌데 담우소와 지내는 동안 자신도 모르게 다소 가학적인 취미가 몸에 밴 듯하다.

'흐음, 그렇다고 시간도 부족한데 일부러 이유를 만들어서 괴롭힐 수도 없고.'

입맛을 다시며 엄철극은 자신의 욕망을 포기했다. 그리고 그만큼 엄 격해진 표정으로 말했다.

"너는 꿀 같은 휴식을 취했느냐?"

담우소가 기운차게 고개를 끄떡였다.

"명존께서 내려주신 은혜 덕분에 심신에 쌓였던 피로가 한결 가셔졌 습니다."

"소원이던 잠을 청한 건 아닌 듯한데?"

"예, 잠을 자진 않았지만 더욱 좋은 일을 했습니다."

"더욱 좋은 일?"

대답 대신 담우소는 내심 이죽거렸다.

'명존아, 명존아! 내게는 네 욕을 마음껏 내뱉을 수 있는 게 바로 훌 륭한 피로 회복제니라!'

'흥, 이 녀석이 필시 속으로 날 욕하고 있으렷다!'

내심 코웃음을 터뜨린 엄철극이 수중의 단봉을 손으로 토닥이며 말 했다.

"오늘부터 들어갈 세 번째 수업은 말씨와 예의범절이다."

"예?"

"그동안 본좌와 생활하며 많이 교정되기는 했지만, 네 녀석은 지나칠 정도로 무식하고 경박하다. 지난 수업 때와 마찬가지로 하루 중 절반은 대련을 하고 나머지 절반은 네 녀석의 인격을 뜯어고치는 데 주력할 테니, 너는 즐거운 마음으로 따르도록 하라!"

말을 끝내자마자 엄철극은 준비해 놨던 몇 권의 책을 담우소에게 던져 줬다.

'교언영색(巧言令色) 상, 하편에 청산유수(靑山流水) 일, 이, 삼권? 세상에 이런 책이 있었나?

책자의 제목을 보고 의문 섞인 눈빛이 된 담우소에게 엄철극이 자랑하듯 말했다.

"그것들은 본좌가 네 수업을 돕기 위해 틈틈이 저술한 교과서라 할수 있다."

"……."

"교언영색에는 주자학(朱子學)이 일어난 송대로부터 당금까지 명멸한 무수히 많은 대장부들이 지껄였던 상황상황에 따른 가장 이상적으로 상대방을 속여넘길 수 있는 어구들이 수록되어 있고, 청산유수에는 당대(唐代) 이백(李白)으로부터 소동파(蘇東坡)에 이르기까지의 멋지고 그럴듯한 시가(詩歌)들과 그 시가들을 가장 이상적으로 읊는 방법이 다수 수록되어 있다. 하나같이 네 무식한 말투와 경박한 몸짓을 환골탈태(換骨脫胎)시켜 줄 것들이니, 오늘부터 너는 죽기로 이것들을 공부해야 할 것이다."

세 번째 수업에 대한 엄철극의 설명이 절반쯤 이르렀을 때 이미 담우소의 입은 딱 벌어져 있었다.

그 역시 어려서부터 무공을 익히는 틈틈이 천자문이나 소학(小學) 등을 떼지 않은 바가 아니었다. ·

보통 자신의 이름자나 간신히 쓸 줄 아는 여타의 무림인에 비한다면 그리 무식한 편은 아니라는 뜻이다.

하나 그건 어디까지나 일반적인 무림인에 비해 그렇다는 것이지, 이렇게 전문적으로 공자 왈 맹자 왈 하는 서생들이나 관심있을 부분에 이르면 말문이 막힐 수밖에 없었다.

'니미럴! 어째서 내가 이런 고리타분한 냄새가 풀풀 풍겨 나오는 것까지 배워야 하는 거야!'

다분히 불만에 찬 담우소의 내심을 읽었는지 엄철극이 꽉 소리가 나도록 손바닥을 단봉으로 때렸다.

"그 표정은 어째서 네 녀석이 이런 것까지 익혀야 하는지 궁금하다는 뜻이냐?"

"거야 당연……."

자신도 모르게 비죽 내밀고 있던 입술을 떼던 담우소가 얼른 입을 다물었다. 자칫 여태까지와 마찬가지로 치도곤당할 걸 염려한 행동이었다.

그러나 놀랍게도 이번만은 그의 예상이 빗나갔다. 당장에라도 어깨나 팔죽지를 노리고 떨어질 것으로 생각됐던 엄철극의 단봉은 여전히 제자리를 지키고 있었다.

'어? 웬일이지?'

뜨악스런 표정이 되어 바라보자, 역시 담우소가 하는 양을 예의 주시하고 있던 엄철극이 입을 열었다.

"사실 이번에 배울 세 번째 수업과 다음의 네 번째 수업은 일종의 교양 수업이라 할 수 있다. 강호의 일개 무부에 불과한 네 녀석이 의문을 품는 건 어쩌면 지극히 당연하다 할 것이다."

"……."

"따라서 이제부터 본좌가 네 녀석이 어째서 이런 벼락치기 공부를 해야 하는지에 대해 설명할 테니 너는 똑똑히 듣도록 하라!"

'뭐? 여지껏 내가 했던 게 모두 벼락치기였다고?'

지금까지 담우소는 항상 기본과 기초를 중시하는 수련을 해왔다. 어떤 일이고 바닥을 먼저 다진 후 나아가야만 안전하다는 사부의 가르침 때문이다.

그런데 엄철극이 자신에게 무가의 금기나 다름없는 벼락치기를 시켰다고 시인하자 담우소는 마음이 황당해지지 않을 수 없었다.

'도대체 어째서?'

일순 불신이 역력한 얼굴이 된 담우소를 겸연쩍게 바라보며 엄철극이 말했다.

"그런 표정 짓지 마라! 본좌도 그 점에 대해선 네게 다소 미안하게 생각하는 바이다. 하지만 본시 큰일을 위해선 작은 일쯤은 희생할 수 있는 일이다."

"아아, 물론 그러시겠지요."

이때 담우소의 표정은 도저히 믿을 수 없다는 기색이 역력했다.

따라서 대답 역시 비꼬여 있었는데, 담우소에게 지그시 눈을 부릅떠 보이며 '이 녀석!' 한 엄철극이 말을 이었다.

"본좌는 본시 네 녀석을 본 교의 미래를 책임질 무인으로 키울 생각이었다. 그래서 그동안 네 녀석에게 갖가지 수련을 시키고 실전에 대한 감각을 주지시킨 것이고."

'흥, 식돌이로서 빨래와 밥 짓기에 큰 진전을 보이게 만들긴 했지!'

"그러나 갑자기 돌발적인 사고가 발생한 것이다."

'사고?'

"얼마 전 본좌는 신공을 연마하던 중 몇 가지 중요한 사실을 빼먹었음을 깨달았다. 정말 어처구니없는 일이었지. 때문에 어쩔 수 없이 출관을 늦추게 된 본좌는 네 녀석에게 일개 무인으로서의 역할만을 기대할 수 없게 된 것이다."

'그게 무슨?'

"요 근래 네 녀석이 한 수업은 일종의 우두머리로서 갖춰야 할 소양, 그러니까 우두머리가 되는 법의 일부라는 뜻이다."

"아!"

계속 이죽거리는 눈빛을 지우지 않고 있던 담우소의 입이 순간 가볍게 벌어졌다. 얼마 전과는 달리 멍청한 표정이 아닌 딱딱하게 긴장한 얼굴을 한 채로.

제47장 한비자 외전(韓非子外傳)

趙客縵胡纓(조객만호영)
조나라 협객 거친 갓끈 늘어뜨리고

吳鉤霜雪明(오구상설명)
오나라 검은 서릿발 같은 빛을 발한다.

銀鞍照白馬(은안조백마)
은 안장 빛나는 백마

颯沓如流星(삽답여유성)
유성처럼 바람 가른다.

十步殺一人(십보살일인)

열 걸음에 한 사람 죽여도

千里不留行(천리불유행)

천 리에 자취조차 없어라.

事了拂衣去(사료불의거)

일 끝내고 옷을 털어

深藏身與名(심장신여명)

몸과 이름 깊이 숨긴다.

……

이백의 협객행(俠客行)은 유유자적 흘러나왔다.

시선(詩仙)이라 불렸던 그의 시가 대부분 그렇듯 단숨에 읊기엔 숨이 차 오를 법도 한데 담우소는 구성지게도 가락을 붙여 잘도 읊조렸다.

협객행은 엄철극이 과거 가장 좋아하던 시가였다.

명존에 오르기 전만 해도 종종 다른 교도들 몰래 읊곤 했는데, 이제 담우소의 입을 통해 듣게 되자 감회가 새로웠다.

'으음, 이름에 협객이란 말이 붙긴 했지만 얼마나 가슴을 울리는 시가인가! 내 신분이 명존만 아니라면 아침저녁으로 외우고 싶구나!'

내심 찬탄을 터뜨리며 엄철극이 담우소에게 고개를 끄떡였다.

"그만 하면 됐다. 시가를 읊는 데 있어 가장 중요한 요소인 감정이 살아 있고 목소리는 깨끗하면서도 기세가 도도하니, 누가 듣더라도 그 시의(詩意)를 정확히 표현한다고 생각할 것이다."

잔뜩 그럴듯한 표정을 지어 보이며 목청을 돋우고 있던 담우소가 문득 엄철극 쪽으로 고개를 돌려 보였다.

"정말 그렇게 보입니까?"

"본좌마저 흥이 절로 났으니 분명 그러하다."

"이야호!"

담우소는 어린애처럼 제자리에서 펄쩍 뛰어올랐다.

환호작약하는 중에 눈가에 눈물마저 글썽거렸다.

엄철극의 한마디에 그간의 노고가 일시에 풀리는 모양이었다.

그러나 순식간에 군자연하고 그럴듯한 대장부의 모습에서 뒷골목 왈패의 모습으로 일변한 담우소의 모습에 엄철극은 눈살을 찌푸리지 않을 수 없었다.

그 역시 그동안 담우소가 얼마나 노력했는가를 알고 있었다. 두 번째 수업까지완 달리 확실한 목적 의식을 갖게 된 담우소의 집중력은 무서울 정도였다.

보통 사람이라면 고작 한 달 만에 이만한 경지에 이르진 못했으리라!

'그것이 그저 남을 속이는 겉 모양만이라곤 하지만…….'

스스로에게 첨언한 후 엄철극이 얼굴을 굳혀 보였다.

"그렇다곤 해도 본래 계획에서 보름이나 늦은 것이다. 어느 정도 눈치는 채고 있었지만, 네놈의 미련함은 어찌할 도리가 없을 정도구나."

이젠 익숙해질 만큼 익숙해진 것일까.

여전히 환호작약한 표정을 감추지 않고 담우소가 대답했다.

"그렇지요, 그렇지요. 속하의 멍청함이야 본래 정평이 나 있는 것이 아니겠습니까."

"……."

"그래도 제 분수를 알고 최선을 다했으니 명존께서는 너무 노여워하지 말아주십시오."

자신을 겸손하게 깎아내리면서도 품위를 잃지 않는 어법이었다.

그런 말을 듣고 보니 다시 화를 내는 게 소인배 같단 생각이 든 엄철극이 나직이 코웃음 쳤다.

"상황에 적절하고 목적이 뚜렷하다. 이미 네 교언영색이 그러한 경지에 이르렀으니 본좌로서도 더 이상 가르칠 것이 없구나."

"명존의 가르침 덕분에 속하는 크게 개안하게 되었습니다. 활짝 뜨인 눈으로 세상을 바라보니 어찌 명존의 은혜를 잠시나마 잊을 수 있겠습니까."

오싹!

등줄기로 한 무더기의 소름이 굴러 내리는 느낌을 받은 엄철극이 목소리를 깔았다.

"이제 그만 해라!"

"속하가 무슨 결례라도?"

"그런 말은 출관하여 임무를 처리할 때나 쓰란 말이다."

"예, 알겠습니다."

금세 말투가 바뀌었다. 그와 함께 봄날 나뭇가지에 매달린 실바람처럼 사근사근하던 표정 역시 와르르 풀어져 버렸다. 지난 한 달간이 꿈인가 착각이 들 정도의 변화였다.

'무서운 놈!'

주춤 뒤로 물러나려던 발걸음을 간신히 잡아맨 엄철극이 연신 자신의 구레나룻을 쓰다듬었다.

그동안 자신이 시켰던 수련은 생각지 않고 솜이불에 물이 스며들듯 모습을 일신한 담우소를 탓하는 마음이었다.

그러나 엄철극 역시 교언영색과 청산유수 같은 교재를 써낼 정도의 흉중을 지닌 사람이었다.

금세 청출어람(靑出於藍)이라 부르기에 부족함이 없는 담우소의 성취에 놀란 마음을 일소에 붙인 엄철극이 말했다.

"어쨌든 오늘로서 세 번째 수업은 끝내기로 하겠다."

담우소의 얼굴에 희색이 떠올랐다. 아마 지난 일 년여간의 온갖 고생이 주마등처럼 스쳐 가는 게 분명하다.

그런 모습을 평소처럼 책잡지 않고 엄철극이 말을 이었다.

"그러나 세 번째 수련은 본좌의 예상보다 너무 많은 시간을 잡아먹었다. 지금부터 곧바로 마지막 네 번째 수련에 들어갈 테니, 너는 조금도 방심해선 안 된다."

"명존의 금과옥조(金科玉條)를 속하는 항시 마음속에 새겨 넣고 있습니다. 명존께서 수고로움을 마다하지 않는데, 어찌 속하가 힘들다 하겠습니까. 명존께서는 조금도 근심하지 말고 가르침을 내려주십시오."

'너무 심하게 가르쳤다!'

자신이 만들어놓은 괴물을 바라보며 내심 한탄한 엄철극이 눈빛을 다시 일신했다.

따라서 담우소의 얼굴로도 어느덧 가벼운 긴장감이 감돌기 시작했는데, 세 번째 수업 때와는 달리 엄철극이 품속에서 서책 하나를 꺼내들었다.

'저번만 해도 대충 준비해 놨던 교과서를 아무렇게나 내 앞에 던질 따름이었다. 그것이 특별한 무공 비급이나 희대의 기서가 아니었던 까닭일 것이다. 그런데 이번에 나온 서책은 품속에서 빼 들고 있지 않은가!'

담우소는 재빨리 이번에 엄철극이 준비한 교재가 평소와는 많이 다르다는 판단을 내렸다.

그래서 찬찬히 살펴보니 서책의 겉 표지는 때가 꼬질꼬질했다.

저번처럼 엄철극이 교육을 위해 급조한 게 아니라는 건 바보가 아니라면 알 수 있는 사실이었다.

'그렇다면 이상하다! 분명 저 못된 명존 녀석은 세 번째와 네 번째 수업은 상관관계가 크다고 했다. 그동안 줄곧 실전에 가까운 대련을 거듭했으니, 특별히 또 다른 신공을 가르쳐 주진 않을 듯한데 어째 저리 오래된 고서(古書)를 꺼내 들었을까?'

학생으로 지내는 동안 일어난 자연스런 변화였다. 성격이 파문 이후로 어느 정도 회귀한 담우소로선 그야말로 호기심이 무궁무진 일어나는 순간이었다.

자연스레 침묵 중에 담우소의 눈빛은 초롱초롱해졌고, 무엇이 아까운지 잠시 수중의 서책을 만지작거리고 있던 엄철극이 결국 그것을 던져 줬다.

툭!

그동안 했던 수업의 성과였다. 여태까지완 달리 냉큼 달려들어 서책을 받아 들지 않고 오히려 눈빛을 땅바닥에 간 채 담우소가 말했다.

"속하! 명존의 가르치심에 세이경청하겠습니다."

'흥, 세이경청? 내게 빨리 설명하라는 뜻이겠지. 당금 천하에 입술에 침도 바르지 않고 저런 말을 할 수 있는 건 정파의 위선자들 중 몇을 제외하곤 저 녀석밖엔 없을 것이다.'

내심 눈살을 찌푸리면서도 엄철극은 또 이렇게 생각했다.

'그렇지만 지금 정하에게 필요한 건 저런 후안무치한 녀석일 것이다. 본 교의 무수한 거마효웅들을 제압하려면 무학도 무학이거니와 그들보다 훨씬 지독한 독심(毒心)과 소리장도의 능력을 동시에 갖춰야만 하니……'

문득 총애하던 광명좌사 고엽풍을 비롯한 뭇 광명신교와 마도의 기라성 같은 인물들을 떠올린 엄철극의 이마로 골이 패었다.

엄정하가 전달한 밀지의 내용을 떠올리자니 거칠 것이 없이 살아온 당대의 마웅인 그로서도 골이 지끈거리는 기분이었다.

'끄응!'

이마를 짚은 채 시간을 잠시 끌고서야 엄철극은 천천히 입술을 뗐다.

"네 번째 수업은 생사(生死)의 도(道)이다."

'생사지도?'

"지금까지 익혔던 수업에 의해 네 녀석은 천 년 광명신교의 내력을 줄줄이 꿸 수 있게 됐고 내외를 겸전한 절정고수가 되었다. 게다가 그 밖의 몇 가지 본 교 제자들을 제압할 수 있는 비법과 상대방의 마음을 가지고 놀 수 있는 화법과 태도까지 익혔으니, 요모조모를 따진다 해도 대단한 인물로 행세할 수 있는 기틀이 잡혔다 할 것이다."

'쳇! 어디까지나 그럴듯하게 보일 뿐 속 빈 강정이나 다름없긴 하지 만 말씀이야.'

"그러나 본 교에는 무수히 많은 거마효웅들이 똬리를 틀고 있으니, 어찌 그만한 것으로 뭇 교도들을 제압하고 본좌의 명령을 이행할 수 있겠느냐!"

'그야⋯⋯.'

평상시처럼 엄철극의 말에 속으로 대거리하려던 담우소는 잠시 대 답할 말이 궁색해지는 걸 느꼈다.

천리종횡 최고봉을 비롯해서 지난날 봤던 몇몇 광명신교의 절정고 수들을 떠올리자 웬지 지금의 자신으로선 부족함을 느끼지 않을 수 없 었던 것이다.

그런 담우소의 내심을 꿰뚫어 본 것일까.

지그시 시선에 기력을 더한 엄철극이 설명을 계속했다.

"앞서 세 번째 수업에 들어갈 때 말했던 것과 같이 너는 우두머리로 서의 역할을 충분히 수행할 수 있어야 한다. 따라서 본좌가 준비한 네 번째 수업의 교재는 네 녀석 눈앞에 던져진 한비자 외전이다."

'한비자 외전?'

"그동안의 소양 교육으로 네 녀석도 알겠지만, 한비자는 전국 시대 말기의 사람으로 후일 법가의 조종격으로 불리게 된 사람이다."

'흐음, 말은 더듬지만 머리가 무척 좋은 녀석이었지, 아마?'

"전국 시대를 제패한 진시황(秦始皇)은 우연히 그를 만나 그 식견을 들은 후 찬탄을 금치 못했지만 후일 그가 진나라의 적이 될 것을 걱정 해 참살했다. 그만큼 그의 재능을 두려워한 것이었다."

'그만큼 멍청했던 것이지. 패도에 눈이 먼 진시황을 몰라보고 자신

의 재능을 내비쳤으니.'

"결국 한비자가 남긴 책은 진시황의 손에 들어가 후일 중국에 통일 왕조를 들어서게 하는 기초가 됐는데, 이 한비자 외전은 진나라에 유폐되어 있는 동안 한비자가 죽음을 기다리며 남긴 최후 심득이라 할 수 있다."

'쳇! 그래도 완전히 바보는 아니었군, 자신이 죽을 줄은 알고 있었으니.'

전날 엄철극으로부터 한비자 본편을 배우며 담우소는 참으로 아깝다는 생각을 금치 못했다.

여태껏 그저 강호의 소소한 일에만 묶여 있던 그에게 한비자 본편은 천하를 보는 눈을 길러줬다고 할 수 있었다.

따라서 한비자의 허망한 죽음을 무척 아쉬워했는데, 그가 죽기 전에 남긴 심득이 적힌 책자를 눈앞에 두고 보니 호기심이 치밀어 오르지 않을 수 없었다.

'과연 저 속엔 무슨 내용이 담겨 있을까?'

마음이 근질근질한 탓에 자꾸 어깨를 움찔거리고 있는 담우소의 모습에 고개를 끄떡이며 엄철극이 말했다.

"한비자 본편에 적혀 있는 건 군주로서 천하를 대하는 도리와 치세의 도리, 사람을 다루는 도리, 그리고 법을 엄하게 세워 법치를 이루는 도리 등이 담겨 있다. 하나같이 나라를 경영하는 큰 뜻이 담겼다고 할 것이다."

"……"

"그러나 그것들은 어디까지나 유폐당한 한비자에겐 실패한 자의 넋두리에 불과했다. 따라서 한비자가 생선 가시를 몰래 숨겨두었다가 자신의 피로 쓴 이 한비자 외전에는 정론보다는 암계와 독계가 가득하다. 손 하나 대지 않고 상대방을 거꾸러뜨리고 피를 토해 죽게 만드는 방법들이 무수히 많이 수록되어 있는 것이다."

'그래서 생사지도인가?'

내심 담우소는 고개를 끄떡였다. 천하를 경영할 능력을 지니고도 웅비하지 못하고 죽음의 공포와 싸워야 했던 불우한 천재의 절규가 가슴을 파고드는 것이다.

그러한 마음은 엄철극 또한 마찬가진지 목소리를 더욱 엄숙하게 하며 마저 설명을 끝맺었다.

"때문에 한비자 외전은 그동안 수많은 사람들의 손을 타고 결국 본교에까지 전해졌는데, 그동안 얼마나 많은 마종거효들을 양성했을지 셀 수 없을 정도다. 조금이라도 기재가 있는 자들이라면 이 핏빛 기록을 손에 쥐고 마음속에 야심을 품지 않을 수 없었을 테니까."

'그야 그렇겠지.'

"그러니 너는 본좌가 굳이 한비자 외전을 전하려는 의도를 알겠느냐?"

내심에서 알 수 있듯 면종복배를 계속하고 있던 담우소가 얼른 대답했다.

"그만큼 속하가 출관한 후 상대해야 할 인물들이 간계와 모략이 능한 것이 아니겠습니까?"

엄철극이 고개를 끄떡였다.

"그렇다. 본좌가 네게 무공보다도 오히려 이런 다양한 계책을 전하는 이유는 바로 거기에 있다 할 것이다. 너는 한비자 외전을 들어 첫 장을 펼치라! 지금부터 생사의 도에 대한 수업을 시작하겠다."

"존명!"

기운차게 대답한 담우소가 그제야 계속 노리고 있던 눈앞의 서책에 손을 뻗었다.

짜증날 정도로 길었던 서론이 끝나고 드디어 네 번째 수업의 시작이었다.

사도(邪道)!

한비자 본편을 배우며 찬탄을 금치 못했던 담우소는 한비자 외전을 배우는 내내 눈살을 찌푸려야만 했다.

아무리 잔혹한 계책을 내더라도 당당한 대의명분이 따라붙던 한비자 본편에 비해 한비자 외전에는 전혀 그런 게 없었다.

어떤 일을 벌이든 모두 자기 본위가 우선이었고, 문장 하나하나마다 생존에 대한 집념과 이기심만이 넘쳐흐르고 있었다.

처음만 해도 '이 사람 참 맺힌 게 많았군' 하며 혀를 끌끌거리는 것으로 끝을 맺었지만 시간이 갈수록 담우소는 기분이 나빠졌다.

아무리 깎아 생각하더라도 한비자 외전에서 추구하는 바는 나쁜 놈이 되는 길이라고밖에는 달리 표현할 도리가 없었다. 그것도 만약 그 흉중이 천하인에게 밝혀진다면 천하제일의 공적이 되기에 부족함이 없는 진짜 나쁜 놈 말이다.

'과연 이것이 내가 바라던 길이었던가!'

담우소는 고개를 가로저었다.

그다지 정정당당하게 천하를 향해 일성대갈을 터뜨리고 싶은 생각은 없었다. 적당히 목적을 위해 상대방을 속이는 것도 그리 문제될 건 없다고 생각했다.

하지만 이런 방법은 도저히 찬동할 수 없었다.

설혹 방법을 달리하여 실패를 경험하고 또 결국엔 죽음에까지 이른다 해도 어쩔 수 없었다. 최소한 최후의 순간에 이르러 당당하게 가슴만은 활짝 펼 수 있을 거란 생각을 떨치기 어려운 때문이다.

담우소의 번민이 깊어갈 무렵이었다.

여느 날과 마찬가지로 책장을 넘기며 눈살을 찌푸리던 담우소의 눈에서 불똥이 튀었다.

특별히 엄철극의 부연 설명에 감명을 받았기 때문은 아니었다.

담우소의 눈을 부릅뜨게 만든 건 다름 아닌, 책장 중 유독 많은 피로 물들어 있는 부근이었다.

─멍청아[愚者]! 살아남아라!

'뭐?'

─현재의 상황이 어떻든 간에 무조건 살아남아라!

'살아… 남… 아?'

─그것이 바로 내가 피를 토해가며 이 글을 남기는 뜻이다.

흡사 고뇌하던 담우소의 내심을 읽기라도 한 것 같은 글귀였다.

순간적으로 움찔하고 어깨를 들썩이는 담우소를 본 엄철극이 문득 크게 웃어 보였다.

"허허, 드디어 네 녀석도 그 글귀를 보기에 이르렀구나."

'무조건 살아남으라고?'

평소와 달리 담우소는 엄철극의 말에 미처 반응을 보이지 못했다.

그만큼 토해낸 피로 쓰여진 듯한 한비자의 글귀는 강렬했다.

그러니 평소 같으면 벌써 불호령이 떨어지고도 남았을 터인데 이번 만은 엄철극 역시 그냥 묵인하려는 듯 고개를 끄떡여 보일 따름이었다.

"본좌가 그 글귀를 읽은 건 나이가 이미 불혹(不惑)에 이르렀을 때이다. 네 녀석의 나이가 이제 겨우 서른에 불과하니 본좌보다 십 년 일찍 보게 되는구나."

'서른이라……'

"너는 무언가 느껴지는 것이 있느냐?"

'벌써 내 나이가 그리되었나?'

아마 엄철극이 나이를 인식시켜 주지 않았다면 담우소는 좀 더 글귀가 전해준 충격에 젖어 있었을 것이다. 그동안 느꼈던 한비자에 대한 관념을 통째로 바꿔놓는 글귀였기 때문이다.

그러나 엄철극으로부터 '서른'이란 구체적인 숫자를 듣자 곧 오싹한 감흥이 피부로 와 닿았다.

느닷없이 서슬 푸른 얼음덩이를 맞은 듯 정신이 번쩍 들었다.

"왜? 본좌가 네 나이를 아는 것이 이상한 것이냐?"

"……"

"비록 이곳 명왕강림지에서 폐관 중이긴 하나 천하에 본좌가 이목을 기울여 알아내지 못할 일은 없다."

"……"

"그런데 너는 어째서 계속 침묵하는 것이냐?"

이때 이미 담우소의 눈빛은 변해 있었다.

몽환 중을 걷고 있던 은둔자의 눈빛이 어느새 처절하게 현실의 벽에 부딪치고 또 부딪치는 자의 것이 되어 있었다.

'살라고? 그 무슨 당연한 말씀을! 나이 서른이 되도록 여자와 하룻밤 만리장성조차 쌓지 못했는데 내가 죽음을 생각할까 보냐! 어림없지! 암! 어림없는 일이고말고!'

내심 부르짖으며 담우소가 그제야 대답했다.

"속하의 대답이 늦었으니 명존께서는 죄를 물어주시기 바랍니다."

엄철극이 냉소하며 말했다.

"본좌와 생활한 이후 네 녀석은 무슨 일만 생기면 용서를 구하곤 했다. 그러나 본좌가 네 녀석을 긴히 쓴다는 말을 한 이후엔 항상 죄를 물어달라 하는구나."

"……."

"그건 본좌가 네 녀석에게 심한 벌을 내리지 못하리란 간교한 생각 때문이냐?"

담우소가 얼른 고개를 조아렸다.

"어찌 속하가 반 푼이나마 감히 그런 생각을 하겠습니까. 다만 속하는 방금 전에 일시 넋이 나간지라 명존께서 하시는 말씀에 일일이 대답하지 못하는 죄를 저질렀습니다. 마땅히 벌을 받아 마땅하다고 생각하니 명존께서는 부디 통촉하여 주시옵소서."

'통촉? 이놈이 이젠 슬슬 날 황제에 비기려 하는구나. 하긴 고래로부터 천하제일인이라 할 수 있는 황제들에게는 아첨을 잘하는 간신들이 하나씩 있었지.'

수업 중 나날이 늘어가는 담우소의 아첨에 혀를 차면서도 엄철극은 내심 마음이 흐뭇해지는 걸 느꼈다.

오랫동안 홀로 폐관수련을 하던 중 담우소와 같이 빨리 아첨이 느는 수하를 두게 되니 절로 마음이 풀어지지 않을 수 없었던 것이다.

따라서 자신도 모르게 입가에 흐릿한 미소를 띤 엄철극의 호통은 평소보다 강도가 약했다.

"흥, 본좌는 황제가 아닌데 어찌 통촉하라는 말을 하느냐? 그런 식으로 아첨을 하면 본좌가 네 죄를 조금이라도 가볍게 하리라 생각하는 것이냐?"

'그야 말하면 입만 아프지!'

내심 비죽 입술을 내밀면서도 담우소는 짐짓 크게 놀란 듯 안색을 대변하며 소리쳤다.

"속하가 그런 말을 했습니까? 아, 요즘 속하가 명존께 천하의 고사와 뭇 왕조에 얽힌 비사를 공부하다 보니 어느새……."

"어느새?"

"뭇 왕조 중 천하에 다시없는 명군이라 불리던 요순우탕(堯舜禹湯:중국의 어진 네 군주)과 명존을 동일시하게 된 것 같습니다. 명존께서는 수많은 교도들을 정신적으로 다스리실 뿐 아니라 육체적으로도 이미 초인의 경지에 올라 계시지 않습니까?"

"……."

"따라서 속하는 그만 치밀어 오르는 존모(尊慕)의 염(念)을 감추지 못하고……."

가만 놔두면 얼마나 더 큰 아첨이 줄을 이을지 알 수 없을 지경이었다.

비록 담우소의 나날이 늘어가는 아첨 기술이 싫지는 않았지만 엄철극으로선 수업을 생각하지 않을 수 없었다.

"어험, 험!"

나직한 헛기침으로 담우소의 터진 제방처럼 쏟아지던 말의 홍수를 제지한 엄철극의 안색은 이미 화악 풀어져 있었다. 방금 전의 노기등 등함은 찾을 수 없는 얼굴이었다.

그래도 체면을 유지하려고 엄철극은 목소리에 위엄을 쥐어짰다.

"통촉에 대한 설명은 잘 들었다."

'흐흐, 한비자 외전에 이르기를 군주에 대한 절대적인 아첨은 언제든 먹히는 만병통치약(萬病通治藥)과 같다고 하더니, 그 말이 역시 맞구만.'

"그런데 너는 어째서 넋이 나갔던 것이냐?"

이미 한비자 외전을 충실히 따를 정도로 정신을 회복한 담우소였다.

신중을 기하려는 모습을 보이기 위해 잠시 침묵을 지키던 그가 침착한 표정으로 대답했다.

"속하는 그동안 한비자 외전을 공부하는 동안 내심 혐오감을 감출 수 없었습니다."

"그건 어째서 그렇지?"

"서생들처럼 유학에 목을 매지는 않지만 군주를 속이고, 부친을 속이며, 사부마저 속이라는 말은 천하에 낯을 들고 살지 말라는 뜻과 같았기 때문입니다."

"네 말이 맞다. 그러한 권고는 사람으로 하여금 천하에 다시없을 몹쓸 놈이 되라고 떠미는 꼴밖엔 되지 않는다. 하지만 네 녀석이 한비자 외전에서 발견한 게 그런 것만은 아니겠지?"

'과연 저 명존 녀석은 한비자 외전을 이미 속속들이 파악하고 있구나.'

야유의 감정이 절반쯤 깃든 감탄이었다. 그러나 그러한 내심을 드러낼 순 없었다. 엄철극을 그윽하게 바라보며 담우소가 대답했다.

"명존께서 정확히 보셨습니다. 속하는 군사부(軍師父)는 물론이거니와 부인도 속이고 자식마저 속이라는 한비자의 지론에 결코 찬동할 수 없는 기분이었습니다. 그러다 보니 학습 능력 또한 많이 떨어져 명존께 누를 끼쳤지요. 하지만 오늘 한비자가 피를 토해놓은 부분에 이르자 뇌리를 때리는 깨달음이 한 가지 있었습니다."

엄철극의 입가로 흐릿한 미소가 떠올랐다.

"그래, 네가 깨달았다는 게 무엇이냐?"

담우소가 대답했다.

"그것은 바로 생사지도였습니다."

엄철극이 말했다.

"너는 조금 더 명확하게 설명해 보라."

담우소가 대답했다.

"생사지도란 명존께서 애초에 말씀하셨던 것처럼 이번 수업의 목적입니다. 그러나 돌이켜 보건대 지난 이십여 일간 배워 익힌 방법은 사도만이 가득할 뿐 생도는 없었습니다. 모든 것이 상대방을 죽임으로써 일을 꾸미는 방법이었다는 뜻입니다."

이 부분에 이르러 담우소는 슬쩍 엄철극의 안색을 한차례 살펴봤다. 그가 어떤 반응을 보이는지 궁금했던 것이다.

그러나 엄철극은 전혀 표정의 변화를 보이지 않고 있었다.

흡사 돌을 깎아 만든 석상과 같달까.

결국 '역시 녹록치 않은 사람이다' 며 내심 혀를 찬 담우소가 마저 자신의 의견을 피력했다.

"때문에 속하는 한비자가 죽음에 이르러 공포를 이기지 못하고 미쳤다는 생각마저 가졌습니다만, 오늘 깨달은 바 그가 전하려 했던 건 도리어 생도였음을 알 게 되었습니다. 한비자가 지금까지 수없이 많은 전거와 괴상한 논리를 들어가며 써놓은 사도란 모두 생도를 위한 방편에 불과했던 것입니다."

엄철극이 질문했다.

"그래서 생도란?"

담우소가 대답했다.

"살아남는 것입니다."

"고작?"

"어떠한 상황에서도."

씨익!

엄철극의 입가로 미소가 떠올랐다. 얼마 전 담우소에게 아첨받을 때와는 달리 확연히 드러나는 웃음이었다. 내심 크게 흡족해진 것이다.

'휴우, 이만하면 한비자의 충고대로 '항시 상관이 원하는 답변 주기를 게을리 하지 말지어다!' 를 준수한 셈인가?

얼핏 담우소의 눈동자 깊숙한 곳으로 뼛속까지 파고든 반골의 기운이 떠올랐다 금세 사라졌다.

엄철극의 시선이 잠시 딴 곳을 향한 잠시 잠깐 만에 벌어진 일이었다.

*   *   *

네 번째 수업이 끝난 건 시작으로부터 정확히 한 달 반이 지나서였다.

엄철극으로부터 출관의 약속을 받아낸 직후부터였다.

동굴 벽 한 켠에 날짜를 기록하는 버릇이 생긴 담우소는 그날도 백색도기를 일으켜 선 하나를 그었다.

찌익!

'처음 이곳에 들어와 식돌이로 생활했던 게 십 개월에, 수업에 들어간 게 대충…… 으음, 석 달은 넘은 것 같다. 대충 전후로 한두 달 정도 오차가 날 걸 감안하면, 현재 밖은 겨울이나 봄이겠군.'

서른이란 나이는 중원에선 중년으로 불렸다.

이젠 마음껏 천방지축으로 날뛸 수 있었던 청년기가 지났다는 생각은 담우소의 가슴을 애잔하게 만들었다. 돌이켜 보면 오직 수련 또 수련으로만 점철된 청년기였다.

'쳇! 남들처럼 찐한 연애 한번 못해보고…….'

문득 떠오르는 얼굴이 있었다.

더할 나위 없이 아름다우면서도 무시무시한 기세를 뿌려대던…….

'제길! 내 인생도 진짜 가련하군. 이런 상황에서 떠올린다는 게 고작 사내새끼의 상판대기라니! 괜찮은 여자라면 마교에 와서 질리도록 만났잖아!'

고개를 흔들어 보인 담우소는 꽃같이 아름다운 빙예운이나 드세지만 귀여운 맛이 있던 마경화 등을 떠올리려 노력했다. 그리고 그의 노력은 어느덧 결실을 맺어 얼굴 가득 헤벌쭉한 표정이 번져 갈 무렵이었다.

한비자 외전의 마지막 장을 넘기고 담우소의 곁을 떠났던 엄철극이 저만치 모습을 드러냈다.

'오늘도 대련은 빼먹지 않을 심산인가?'

재빨리 본색을 회복한 담우소의 눈빛이 이채를 띠었다.

'응?'

엄철극은 등에 뭔가 한 보따리를 짊어지고 걸어오고 있었다.

'니미럴! 혹시 또 다른 수업이 남은 건 아니겠지?'

마음이 다급해지자 벌써 내심은 욕설로 가득했다. 그러나 그동안의 수련이 어디 가는 게 아니었다.

표정만은 침착, 냉정함을 유지한 채 담우소가 얼른 엄철극에게 달려 갔다.

"속하를 부르실 일이지."

송구스런 표정이 완연한 담우소의 안색을 힐끔 쳐다본 엄철극이 짊 어지고 있던 보따리를 냉큼 던졌다.

"옜다!"

"엇!"

엄철극이 스스로 짊어지고 온 보따리 속에 든 물건이 범상할 리 없 었다.

평소처럼 온갖 생색은 다 낸 후 넘겨줄 물건이라 짐작했는데, 바로 자신의 품으로 들어오자 담우소는 일순 움찔하지 않을 수 없었다.

얼떨결에 한 아름이나 되는 보따리를 안아 든 꼴이 된 담우소가 뒤 로 몇 발짝 물러서자 엄철극이 냉정한 표정으로 호령했다.

"못난 놈! 아직도 임기응변의 묘를 터득하기엔 멀었구나!"

몰래 내식을 돌려 전신 요혈을 보호한 후에야 담우소가 대답했다.

"속하가 어찌 명존의 신기묘산을 감히 엿볼 수 있겠습니까?"

엄철극이 냉소했다.

"흥, 네가 감히 본좌가 느닷없이 군다고 욕하는 것이냐?"

담우소가 고개를 조아렸다.

"속하가 어찌 감히!"

손을 휘저어 담우소를 다시 뒤로 몇 발짝 물러서게 만든 엄철극이 말했다.

"너는 네가 받은 보따리를 풀어보도록 하라!"

"존명!"

조금의 망설임도 없이 담우소가 보따리를 끄르기 시작했다.

제48장 위풍당당(威風堂堂)하게 가라!

보따리를 끄르자 모습을 들어낸 물건을 보자!

묵빛의 환(環) 하나와 한 벌의 흑의 장포, 역시 까만 단화 한 켤레에 얼굴을 가리는 데 쓰일 법한 초승달 모양의 은색 면구가 역시 한 개 있었다.

대충 살펴봐도 그것들은 한 사람에게 몰아질 경우 그럴듯한 풍채를 돋보이게 하는 데 꽤나 일조할 물건들임에 틀림없었다.

"꿀꺽!"

자신도 모르게 담우소가 침 한 모금을 목젖으로 넘겼다. 눈앞의 잡물에 마음이 쏠렸다기보다는 그 이면을 읽은 것이다.

'드디어!'

두근거리는 가슴을 무심한 표정으로 치장한 담우소를 빤히 쳐다보던 엄철극이 천천히 입을 열었다.

"그 눈빛은? 본좌의 뜻을 알겠다는 것이냐?"

"……."

일시 담우소는 대답하지 않고 망설였다.

그동안의 고초를 떠올리자니 일이 너무 쉽게 풀리는 듯했다. 아무리 전날 엄철극에게 들었던 대로 일이 풀려가긴 하나, 이건 아니란 생각이 들었다.

쉽게 얻은 건 쉽게 잃기 마련인 것이다.

그러나 금세 치밀어 오르는 오기 비슷한 감정이 있었다.

오늘을 위해 그동안 얼마나 많은 고난을 참고 견뎌왔던가!

한차례 심호흡과 함께 마음을 정한 담우소가 묵묵히 고개를 끄떡였다.

"속하가 어찌……."

엄철극이 역시 고개를 끄떡이며 말을 끊었다.

"됐다! 이런 순간에도 자신을 억제할 수 있으니 그동안의 수업이 아주 무가치했던 건 아니었구나."

"……."

"하나 지금부터 네 녀석에겐 숱한 고비와 위기가 있을 것이다. 그동안 본좌의 단봉에 한차례 얻어맞을 때마다 그러한 위기는 조금씩 감소되었을 테지만. 어쨌든 오늘 부로 네 녀석은 더 이상 본좌에게 수업을 들을 필요가 없어졌다."

'여, 역시! 드디어 출관인가!'

터질 듯 펑펑 뛰기 시작한 가슴의 두근거림을 숨기려 담우소는 무단히 노력해야만 했다.

신정은 햇빛 하나 볼 수 없는 곳이었다.

게다가 천하에 다시없을 고약한 성질머리를 지닌 상관과 함께 보낸 암흑의 세월이었다.

눈물과 고난의 세월을 뒤로하고 이제 광명이 눈앞까지 이르자 담우소로선 첫사랑에 들뜬 소년과도 같은 심사가 되지 않을 수 없었다.

그러자 여전히 무심한 표정이었으나 양 볼이 발그레해진 담우소를 힐끔 보고 '아직 수행이 부족해!' 라 중얼거린 엄철극이 말했다.

"물론 오늘과 같은 결정은 네 녀석이 특별히 훌륭해서가 아니라 본좌에게 주어진 시간이 부족했기 때문이다. 본래대로라면 적어도 부러진 단봉의 숫자는 열 개가 아니라 아흔아홉 개는 되었어야 했다."

"명존의 말씀이 모두 지당하옵니다."

한창 기분이 좋은 참이었다. 제 흥에 겨워 얼른 고개를 한차례 조아려 준 담우소가 슬그머니 질문을 던졌다.

"그런데 속하에게 한 가지 궁금한 점이 있습니다. 명존께서는 우둔한 속하에게 가르침을 내려주시기 바랍니다."

엄철극이 실눈을 하고 말했다.

"네 앞에 늘어뜨려진 물건들의 용도가 궁금한 것이냐?"

"예, 그렇습니다."

평상시와는 달리 순순한 대답이었다.

문득 이제 담우소와도 끝이겠다는 생각이 들자 마음이 움직인 듯 엄철극이 역시 순순히 설명해 주었다.

"검은빛이 도는 묵환(墨環)은 초형환(超形環), 검은색 장포는 천잠흑포(天蠶黑布), 단화는 천잠단화(天蠶短靴), 마지막으로 면구는 월아 귀면(月牙鬼面)을 이름으로 한다."

"……"

"이것들은 하나같이 정사병기보(正邪兵器譜)에 이름이 올라 있지는 않으나 마도의 명장들이 고생 끝에 만들어낸 명기들이라 할 수 있다. 초형환은 절금단옥(切金斷玉)할 수 있는 예리한 검인을 숨기고 있고, 천잠흑포와 천잠단화는 그 재질이 천잠사로 도검수화불침의 묘용이 있다. 그리고 월아 귀면의 숨겨진 묘용은……."

한참 열심히 설명하던 중 엄철극의 눈빛이 가늘게 찢어졌다. 처음에는 열심히 귀담아듣는 듯하던 담우소가 온통 초형환에만 관심을 기울이는 걸 눈치 챈 것이다.

'역시 저 녀석은 나처럼 무광의 자질을 가졌다.'

흐뭇함을 감춘 채 엄철극이 말했다.

"너는 이것들 중 초형환에 가장 관심이 가는 것이냐?"

"으음."

신음과 함께 그제야 초형환에서 시선을 뗀 담우소가 자신도 모르게 뒤통수를 긁적이며 대답했다.

"속하가 보기에 초형환은 그저 거무튀튀한 묵환에 불과한데, 그 속에 절금단옥을 할 수 있는 보검이 숨어 있다니 속하도 모르게 궁금증이 일었습니다."

한비자 외전을 배운 후 보인 일이 없던 순진한 모습이었다. 그것이 지극히 순수한 무학에의 열정임을 알기에 엄철극은 평소처럼 호통 치지 않았다.

퍼억!

"그토록 상대방에게 틈을 보이지 말라 했거늘! 또 그런 바보 같은 표정을 지어 보이다니!"

그저 손을 들어 담우소의 머리를 된통 한차례 어루만져 준(?) 엄철극이 웃음 띤 얼굴로 초형환을 들어 올렸다.

"이 초형환은 평상시엔 팔목에 차고 있다가 옆에 튀어나와 있는 용두를 누르면 즉시 한 자루의 초형마검(超形魔劍)으로 변하니, 유사시 요긴하게 사용할 수 있다."

차창!

담우소에게 시범을 보여주려는 의도였을 것이다. 초형환을 팔목에 찬 엄철극이 한쪽 구석에 조그맣게 튀어나온 용두를 누르자 금세 한 자루의 묵빛 장검이 그의 손에 쥐어졌다.

―뇌전(雷電) 모양에 암흑처럼 시커먼 검인!

그것이 바로 초형마검이었다.

두 눈을 부릅뜨고 있었음에도 담우소는 그 변환의 순간을 똑똑히 볼 수 없었다. 어떤 장치로 이뤄졌는지, 너무나 순식간에 일어난 변화였다.

'자! 어때?'

담우소를 바라보는 엄철극의 표정은 바로 그러했다.

방금 전의 어루만짐으로 다시 한비자 외전을 떠올린 담우소가 예의 상 '아!' 하고 감탄을 터뜨리자 수중의 초형마검을 몇 차례 휘두르던 엄철극이 수장을 뒤집었다.

채앵!

초형마검이 다시 초형환으로 돌아가는 순간이었다.

그 후 엄철극이 첨언한 바에 따르면 초형환을 초형마검으로 변환시키는 데는 전혀 내공이 필요없으나 그 반대를 행할 때는 상당량의 내공을 주입해야 했다.

아직까지 자신의 내공이 어느 정도인지 알지 못하는 담우소에겐 부담이 가는 대목이었다.

그가 슬쩍 인상을 구기자 엄철극이 비죽이 웃어 보였다.

"왜? 내공에 자신이 없는 것이냐?"

담우소가 얼른 표정을 평소처럼 바꿨다.

"내공도 내공이지만, 속하가 익힌 무공은 대부분 권각법에 그 기초를 둔 것입니다. 갑자기 한 자루의 보검을 대하니 어찌 사용해야 할지 난감할 따름입니다."

엄철극이 한심하다는 듯 혀를 찼다.

"쯔쯧, 네 녀석은 그동안 지뢰오행경으로 이곳 명왕강림지의 오행지기를 엄청나게 중단전에 쌓았다. 그 기운을 잠시만 빌려와도 초형환을 변환시키는 데는 무리가 없을 것이다.

"……."

"게다가 네 녀석이 익힌 지뢰오행경 중 금의 백색도기는 도대체 무엇이고 풍천외가경의 공간을 가로지르는 권각술은 또 무엇이더냐? 병기란 것은 고작해야 인간의 손과 발을 조금 더 길게 만든 연장선상에 불과하다. 따라서 이미 권각법이 경지에 이른 네게는 검법을 알고 모르고가 별 상관이 없는 일이다."

말이 끝나기가 무서웠다. 엄철극은 대뜸 담우소에게 초형환을 던져줬다. 이제 이건 네 것이니 니 마음대로 하라는 표정을 잊지 않은 채.

하여 얼떨결에 초형환을 받아 손목에 찬 담우소는 그 후 다시 천잠흑포를 몸에 걸쳤고, 천잠단화를 신었으며, 월아귀면을 품에 집어넣어야만 했다.

어째서인진 모르겠지만 갑자기 흥취가 인 듯 요란스레 자신 앞에서 복장 착용을 강요하기 시작한 엄철극에게 떠밀린 그로선 어쩔 수 없는 선택이었다.

잠시 후.

한 명의 그럴듯한 장부로 모습을 일신한 식돌이에게 마지막으로 월아 귀면에 대한 설명을 끝마친 엄철극이 엄중한 눈빛이 되어 말했다.

"너는 그동안의 수업을 기억하느냐?"

담우소가 대답했다.

"속하가 어찌 잊을 수 있겠습니까?"

엄철극이 말했다.

"당연히 그래야만 한다. 본좌가 누군가에게 이만큼 많은 가르침을 베푼 건 극히 이례적인 일이다. 네 영혼의 주인인 정하 역시 본좌에게 이만큼의 가르침을 받지는 못했다."

'흥, 왜 아니겠어. 귀하디귀한 제 자식을 나같이 식돌이로 만들고 북어 대가리처럼 하루가 멀다 하고 두들겨 팰 순 없었겠지.'

내심 냉소를 터뜨리면서도 담우소는 표정 관리에 들어갔다. 두 눈 깊숙한 곳에 은은한 홍조를 일으키며 감격의 기운을 흩뿌리더니 목소리를 가늘게 떨어 보였다.

"속하, 항시 명존께는 감사, 또 감사하고 있사옵니다."

그러자 흡족한 듯 엄철극은 고개를 끄떡였고, 곧 담우소의 등줄기에 식은땀을 펑펑 솟게 만들었다.

"암! 아무리 배알이 뒤틀려도 네 녀석은 항상 그렇게 말해야만 하는 것이다. 본좌가 네 녀석보다 훨씬 강하니까."

'응?'

"따라서 네놈이 마음속으로 내뱉고 있는 온갖 욕설을 본좌가 모르리라 생각해선 오산이다. 본좌는 네 녀석보다 훨씬 전에 천하에서 가장 권모술수가 난무하는 본 교에서 입지를 세웠고 책장이 낡아 해질 정도로 한비자 외전을 외웠다."

'으음…….'

"한마디로 말해 네 녀석의 조그만 흉중에 담긴 생각 중 본좌가 간파해 내지 못할 만한 건 이 세상에 아예 존재하지 않는다는 뜻이다."

'이런!'

담우소는 결국 내심 혀를 찼다. 엄철극에게 이런 종류의 협박을 받은 게 하루 이틀은 아니었다. 종종 심심할 때마다 대련을 가장한 폭력을 행사하는 건 거의 일상화된 일이었다.

그런데 이번 협박은 묘하게 신선한 감이 있었다.

처음엔 등줄기로 식은땀을 펑펑 솟게 만들더니 뒤로 갈수록 땀은 식고 오싹한 한기가 뭉텅이로 돋아나는 것이다.

'내가 왜 이러지?'

스스로에게 질문을 던진 후 담우소는 곧 고개를 흔들어 보았다. 갑자기 이러한 느낌을 받은 자신을 도저히 이해할 수 없었기 때문이다.

그런 담우소의 속마음을 읽기라도 한 것일까.

잠시 담우소가 하는 양을 쳐다보고 있던 엄철극이 말했다.

"네 녀석은 갑자기 오한을 느꼈느냐?"

"……."

"이상하단 생각이 들었겠지. 그동안의 수업을 통해 네 녀석도 생사의 도에 어느 정도 접근했을 테니까."

"……."

"하여 이제부터 본좌가 네게 마지막 가르침을 내릴 테니, 너는 귀를 후비고 똑똑히 듣거라!"

털썩!

어느새 양 무릎에서 기운이 빠져 있었다. 그리고 방금 전까지 기우가 환양하던 담우소는 땅바닥에 꿇어 엎드린 자세가 되었다. 누가 시켜서가 아니라 저절로 그리된 것이었다.

그 모습을 지극히 당연하다는 듯 바라보며 엄철극이 말했다.

"이미 네 녀석의 흉중에는 수십 마리는 족히 될 능구렁이가 꿈틀거리기 시작했다. 그런 네 녀석을 얕볼 수 있는 존재는 이제 천하를 통틀어도 거의 없다고 할 것이다."

"……."

"하나 세상에는 절대의 경지란 게 존재하고 살아서 그러한 경지에 오른 사람들이 존재한다. 그들은 하나같이 무형의 기운을 몸속에 담게 되고 특별한 순간이 오면 그 기운을 밖으로 배출할 수 있는데, 그것을 뭇 현인들은 호연지기(浩然之氣)라 부르고 우리같이 무학을 닦는 자들은 선천지기(先天之氣)라 부른다."

"그렇다는 건?"

자신도 모르게 목소리를 낸 담우소를 향해 엄철극이 냉정한 표정으로 고개를 끄떡였다.

"그렇다. 네 녀석이 방금 전에 느꼈던 저항할 수 없는 기도는 바로 본좌가 일으킨 선천지기이다. 따라서 네 녀석은 무림을 종횡하는 동안 결코 호연지기를 품은 자에겐 교언영색하지 말 것이며 선천지기를 지닌 자에겐 간교한 내심을 숨겨야만 한다. 그렇지 않으면 네 머리는 바로 이런 꼴이 되고 말 것이다."

만과 동시에 엄철극은 손을 들어 한차례 공중을 갈랐다. 그러자 동굴 전체가 격렬한 요동을 일으켰고 반대 편 암벽에 큼지막한 흉터가 새겨졌다.

쩌저적!

흉터 자국이 생기고도 한참이 지나서야 들려온 암벽의 울부짖음은 담우소의 마음을 섬뜩하게 했다.

엄철극으로선 그저 아무렇게나 손을 쓴 것에 불과하겠지만 그 속도는 소리조차 뛰어넘을 정도였다.

"진정 훌륭한 가르침에 감사합니다."

인간의 경지를 초월한 막강함에 대한 경의였다. 담우소는 진심으로 고개를 숙여 보였다. 방금 전까지 가졌던 마음과는 달리 완벽히 굴복한 모습이었다.

그런 담우소에게 엄철극이 말했다.

"그러나 너는 미리부터 걱정할 필요는 없다. 본좌와 같은 경지에 오른 무도자는 천하를 통틀어도 단 한 명밖엔 없으니까."

"……."

"그래서 네게 이르노니, 이곳을 벗어난 후 너는 마음에 들지 않는 자들은 모조리 죽이도록 해라!"

"예?"

"매사에 위풍당당하게 나아가라는 뜻이다. 어차피 이곳을 나선 이후부터 네 앞길은 피로 점철될 것이다. 밀지에 의하면 현재 본 교의 사정은 매우 혼란스럽기 때문이다."

'아무리 그렇다고…….'

"따라서 본좌의 대리인 자격인 네가 중요한 순간 손속에 사정을 두면 위기를 자초하는 꼴이 될 것이고 반드시 비참한 꼴을 당할 것이다. 설혹 상대방이 봐준다 해도 네가 심약한 마음 때문에 대사를 그르친다면 본좌가 출관 후 절대 널 곱게 죽게 하진 않을 테니까."

'그, 그런!'

담우소는 속으로만 절규할 따름이었다. 이미 자신의 의견 따윈 전혀 끼어들 여지가 없다는 걸 깨달았기 때문이다.

하여 담우소가 두 손으로 머리를 쥔 채 괴로워하고 있을 때였다. 더할 나위 없이 음침한 얼굴로 협박을 끝낸 엄철극이 품속에서 신패 하나를 꺼내 들었다.

—활활 타오르는 성화의 모습이 양각되어 있는 모양새.

천하에 오직 둘밖에 없는 성화령의 자웅쌍패 중 웅패가 틀림없었다. 그동안의 교육을 통해 성화령의 대단함을 알고 있던 담우소로선 다시 땅바닥에 고개를 묻지 않을 수 없었다. 엄철극의 의중이 어떻든지 간에.

*   *   *

잠룡소에 도착했을 때 담우소의 얼굴은 꽤나 멀끔해져 있었다. 자신의 대리자이니 외모 역시 다듬을 필요가 있다는 엄철극의 주장 때문이었다.

'그렇다고 성화령을 그런 데 이용하다니!'

담우소는 자신이 그동안 어처구니없는 상관을 모셨다고 생각했다.

미지막의 바시막까지 협박을 멈추지 않은 건 그렇다 치더라도 성화령을 넘기기 전의 그 어린애 같은 모습은 한동안 꿈속까지 따라올 것 같았다.

'하지만 이곳을 떠나는 마당에 나는 꽤나 두둑하게 얻은 셈이다. 사부님이 절대 익힐 수 없을 거라던 본 문의 이대심법을 거의 대성했고, 부수적으로 많은 신병이기까지 얻었으니 이만하면 기연을 만났다고 해도 좋지 않을까?'

오싹!

담우소는 어깨를 부르르 떨었다. 무심코 한 말이지만 그동안 당했던 억장이 무너지는 일들이 주마등처럼 스쳐 가자 목이 메이는 느낌이었다.

"에헴! 에헴!"

몇 차례 헛기침으로 마음을 되돌린 담우소가 잠룡소를 향해 우렁차게 외쳤다.

"이 빌어먹을 뱀새끼야! 빨랑 튀어나와라!"

뒤로 갈수록 패도가 가득 느껴지는 부르짖음이었다. 그동안 쌓였던 분기가 잔뜩 담겨 있었기 때문이다.

그러자 잠룡소가 격렬히 출렁거렸고, 무슨 일인가 싶어 고개를 빼꼼히 내밀었던 묵린사가 화들짝 놀란 표정이 되었다. 완연히 모습을 일신한 담우소를 알아보지 못한 것이다.

카아!

익히 담우소가 알다시피 생긴 모습답지 않게 겁이 많은 녀석이었다.

웬지 기도가 심상찮은 담우소에게 지레 겁먹은 묵린사는 이빨을 한차례 번뜩이곤 다시 물속으로 잠수해 들어갔다. 처음부터 꼬리를 말아

버리기로 작정한 게 분명하다.

물론 이런 상황은 담우소로선 전혀 바라지 않는 바였다.

"이 녀석이!"

살며시 어금니를 사려문 담우소의 수장이 기쾌하게 잠룡소를 향해 뒤집혔다.

특별히 무슨 공력을 운기한 건 아니었다. 그저 손을 한차례 뒤집었을 뿐인데 곧 잔잔하던 잠룡소가 거세게 회오리치기 시작했다.

지뢰오행경 중 수의 수기진천이 펼쳐진 것이다.

콰콰콰!

그렇지 않아도 잠룡소 주변은 물의 기운으로 가득했다. 그저 몇 가지 물의 흐름을 바꿔놓는 것만으로도 큰 힘을 발휘할 수 있을 터였다.

그런데 하물며 담우소가 수기진천의 기운까지 폭출시키자 잠룡소는 갑자기 광란의 도가니로 바뀌었다.

대기 중에 떠다니던 물 기운이 점점이 몰려들더니 금세 거대한 용권풍을 형성시켰고, 곧 잠룡소 전체가 거대한 회오리를 일으키며 맹렬한 회전을 보이기 시작했다.

—그야말로 물의 기운을 빌려다 쓰는 차력의 결정판!

잠시 잠깐 만에 잠룡소 안쪽 깊숙이까지 자맥질해 들어가 몸을 숨기고 있던 묵린사의 거체가 회오리에 휘말려 잠룡소 밖으로 튀어 올랐다.

그 큰 몸집으로도 회오리가 일으킨 무지막지한 부력을 당해내지 못했음이 분명하다.

그때였다. 수기진천에 정신을 집중하고 있던 담우소가 바람처럼 신형을 날렸다. 목표는 공중으로 펄쩍 튀어 오른 묵린사의 큼직한 등판이었다.

퍼퍽!

난생처음이었을 것이다. 뱀족 역사상 유래가 없는 공중 부양에 놀란 나머지 발광에 가깝게 몸부림치던 묵린사의 큼직한 입이 딱 벌어졌다.

등판으로 느껴진 최초의 통증 탓만은 아니었다. 그 후 곧바로 무지막지한 기세를 품고 이어진 담우소의 일권이 준 고통을 참을 수 없었을 따름이다.

거센 물보라와 함께 다시 물속으로 내동댕이쳐진 묵린사의 얼굴은 이미 크게 부풀어 오른 상태였다. 자랑스럽던 은빛 이빨 중 하나가 옆으로 튀어나올 정도로 심한 일격을 당한 것이다.

카아아!

묵린사는 물속에서 울부짖었다.

여태껏과는 비교가 되지 않을 정도로 지독한 담우소의 주먹질에 당황한 기색이 역력했다.

이만큼 단도직입적이고, 무차별적이며, 전격적인 폭행에는 평소의 얍삽함이나 비굴함이 전혀 도움이 되지 않았다.

첨벙! 첨벙!

묵린사는 물속에서 연신 몸을 뒤틀었다. 어떻게 해서든 위기에서 벗어나려는 간절한 몸부림이었다.

그러나 담우소가 군이 묵린사를 두들겨 패고 등판에 찰싹 달라붙은 데는 평소부터 품고 있었던 개인적인 원한뿐만 아니라 나름의 사정이 있었다.

퍽퍽!

몸부림치던 묵린사의 안면으로 다시 풍천외가경이 담긴 담우소의 주먹이 몇 차례 꽂혔다. 아무리 물속이라 해도 묵린사의 두개골을 박살 낼 만한 힘이 담긴 권력이었다.

꼬로록…….

일시 기절해 버린 묵린사의 몸이 물속으로 잠겨들자 담우소가 다시 수기진천을 일으켰다. 엄철극으로부터 전해들은 잠룡소 밑의 수로를 찾기 위함이었다.

담우소의 판단은 옳았다. 처음 생각했던 것과 같이 잠룡소 밑의 수로는 인간의 힘만으론 아무리 수공(水功)에 능하다 해도 도저히 빠져나오지 못할 미로였다.

그리고 역시 폭력 앞에 장사없었다.

아주 잠깐 동안이었다. 정신을 차리자마자 절대적인 충성을 바치게 된 신수 묵린사의 도움으로 좁고 구불구불한 지하 수로를 빠져나온 담우소는 문득 눈이 부심을 느꼈다.

수면을 투영하고 있는 건 한줄기 찬연한 빛이었다.

'햇빛인… 가?'

목이 메이는 기분이었다. 담우소는 가슴이 펑펑 뛰고 두 눈이 붉어지는 감정을 느꼈다.

만약 아직 물속에 잠겨 있는 상태가 아니라면 담우소는 감격에 겨워 괴성이라도 지르고 싶은 심정이었다.

하지만 역시 말뿐인 신수였다.

담우소의 말로 형언할 수 없는 기분 따윈 아랑곳없이 묵린사는 햇빛을 피해 연신 몸을 흔들었다. 본래 음습한 어둠을 좋아하는 성질이 발동한 듯했다.

그러자 귀식지법으로 근근히 버티고 있던 담우소로선 분노가 치밀지 않을 수 없었다. 손에 잡힐 듯 가깝던 햇빛의 파편이 벌써 저만치 멀어져 가고 있었다.

'이놈이!'

파콱!

묵린사의 목덜미를 움켜쥐고 있던 담우소의 양손에 힘이 들어갔다. 제멋대로 햇빛을 거부하려는 묵린사의 행동에 단호한 응징을 내릴 생각이었다.

그러나 담우소는 곧 자신의 생각을 바꿨다.

한낱 인간에게 목을 잡힌 채 버둥거리는 묵린사의 모습이 가련하기도 했지만 잠룡소 깊숙한 곳에서 본 녀석의 새끼들이 눈앞을 어른거렸다.

'이런 멍청한 녀석이라도 그 조그만 뱀새끼들에겐 가장 필요한 존재일 것이다.'

어느새 담우소는 오히려 묵린사의 목젖을 움켜쥐고 있던 양손을 풀고 있었다. 햇빛을 발견했으니 이젠 더 이상 묵린사의 도움 따윈 필요가 없긴 했다.

카아?

갑자기 자신으로부터 떨어져 나가는 담우소 쪽으로 고개를 구부려 보인 묵린사가 고개를 갸웃해 보였다. 아마 이번에 잡혔으니 죽을 때까지 괴롭힘을 당할 거라 생각했음이 분명하다.

'멍청한 녀석! 모처럼 신경 써서 놓아줬는데도 냉큼 새끼들한테 헤

엄처 가지 않고 뭐 하는 거야!'

이젠 슬슬 숨이 막혀왔다. 귀식지법으로도 숨을 참는 건 일정한 한계가 있기 때문에 이런 현상은 지극히 당연했다.

'에잇!'

쿠룽!

수기진천의 기운을 일으켜 묵린사를 한쪽 구석으로 날려 버린 후 담우소는 햇빛을 따라 서서히 수면 위로 부상했다. 물 그 자체에 몸을 맡기는 가장 편안하면서도 빠른 방법으로.

"푸핫!"

맨 처음 담우소는 숨을 깊게 들이마셨다. 거의 한 시진에 이를 정도로 귀식지법을 사용하고 있었으니, 폐부가 터질 정도로 신선한 공기를 들이마셔야 직성이 풀릴 듯했다.

그러나 사람이란 급한 불을 끄고 나면 다른 생각이 나기 마련이다. 수압 때문에 피가 몰려 벌게졌던 안색이 정상으로 돌아오자 담우소는 신형을 천천히 수면 위로 뽑아 올렸다.

스르르.

마치 어떤 알 수 없는 힘이 위에서 끌어당기는 듯한 형국이었다. 형언할 수 없을 정도로 부드럽게 수면 위에 신형을 세운 담우소는 하늘을 바라봤다.

그를 수면 아래서부터 인도했던 햇빛은 폭포수처럼 쏟아져 내리고 있었다. 지난 일 년여 동안 전혀 보지 못했기에 더욱 반갑고 귀중한 빛의 물결이었다.

"최고다!"

양팔을 활짝 편 채 담우소는 하늘을 바라보며 힘껏 외쳤다. 살아 있는 그 자체로 기쁨에 충만한 자만이 내뱉을 수 있는 만족의 외침이었다.

현재 담우소는 세상에서 가장 행복한 사람인 것이다.

그러자 그런 담우소의 기쁨을 시샘했음인가?

한참을 세상에서 가장 행복한 사람의 얼굴을 하고 있던 담우소의 귓전을 울리는 은은한 파공성이 있었다.

'이십 장? 아니, 이십오 장 정도 밖이다. 그만하면 이곳에서 그리 멀지 않은 곳인가?'

담우소는 눈살을 가볍게 찌푸렸다.

수면 위에 서서 아무리 주변을 둘러봐도 보이는 것이라곤 오직 수십수백 년은 족히 되어 보이는 수령의 관목림뿐이었다.

명왕강림지의 잠룡소로부터 지하 수로로 이어진 이곳은 온통 숲으로 둘러싸인 산중의 이름 모를 호수일 게 분명했다.

따라서 그 한가운데 자리 잡고 누워 한동안 하늘을 바라보며 청풍명월(淸風明月)의 즐거움을 누리려 했는데…….

'어찌할까?'

담우소는 고민했다.

그의 마음은 여전히 청풍명월의 즐거움에 매료되어 있었다. 지나칠 정도로 오랫동안 자연의 녹음을 접하지 못했으니 그런 마음이 드는 것도 당연했다.

하지만 다시 생각해 보니 벌써 해는 서산으로 저물어가는 모양새였다. 오직 어둠 속에서만 생활하다 보니 이만한 햇빛에도 감동했지만 이제 곧 밤이 되리란 건 자명한 사실이었다.

'게다가 산의 밤은 생각보다 빨리 온다!'

오랜 산 생활에서 얻은 교훈 중 하나이다.

그렇다면 지금 당장 야영 준비를 하거나 아늑한 하룻밤을 보낼 다른 방도를 찾아내거나 둘 중의 하나였다.

그중 지금 당장 준비하더라도 어둠이 오기 전에 야영 준비를 끝마칠 수 없다는 판단을 내린 순간이었다.

담우소의 신형이 이미 호수의 수면을 박차고 있었다.

파앗!

군이 담우소가 신형을 날린 방향에 대한 의구심을 가질 필요는 전혀 없었다. 그의 신형이 향한 곳은 최초에 파공성이 인 바로 그 장소일 게 분명했다.

분쟁의 향방이야 담우소에겐 별 관심이 없는 바이지만 사람이 있는 곳에 아늑한 하룻밤이 있다는 건 그의 지론 중 하나로 두말하면 잔소리인 것이다.

〈제4권 끝〉